LA ETERNA DE'

Liz Bourgog

LA ETERNA DEVOCIÓN

First edition. November 11, 2023.

Copyright © 2023 Liz Bourgogne.

ISBN: 979-8223560418

Written by Liz Bourgogne.

Tabla de Contenido

I...1

ROSA BORGOÑA 3

LA CONFESIÓN 17

SUSURRO 31

PECADO 43

CLAROSCURO 57

OSCURIDAD 71

TENTACIÓN 82

II 93

LA SOMBRA 95

DESPERTAR.. 105

PÚRPURA.. 120

PATRICIUS.. 134

DEBILIDAD 144

CALIDEZ 151

III 163

IN LUMINO.. 165

DELIRIO.. 176

TERROR 188

SENTENCIA.. 200

MASACRADO 213

PESADILLA... 225

Liz Bourgogne
La eterna devoción
liz.bourgogne@gmail.com

El alma que ve la belleza
Puede a veces caminar sola.
Johann Wolfgang von Goethe

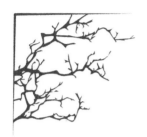

I

SIANIA

ROSA BORGOÑA

E l Reino de Hungría había cambiado mucho después de la Edad Media. Era un territorio próspero, y, aunque algo rezagado de la sofisticada Europa Occidental, su ambiente era uno muy vivo; pero siempre remarcado por las costumbres que habían resistido al paso del tiempo.

Estaba claro que nuestra cultura no había cambiado mucho. Fiel a sus preceptos, rememoraba y glorificaba las hazañas pasadas. La historia era parte de nosotros, y de nuestra sangre. Después de todo, ¿qué es un reino sin historia?

En el ambiente se apreciaba ese típico toque de antiguo que queda perpetuado en los rincones. El aire era sedoso para nosotros, sus habitantes, pero para muchos la atmósfera era tosca y soberbia. A los extranjeros bien podría ofenderles tanto orgullo e independencia.

Bajo ese ambiente había crecido, y, perteneciendo a la clase alta, el panorama no habría cambiado mucho a lo largo de mi vida, de no ser por una serie de hechos muy particulares que se habían presentado de forma inesperada y que, de inmediato, demandaron mi atención absoluta.

Era el ocaso; una hermosa tarde que moría lentamente. Aquel día fue la primera vez que *la* vi. Pero no la vi como realmente era, sino como mis sentidos me decían que era. Ahora mismo, con la experiencia y la agudeza que poseo, su recuerdo me parece un espejismo vago, impreciso e impuro; era como mirar una obra de arte en penumbras y notar su exquisita figura, pero sin poder deleitar y descifrar su esencia a detalle.

Sin embargo, con esas limitaciones mortales que me obstaculizaban, me pareció de una belleza suprema, codiciable y celestial, incluso divina; unos rasgos perfectos con los que cualquiera hubiese perdido la razón por adorarla. Ella era como un ángel.

No había nada que temer en la Casa del Señor. No, ni siquiera en ese momento milagroso y un tanto sobrenatural; pero mi corazón latió desesperado. Al principio me dio la impresión de que había sido solo un juego de luces y sombras bien enjugadas, pero no fue así. Ahora me doy cuenta de que en realidad todo fue muy diferente.

Daría lo que fuera por jamás olvidar detalle alguno de esa ocasión en la que creí que solo sería una sombra más en mis pensamientos. Eso sería una verdadera condena insoportable. Pero, antes de continuar con la descripción de aquel primer encuentro, quisiera introducir y describir mi vida en aquel entonces, lo cual, indudablemente, forjó las pautas para lo que con el tiempo me transformaría en lo que soy ahora.

Aquel día había sido tranquilo, como muchos otros, sin más novedades que las de siempre; excepto que se había fijado la fecha de mi boda con Leopold. Sí, había alguien en mi vida. Eso, claramente, me llenaba de satisfacción y alegría, pero, por algún motivo, mi alma no parecía estar por completo a su lado.

Aún ahora, rememoro las cosas y me doy cuenta de que lo amé. Eso es cierto, pero había un precipicio entre nosotros dos, y no me di cuenta de lo amplio y profundo que era, hasta que el tiempo pasó y los problemas vinieron; aunque nada del otro mundo... *Al menos no con él.*

Yo estaba feliz; alegre como una mujer que se va a casar, mas no radiante. Era la costumbre de la época, y yo ya tenía la edad suficiente. Era tiempo; lo requería, y él también. Sí, sobre todo él. Y no me podía quejar. Él era casi perfecto, a excepción de los celos y la sobreprotección a la que me sometía. Pero esos eran rasgos que a cualquier joven como él pudieran darle por bien sentado.

Era exquisitamente guapo. Lo que más me gustaba de él eran sus intensos ojos color café, ligeramente más oscuros que los míos. Coronada por unas largas pestañas, su mirada podía ser la más tierna del mundo; incluso para un hombre de complexión ruda y fuerte. Su cabello corto y rubio enmarcaba una tez blanca que lo hacía parecer un muñeco de porcelana.

Hablaba varios idiomas y había seguido una educación ejemplar. Rodeado siempre de personas que de vez en cuando vienen del occidente con sus numerosos papeles firmados, con tratados para todo y para todos. Sí, como aquellos que todo lo quieren resolver con una ley o con una regla que ellos imponen a su conveniencia, alejándose del verdadero valor de las cosas. Pero él no era como ellos, sino muy desenvuelto.

Le gustaba un poco de todo, incluso las leyes, pero no lo apasionaban. De hecho, nunca llegué a saber qué le apasionaba, y, muy seguramente, jamás llegaré a saberlo. Sin embargo, era su posición social lo que lo hacía más deseable. No, no había nada que se le pudiera reprochar.

En su tiempo libre hacía lo que la gente de nuestra clase: leer un libro, ir a las reuniones y cenas importantes, a los bailes, u organizar fiestas. Siempre conviviendo con una sociedad que caía en lo aburrido y sistemático.

Aprendí a reconocer el sonido de su coche. Por semanas esbocé una delicada sonrisa al escucharlo llegar. Aquel día, como muchos otros, al primer indicio me asomé por la ventana de mi habitación, a tiempo para contemplar los caballos mientras se detenían a una orilla de la calle. Bajo la luz ámbar del atardecer distinguí su magnífica silueta entallada en un traje que habría sido la envidia de cualquier otro miembro de la nobleza. Sí, estaba enamorada de Leopold, y él me correspondía.

Salí presurosa de la habitación. La puerta se cerró detrás de mí en un estruendo y casi atropello a una de las criadas que pasaba casualmente por allí. Con la atención puesta en mi objetivo, pasé de largo junto a ella sin dirigirle una sola palabra. Siguió su camino sin más detenimiento. Indudablemente, ya estaba acostumbrada a mi falta de apego a la servidumbre, y a aquella sí que me hacía falta tratarla, pues incluso había olvidado su nombre.

Atravesé el vestíbulo a gran velocidad mientras el servicio abría la puerta con exagerados modales. Tras un breve intercambio de palabras cordiales, Leopold entró con paso lento; admiraba la casa como si fuera la primera vez. En verdad, aquel era un magnífico cuadro digno de ser retratado por el mejor de los pintores. Los últimos rayos de sol, que ahora entraban por los resquicios más angostos de los ventanales, producían una rica variedad de ocres; desde el más brillante hasta el más oscuro. La inclinación y dirección de la luz hacía sus trucos; deformaba las siluetas de los objetos y creaba una atmósfera mágica y etérea.

Honestamente, no presté mucha atención en ese momento, pero ahora que el recuerdo es tan claro en mi mente, soy capaz de describir todo esto con una precisión sobrehumana. Estoy segura de que si ahora volviera a tener frente a mis ojos aquella escena, estaría tan cautivada que me sería imposible salir de trance.

—¡Leopold! —grité con entusiasmo.

Por instantes, la luz del exterior afectó la nitidez de su silueta. La volvió cóncava y dispersa. Era casi una aparición fantasmal. Corrí hacia él de forma felina y lo abracé. Pasé mi brazo alrededor de su cuello y lo besé en ese mismo instante, de forma que no pudiera escapar.

—Siania... —susurró antes de sofocar su voz en mi beso.

Toqué sus labios con delicadeza y él los míos mientras me sujetaba de la cintura y el servicio se retiraba con sigilo antes de que la situación se volviera más incómoda.

—Me alegro de que estés aquí —le musité al oído. Acto seguido, me separé con lentitud.

—Yo me alegro de que estés tan bella... como una rosa —me dijo mientras me ofrecía una hermosa rosa de color borgoña.

Abrí los ojos, asombrada. No me lo esperaba. Su color me sedujo al instante.

—¡Leopold! ¡Gracias! ¡Gracias! ¡¡Me fascina!! —exclamé con mi voz un tanto más aguda de lo normal.

Tomé la flor con el mayor cuidado posible para no estropearla. Aún estaba fresca, recién cortada de sus jardines. Bajo el brillo de sol constaté la forma en que el cuchillo había partido en diagonal el tronco verdoso.

El aroma llegó a mi nariz de golpe; inundó mis sentidos con su esencia voluptuosa. La miré atónita, y tuve la sensación —por primera vez en mi vida— de que era única y el destino tenía un mensaje para mí a través de ese sutil presente.

Perdí la noción del tiempo, y Leopold lo notó. Me puso la mano en el antebrazo para sacarme de mi torpeza. Suspiró y se volvió hacia mí para darme un nuevo beso, pero yo lo esquivé, apesadumbrada, como si mi corazón hubiera sido fustigado por un miedo desconocido; un temor que hasta ahora no logro explicar.

—¿Qué sucede? —inquirió preocupado. Admitió, a través del tono sumiso con el que habló, que le había sido lastimero.

—Perdóname —contesté sin pensar, y aún atontada por aquella sensación hilarante. Había sido como despertar de la calma a una tormenta.

Con su mirada me reprochó. No comprendía el porqué de mi reacción, y, sinceramente, yo tampoco. No tenía ganas de seguir estropeando aquel maravilloso instante, y añadí:

—Lo siento. Es que... la rosa me trajo un sentimiento de paz que no sé explicar.

No mentí. Toda mi energía había colapsado en una calma interna casi inaudita.

—¿Estás segura? —preguntó tratando de que yo le confirmara con mayor credulidad.

Asentí con la cabeza y bajé la mirada hacia la pequeña rosa en la que desesperadamente busqué un consuelo. Él debió insistir, pero no lo hizo. En cambio, me ofreció su brazo, y, así, juntos, avanzamos hacia el umbral.

Bajo aquella sensación aletargada me es imposible recordar quién había cerrado la puerta tras nuestra salida, o si había sido él. De pronto, me vi en ausencia de ese ímpetu felino con el que había bajado las escaleras y atravesado el vestíbulo para asistir a su encuentro.

Cientos de detalles ahora escapaban a mis sentidos, tal y como el agua se derrama por el suelo cuando el cristal que lo contiene se revienta.

—Nuestra boda será en algunos días, pero quiero hacer esto ahora. Quiero quedar limpio de mis faltas para que mañana comulguemos en la misa —pronunció con delicadeza, olvidando el penoso insulto a su beso.

Quería confesarse y yo también lo deseaba. Hacía más de dos semanas que no comulgaba; lo cual no solo es malo para el alma, sino mal visto entre la gente.

El cochero abrió la portezuela, listo para mi llegada. Al interior del vehículo pude percatarme de aquel libro grueso que creía haber perdido. Me sorprendí al encontrarlo allí, pues esperaba que estuviera en algún rincón de la casa, o en cualquier otra parte. Leopold no dio importancia a mi gesto de incredulidad y se limitó a hacerme entrar con cierto acato. Me miró como a una muñequita que se resiste a ver el mundo que él maneja con tanta gracia.

—¡Pensé que lo había perdido! —exclamé con alegría al acomodarme en el amplio asiento de cuero negro mientras el cochero cerraba la puerta y él se sentaba a mi lado.

—Y pensaste bien: lo habías perdido —aseguró mientras miraba como hipnotizado el exterior a través de la ventanilla anidada.

Aquel no era un libro ordinario: era la Biblia de la familia. Le perteneció a mi madre, y, antes de eso, a mi abuela. Ahora pasaba a mis manos, y, antes sería desheredada que perderla.

—Tienes razón, pero tú me lo has devuelto —le dije con verdadera admiración.

Rio con gran elegancia, apenas mostrando sus dientes como perlas. Entonces, se hizo un largo silencio; de aquellos que incomodan el ritmo de la respiración. De pronto, volvió su rostro hacia mí. Noté una sutil gravedad.

—Cuando nos casemos quiero que aprendas mi idioma. Quiero que leas libros de mi país —pronunció con seriedad, y me sorprendió con ese acento que casi nunca dejaba audible para mí.

—¿Qué? —pregunté algo incómoda con su propuesta; no por lo que significaba, sino por lo que podría significar para él.

Jamás me había dicho algo con tanta seriedad, y no comprendía bien el punto de tal encomienda. Su país no se llevaba a veces muy bien con el mío, pero siempre había permanecido entre nosotros la ausencia de esas rencillas propias de la gente sin clase. Además, ambos dominábamos el alemán y el latín, que eran ampliamente reconocidos en los asuntos oficiales. Prácticamente podíamos entendernos en cualquiera de los tres idiomas.

—¿A qué te refieres? No lo entiendo... Pensé que te agradaba hablar húngaro —le dije más calmada. Trataba de no desatar una disputa política—. Pensé que...

—¡Pensaste que ser esposa de un noble ruso no significaba nada —me interrumpió—, así como para nosotros un húngaro no dejaría de ser un vil extranjero en nuestro país!

Me dejó sin aliento. Realmente no podía entender sus palabras, o, mejor dicho, no quería entenderlas.

—No quise decirlo de esa manera —se justificó en voz baja al ver que mi mirada reposaba sumisa y triste en la rosa que me había obsequiado—. Siania, tú sabes lo que significa casarnos. No quiero que esto quede sin aclararse antes. Te amo, pero es obvio que existen diferencias entre nosotros, a pesar de que en este país nos encontramos dentro de la misma clase social.

—¡El ser ruso no es para mí una bendición! —espeté indignada—. Exijo una disculpa.

Él bajó la vista y curvó los labios en una sonrisilla que sentí de mal gusto. Se llevó las manos a las sienes, como si quisiera palpar con la yema de sus dedos aquellas venas que se ensanchaban hirvientes bajo su piel. Luego se acercó a mí, como si estuviera dispuesto a besarme, pero no lo hizo.

—Solo quiero decir que la esposa de un noble ruso no puede permanecer sin hablar el idioma. Te considerarán una aldeana.

Sus palabras hicieron eco en mi mente y una oleada de furia recorrió mi cuerpo. El calor encendió mi sangre como si esta fuera combustible. Jamás me había tratado como en aquella ocasión. Era un hombre que yo desconocía... *o que apenas empezaba a conocer.*

Mis dedos se cerraron sobre la rosa. La oprimieron; la destrozaron. Las espinas perforaron mis delgados guantes de tela y se hundieron en mi piel, como agujas. Disimulé lo mejor que pude el dolor que me provocaron.

—Siania, solo quiero que me comprendas, y que comprendas el papel de esposa que adquirirás. Tú quieres casarte y yo también, pero no es algo de poca importancia. Ambos debemos estar seguros de que esto funcionará.

El sopor llegó a mi cabeza y enrojeció mis ojos con la decepción. La sangre hirviente subió a mis mejillas; se trasminó como veneno por cada poro de mi piel. Los vasos sanguíneos de todo mi cuerpo, inflamados debido a la rabieta interna.

Él respiró hondo y se sumió en el asiento. Se alejó de mí al ver cómo mi mano apretaba la flor. Las gotas de sangre emanadas se confundían con los pétalos rojos; pero el dolor de las espinas dentro de mi piel no era mayor que el de mi alma.

Dispuesta a ignorarlo, mi vista se posó en la ventanilla. Mis ojos vidriaban, y aun así no amenazaban con el llanto. No me había roto el corazón; únicamente me había decepcionado. Poseía una grandeza egocéntrica que solo yo podía ser capaz de manejar para no darle una bofetada en un santiamén.

La sensación de embriaguez colérica desapareció paulatinamente hasta que, por fin, el ardor llegó a mí. Entonces, y solo entonces, pude sentir las espinas de la rosa cruelmente clavadas en mi carne. Un dolor lacerante me obligó a abrir la mano por instinto. Las espinas brotaron del interior de mi piel. Aunque eran pequeñas, penetraron lo suficiente para derramar el líquido en delicadas gotitas que impregnaron la tela de mis guantes.

Titubeé un poco, más apenada que enojada ahora, y busqué con la mirada algún lugar donde concentrar mi atención. Él se había dado cuenta de la herida y de lo que la había causado, siendo esto la razón de su repentina lejanía.

Dejé que la rosa cayera de mi palma. Ensangrentada, dio cabestrillos por mi vestido, cayó al piso del coche y se perdió de mi vista entre las sombras de los asientos. Me despojé del guante estropeado. Él respiró con cierta indulgencia, pues se sentía culpable de aquel comentario, y, como si remediarlo fuera posible, buscó algo entre los bolsillos de su traje. Trataba de sujetar algo con la punta de los dedos.

—Toma. —Extendió su mano hacia mí.

Era un pañuelo de seda blanca lo que me ofrecía. Lo tomé sin titubear, pero él me lo cedió con calma; como si quisiera hacer de ese momento en el que mis manos se aproximaban a las de él, el más sincero que había tenido conmigo. Pude ver en sus ojos café el color de la perspicacia, pero también del insulto.

Sin darle las gracias, me limité a arrebatarle la tela blanca y enjugar la sangre de mi mano. Cubrí mi piel con la seda y no quedaron pruebas tangibles del incidente. Las evidencias desaparecieron, al menos de nuestra vista; no así para nuestros corazones.

El sonido de algunas voces del exterior repiqueteó en la madera del coche, como si estuviéramos cerca de un grupo de personas que hablaban con intensidad; un efecto acentuado por el profundo silencio del interior. Los pasamos de largo, a baja velocidad. Los ejes del coche dejaron de temblar abruptamente al detenernos a un lado de la avenida.

Mis ojos se perdieron en la ventana por un momento y olvidé lo sucedido casi por completo. Contemplé el bello paisaje urbano de la época. La calidez de la capital europea, con su paisaje citadino de indudable belleza, pareciera, siempre fue igual de grandiosa.

Amplias mansiones y casas asimétricas socorrían con su desplegado arquitectónico cada estrato de la ciudad. Todas ellas, apretadas en los laberintos de callejuelas estrechas. El mortecino resplandor del sol acariciaba los tejados; los encendía en un tono rojizo muy similar al fuego de una hoguera.

El astro también proyectaba su luz contra el territorio de algodón que emergía desde algún punto en la bóveda celeste. Las nubes habían adquirido un tono ámbar, en ocasiones rosado. Se movían lentas, como ovejas en un claro. Cada una de ellas tenía una superficie espumosa, nebulosa; como una pincelada de leche batida sobre el firmamento que ya comenzaba a aparecer en la lejanía.

Algún ave crepuscular cantaba entre los árboles a media luz, y su trinar agudo llegó hasta mí como una suave melodía de presagios. El dolor en aquellas minúsculas heridas se disipó rápidamente, como si la iglesia estrujara su poder sobre mí; pude ver el edificio a través de su ventanilla en cuanto volví mi vista para enfrentarlo.

Él estaba allí, aún en su asiento, con la mirada perdida en algún punto de los altos muros. De pronto, el coche sufrió lo que, supuse, habría sido un golpe sólido; no había sido más que la torpeza del cochero que ahora descendía del pescante para cedernos la salida del vehículo.

Al abrirse la puerta pude ver con claridad el rostro de Leopold un poco más calmado; con sus labios rosa sin tensión. Estaba fresco, como hacía un rato cuando lo encontré en la puerta de mi casa. Era como si nada hubiera sucedido al interior del transporte; todo mal se había difuminado de nuestra existencia.

La rabia cedió de mí. Se convirtió inesperadamente en una añoranza por la verdad. Estaba cansada, con una sensación de culpa que no lograba explicar con exactitud. ¿Acaso era culpable por permitir que me hablara de esa manera? Adiviné que así era.

El cochero le cedió paso a él primero. Avanzó de forma elegante; un paso después del otro, sin mirar atrás. Luego, se volvió sin prestar mucha atención, y, como si fuera parte de la ceremonia, se ofreció para ayudarme a salir, a lo cual tardé unos instantes en poder reaccionar. Me hice de fuerzas supremas y acepté su mano. Percibí el calor bajo la piel de sus guantes. Imaginé su piel tersa y cálida, pero ajena; su cercanía nunca me había parecido tan insípida.

El cochero cerró la portezuela y se alejó hacia el pescante mientras Leopold y yo nos encaminábamos hacia la abovedada puerta de la iglesia. El coche continuó su breve camino mientras el empedrado era marcado por los cascos metálicos de los caballos cuyo andar era más que solemne. Sacudían de vez en cuando la crin y los rabos. Finalmente, aparcó en un lado menos transitado de la avenida.

Nunca había puesto tanta atención en mi entorno hasta aquella ocasión. Era como sentir cerca el peligro, y, a la vez, la calma. La gente caminaba de un lugar a otro. Gente elegante, gente corriente, gente de mala calaña, gente normal... De pronto, vimos que un par de hombres se acercaban. Llevaban trajes propios de la clase alta, y en ellos se notaba la galantería; pero sus cabellos estaban despeinados. No parecían mostrar mucho cuidado en este último detalle, y tampoco apostaría que tuvieran los suficientes modales como para resonar en un círculo social como el nuestro.

Ensalzaban su conversación. Esta había subido de tono en muy poco tiempo, y, pronto, tornó de lo común a lo grotesco. Uno de ellos rio con cierta vulgaridad mientras el otro vociferaba calumniosamente en el que, me pareció, era el idioma de Leopold. Él entendió aquellas palabras y se volvió hacia mí, un tanto molesto, quizá, por haberles prestado atención inmerecida.

—¡Siania! —me reprendió por mi nombre—. Debemos entrar —trató de invitarme a que volviera mi vista hacia él de forma permanente.

Su mirada, viva e intensa, era como volver a la realidad con un chapuzón de agua helada. Bajé la vista y exclamé un débil e indeciso «sí». Él tomó la iniciativa. Se adelantó y jaló de mi mano para que lo siguiera. *¡Cómo hubiese deseado alejarme de él!* Y no pude evitar la tentación de volver mi rostro hacia la muralla de casas, abatida por el deseo de libertad.

Mi corazón sufrió un abrupto golpe y mi pulso se aceleró, como el batir de las alas de un ruiseñor. En aquel momento mis músculos temblaron. Mi mente se alebrestó e hizo de aquella escena frente a mí, una pesadilla sugestiva. Me quedé paralizada por dentro y sufrí una conmoción que me es difícil —si no imposible— de describir.

El viento arrebató el pañuelo de mi mano. La seda blanca dio vueltas en el aire. Escapó sin impedimento, y no me importó. Frente a uno de los muros que allí se alzaban, dominado por las sombras propias del ocaso, había una estatua de tamaño humano. *Era un hombre.* Sí, eso puedo jurarlo. Estaba inmóvil, confiado de no estar a la vista ligera de los transeúntes.

El tiempo se congeló en mis sentidos. Deseaba verlo en todo su esplendor. Estaba quieto; tan quieto como un cadáver. Debía ser aquel el más bello y sensual cadáver, porque pese al escalofrío que recorría mi cuerpo, no podía ignorar una atracción fatalmente intensa hacia él. ¡Quizá algún talentoso escultor había abandonado su obra maestra en aquel rincón oscuro! *Una probabilidad un tanto improbable.*

Para el ojo común bien podría haberse tratado de un relieve marmóreo como tantos otros que adornan las antiquísimas calles de la ciudad; con la mitad del rostro iluminado por la tibia luz del ocaso mientras la otra parte permanecía en el enigma. Sus ojos, que me habían parecido emitían un resplandor verdoso, me miraron fijamente.

«Debo estar enloqueciendo», me repetí a mí misma esas palabras un par de veces. Intentaba encontrar una lógica a esa imagen, pues las sombras no dominaban sus ojos. Estos resplandecían, dueños de una luz propia sobrenatural. «¡Una ilusión óptica! Sí, eso era», quise pensar; «o una alucinación». Al mismo tiempo, no creía desvariar; mis sentidos me decían que no lo estaba... Pero, ¿cómo explicar aquel misterio al mirarlo a los ojos? ¿Cómo explicar algo que no sabía cómo explicar?

Creí haber pasado una eternidad contemplando la silueta de un hombre que no parecía humano. De pronto, sentí un sutil jalón en mi brazo. Volví mi rostro y me encontré con el de Leopold que, al ver que no avanzaba, había detenido sus pasos. Con el ceño fruncido me escudriñaba como a un objeto que le es extraño.

—¿Estás bien? —preguntó, cauteloso de no alzar la voz más de lo necesario.

Me encontré de nuevo con esos ojos café que ahora me parecían ordinarios y aburridos. Caían en la desesperación de verme en la completa somnolencia de la irrealidad. Creo que tuvo la impresión de haberme perdido tras aquel comentario en el coche, y en parte era cierto. Bajé la mirada al suelo y lo consolé con avanzar un paso hacia él. Quise romper la barrera invisible que se había creado entre ambos.

—Tu herida... —murmuró cabizbajo.

Acercó su mano a la mía y contempló las huellas de sangre. Sus dedos recorrieron con discreción las formas de mi mano.

—No fue mi intensión que te lastimaras. —Sus palabras eran transparentes y honestas—. Será mejor que regresemos para que te curen la herida —musitó mientras una señora mayor cruzaba a su lado y tosía con discreción. Se persignó al entrar. Sus pasos se proyectaron con agresividad cavernosa contra las losas de la majestuosa iglesia.

—No, en absoluto. Solo es una herida leve. Debemos entrar —me apresuré a decir antes de que mi ego creciera con la sumisión de Leopold. Aquello había sido una eficaz demostración de mi fortaleza interna, y alimentó mi orgullo como leña al fuego.

El arco de roca sólida, que daba la bienvenida a la majestuosa iglesia de corte gótico, era macizo e imponente. Su diseño era simplemente soberbio, y en lo alto de la fachada había un complicado vitral multicolor que reflejaba los últimos arañazos dorados del atardecer.

Antes de traspasar el umbral, dirigí nuevamente la mirada hacia atrás. Pretendía encontrar aquella silueta espectral, pero había desaparecido. Se esfumó como por arte de magia, y la angustia se apoderó de mí. Deseaba volver a ver esos ojos sobrenaturales, *tan solo una vez más.*

LA CONFESIÓN

La luz del moribundo cielo entraba por el gran vitral de la iglesia y proyectaba sus coloridas y errabundas luces sobre las losas, como en un gran tapete persa en el que las tonalidades infinitesimales parecían avanzar a la misma velocidad con la que desaparecían debido al perpetuo tránsito del sol.

De los altos techos abovedados colgaban candelabros sostenidos por cadenas de enormes eslabones, y en los muros resplandecían todo tipo de creaciones. Los rostros de los ángeles en los nichos yacían lúgubremente coloreados de un rosa pálido. La atmósfera del lugar era sobria, más de lo que alcanzaba a recordar desde mi anterior visita.

La hermosa iglesia había pasado fugazmente de la época románica para convertirse en un laborioso monumento gótico en el que las luces impostadas del reino solar se desplomaban sobre la tierra de los hombres, como una muestra tangible del poder divino de Dios. Las bancas, colocadas en hilera, como en un teatro, solo daban hacia un punto: el cerco sagrado en el que reposaba la mesa del ofertorio. El altar. Sí, allí donde el sacerdote ofrecía cada domingo el pan y el vino que salvaba del pecado incluso a los faltos de fe.

Las luces de los cirios alumbraban el área. Estaban colocados en sus pedestales, inmóviles, como guardias aletargados. Las gotas de cera escurrían como lágrimas recorren un rostro melancólico. Las velas no habían sido encendidas en todo el lugar; solo aquellas que custodiaban a los santos, cuya mirada —a veces amenazante, a veces triste— era iluminada a fin de reafirmar su relieve pétreo.

La mujer anciana, que ahora estaba sentada en una de las bancas cerca del púlpito, apenas desvió la mirada hacia mí, pero con tal intensidad —como si supiera del desconcierto por el que pasaba— que no pude evitar volver mis ojos hacia el sagrario y huir de su juicio. Fue algo extraño; una sensación que me puso los cabellos de punta y que me pareció casi imposible de soportar.

Con la mente ocupada en un sinfín de cavilaciones, casi había olvidado que Leopold caminaba a mi lado, un poco adelantado. Me guiaba con sus pesados pasos. Estos resonaban en las losas con un toque lúgubre, como tamboras en una ceremonia tribal. En aquellos momentos mi mente era un torrente de ideas, sensaciones, recuerdos y añoranzas sin sentido que me perdían en mi misma irrealidad.

¿Por qué recién ahora me sucedía esto? ¿Qué tan frecuente me pasaría a partir de ahora? ¿Y si así permanecía...? Eran preguntas que me fustigaban como latigazos, ansiosas por respuestas. No obstante, desaparecieron paulatinamente conforme mi atención se centraba en las pinturas que pendían de las paredes. Aunque no estaba segura de que esto fuera positivo, por el momento me distrajo lo suficiente como para sentirme ligeramente revitalizada.

Sí, mi mente colapsaba en una idea nueva a cada minuto; como si se llenara de interés ante algo y luego ya no hubiera más que el encanto por otra cosa, espontánea, pero tan sublime como la anterior. Comenzó a seducirme la idea de que algo misterioso me acontecía, y me generó, así, una tentación por perder el conocimiento voluntariamente. Tuve miedo; un miedo que nunca antes había sido tan atrayente.

A un costado estaba el confesionario. Un par de fieles aguardaban. Aquellos hombres, a pesar de que podían haber tomado asiento cómodamente con tan solo acercarse a la orilla de la fila, estaban resueltos a permanecer de pie sin razón alguna. Nosotros también tendríamos que esperar de aquella forma, más por solidaridad que por convicción. No sería un problema para mí, desde luego, aunque hubiese preferido sentarme un momento a descansar con la esperanza de que mi cabeza volviera a su estado normal. Pero no importaba; sentada o de pie, mi mente curiosa encontraba rápidamente con qué entretenerse: sonidos, misteriosas apariciones, revelaciones divinas... *¡Solo Dios sabía lo que me aguardaba!*

Contemplé los rostros exánimes de quienes esperaban el sacramento. Uno de ellos mantenía la vista, solemne, en algún punto en la pared. Seguí su mirada para encontrarla imantada a una esfinge de madera oscura que representaba a la Virgen María con el niño Jesús en su regazo. El otro hombre mantenía la vista baja, con la mente nublada por el velo del recogimiento. Movía sus labios con fervor. Tan solo se escuchaba un murmullo.

Con mis sentidos aletargados, no pude notar el momento exacto en el que Leopold puso la mano sobre mi brazo, como si quisiera despertarme de un pesado sueño.

—Te vez pálida. —Su mirada era de preocupación.

Su acento ruso volvía a presentarse con abundancia y me hizo recordar el incidente en el coche, y, como por instinto, bajé la mirada para observar mi mano. Las marcas de las espinas seguían abiertas, pero la sangre se había coagulado. Solo eran unas diminutas marcas rojas.

Él se acercó a mí con cierta paciencia. Aceptó el silencio de mis labios, y, tras confirmar que nadie nos observaba, me pasó el brazo por arriba de los hombros en un abrazo de amigos. Luego, me apretó cuidadosamente contra su pecho hasta el punto de sumirme en la negrura de su abrigo.

—Siania... —susurró junto a mi oído.

Sus poderosos brazos me rodearon con toda la calma del mundo, como si yo fuera su niñita. No sé si se arrepentía de la discusión, pero noté en él una extraña mezcla de tristeza y resignación. No dijo nada más, pero asumí que él había notado la frialdad de mi abrazo. Me sentí como si no mereciera su amor. Pero... ¿acaso él merecía el mío? No, tal vez nadie merecía el amor de nadie. Tal vez solo éramos vestigios de algo grande. Éramos lo que había quedado de algo superior, algo que nadie debería de amar. Pero acostumbrados a nuestra condición, nos habíamos dedicado a crear lazos que iban de lo insensato a lo amargo, a lo que da un sentido a nuestras vidas; pero también a lo que no se puede soportar por largo tiempo.

Su calor corpóreo y su aliento tibio en mis cabellos fueron agradables, pero no aliviaron mi angustia. Sus dedos se quedaron estáticos en mi espalda, como si yo apenas pudiera representar algo más que una amiga y una compañera en la soledad. Intenté corresponderle con cariño y afecto, pero en el trayecto me había vuelto fría y desconfiada. Creo que aquellas crisis de atención habían repercutido en mí, aún más que el incidente camino a la iglesia.

Aquella tarde me había convertido en un ser insensible, aunque, por otra parte, ahora era capaz de sentir en demasía. Traté en vano de razonar tanta contrariedad en mi mente. Me sentía desvalida, como una muñeca de trapo que necesita de la niña para moverse.

Él llevó su mano a mi cabello. Lo acarició mientras mis ojos se movían hacia el sagrario. Observé todo el panorama con suma atención, pero sin distraer mis viejos pensamientos de naturaleza filosófica. El frío llegó a mi nariz, y la sequedad de aquel lugar se combinó con el sugestivo aspecto antiguo y medieval. De pronto, hubo un golpecillo que me provocó un sobresalto. Los brazos de Leopold se deslizaron por arriba de mis hombros y se apartaron de mi espalda. No tenía la mirada en mí, sino en un punto en el que yo recordaba estaba el confesionario.

Volteé hacia donde él miraba solo para darme cuenta de que la mujer de mediana edad que salía, se enjugaba las lágrimas de los ojos con pasión; un llanto producto del recogimiento por sus pecados. El hombre que aguardaba detrás de ella tomó la manija y atrajo la puerta hacia él. La abrió cortésmente en forma de abanico mientras ella se marchaba en silencio.

Ella asintió con respeto, incapaz de pronunciar palabras de agradecimiento. Sus pasos no hicieron eco en la lejanía; se asemejó a un fantasma que flotaba. Desapareció de mi vista por unos momentos mientras pasaba a lo largo de unas altas columnas que llevaban a una capilla contigua, donde se perdió definitivamente.

—Señorita... ¿Quiere pasar primero? —Escuché una voz que me sacó de la trayectoria en la que aquella mujer había desaparecido. Sufrí un sobresalto cuando por fin pude reconocer las palabras y de quién provenían. Me volví hacia aquella voz gruesa y me encontré con aquel hombre que abría la puerta. Detenía su entrada para darle la prioridad a una dama. Volteé a ver a Leopold, y él consintió la decisión, cualquiera que tomara. El tiempo que tardé en responder fue una eternidad para mí. El recinto sagrado había producido un misterioso efecto en mis sentidos; la vista se me nubló lentamente y las voces se volvieron un susurro gutural. Mi cuerpo tembló. No obstante, Leopold ni siquiera sospechó de mi malestar.

No, nadie fue capaz de notar nada. Seres ciegos, ignorantes de todo cuanto acontecía en derredor. Todos ellos, ensimismados en sus propios problemas, debían creer que yo estaba bien... *y yo también.* Solo era una joven de clase alta próxima a casarse con el hombre de su vida. Sí, bajo esas circunstancias era fácil encontrarse bien.

Me encogí de hombros y di un paso hacia adelante. Entonces pude ver con mayor precisión aquel rostro varonil con la marca de los años en la piel, que me invitaba a pasar primero. No tenía la apariencia de un aristócrata, pero parecía, al menos, muy fino en el vestido y en los modales.

Acepté su cordial ofrecimiento mientras los sonidos volvían a mí de forma pacífica. Poco a poco desapareció la sensación de desvanecimiento. Cuando pasé a su lado musité con timidez un «sí, gracias» apenas audible. Aquello no le molestó; incluso pareció agradarle, ya que de inmediato hizo una reverencia. Cabizbaja, entré en la celda. Las bisagras de la puerta no chirrearon al cerrarse, pero la puerta retumbó con fuerza en medio del cavernoso silencio al golpear madera con madera. Así, esta se cerró tras de mí, como el telón cae al final del acto; solo que esta obra apenas comenzaba.

El confesionario estaba oscuro. Al principio, me sentí como encerrada en un baúl sin salida; un sarcófago, quizá. Mi vista estaba baja, y, lentamente, a medida que mis pupilas se adaptaban a la escasa luz, me dirigí hacia la rejilla de orificios romboidales. Esta dejaba traspasar la imagen de un perfil alterado por un claroscuro penetrante. El sacerdote portaba una sotana cuyos detalles me eran imperceptibles en la penumbra.

En sus bigotes y barba las canas salpicaban aquí y allá con delicadeza. No obstante, en la cabeza ya dominaban lo que antes había sido un pelo negro y tupido. Su piel era blanca, pero ahora lucía una tonalidad amarilla debido al efecto del atardecer. Bajo sus ojos se marcaban unas amplias ojeras que evidenciaban una piel cansada, y su frente mostraba los pliegues de la edad. Pude distinguir, sin embargo, sus nutridas mejillas sonrosadas; evidente signo de vitalidad.

Me miró con sencillez, sin ocultar un solo aspecto suyo; orgulloso, aunque humilde a la vez, de llevar la palabra de Dios y hacer Su voluntad. Por fin me sonrió. Frunció los labios y arqueó las comisuras al tiempo que musitaba algunas palabras en húngaro que me parecieron toscas y faltas de contraste con lo que yo venía a buscar. Me hizo recordar el acento ruso del que pronto sería mi marido.

—Hija, me alegro de que hayas vuelto, aunque no fue tan pronto como esperaba... Dime, ¿cómo has estado? —preguntó con voz amigable, un tanto alegre, con su fuerte acento nacional.

Al principio me pareció como si se dirigiera a otra persona; como si yo hubiera dejado mi cuerpo material y solo se dirigiera a una representación mía.

—Bien, padre —murmuré poco convencida. Agradecía el interés mostrado. ¿Sería demasiado corresponder a la pregunta? Debía arriesgarme. Esperaba que no estuviera fuera de lugar—. Usted... ¿cómo está, padre?

—Bien, muy bien, gracias a Dios. —Sonrió con discreción. Adiviné sus palabras eran verdad, pues el tono con que lo dijo era de alguien satisfecho con la vida y con lo que tiene. Creo que eso había roto un poco la frialdad entre ambos.

—Quisiera confesarme —admití discretamente. Deseé que en realidad solo me escuchara Dios.

—Confiesa tus pecados, hija mía. Dios te escucha —me contestó muy serio, pero con esa misma mirada dulce con la que me había recibido.

No supe qué decir. Él volvió su vista varias veces hacia mí, pues indagaba internamente la razón de mi largo silencio.

—Ese es el problema —admití cabizbaja—. No he cometido pecado alguno... Pero sé que quizá lo hubiera cometido de haber tenido la oportunidad.

De aquella manera —un tanto tosca— había roto con el silencio habitual de aquel estrecho recinto de madera oscura. «Quizá me había excedido con mi honestidad», pensé. Generó un ambiente tenso, como si de pronto lo que mis labios habían pronunciado vaticinara el futuro. Me sentí perversa.

Él me miró muy serio mientras asimilaba lo que yo había dicho. Analizó cada una de las palabras, descifrando el mensaje oculto. No había ninguno, claro estaba. No obstante, aquello había rebasado sus expectativas... *y las mías también*. Se acomodó en su asiento, como si aún trabajara sobre los últimos datos de aquel enunciado y se preparara para dar un sermón. Aguardé paciente, pero él no dijo nada. El silencio me pareció insoportable.

—Padre... No he tenido oportunidad de serle infiel a Dios... —continué con mi irreverencia—. ¿Cómo puedo estar segura de que merezco su piedad? ¿Cómo puedo ser castigada por algo que no he cometido? Pero, ¿no sería peor ser premiada por algo que no ha sido competencia para mí? —lo interrogué como si él mismo fuera el Altísimo. Demasiadas preguntas de una sola vez. «Debí haber hecho una pausa, por lo menos», me reproché.

La sangre corría dentro de mi cabeza a todo galope, y estaba a punto del llanto, pero me controlé. Puse las manos sobre el descanso, en forma de oración, y pestañeé lento. Lo observé atenta por si decía algo con la mirada, pero nada sucedió hasta entonces.

—Padre... ¿Qué debo hacer si creo en Dios, pero no creo en mí? ¿Cómo encontrarme con él si no siento que siquiera existo?

El sacerdote bajó la mirada y frunció el ceño con angustia. Siempre me había confesado con él, o, al menos, la mayoría de las veces. Le había contado mentirillas sin importancia. Incluso una de las más graves cuando le dije a mi madre que había terminado de leer la Biblia desde hacía un mes; cosa que no había hecho por darle importancia a cosas más terrenales. Incluso cuando mentí al decir que había golpeado con el zapato una araña solo para que ella se sintiera más tranquila, pero que en realidad la había sacado por la ventana con ayuda de un pedazo de papel. De todos modos, el haberla salvado no había sido de gran mérito; afuera empezaba a nevar y, creo, pereció de una u otra manera.

Sí, mentiras tontas, infantiles; claro reflejo de una vida carente de sentido, sin emociones. Y no estoy diciendo que cometer pecados le dé a la vida el valor. No, por supuesto que no, pero el tener las opciones quizá sí. Necesitaba un contrapeso... «Sí, y cuando este finalmente llegó, aquel lado de la balanza se inclinó demasiado», me digo ahora.

—Creo que usted tampoco tiene la respuesta... —confesé aturdida.

—Señorita Siania... —Volvió su vista hacia mí respetuosamente, como si comprendiera cada palabra, o, al menos, estuviera habituado al tono con el que le hablé—. Dios tiene muchas cosas para nosotros. Entiendo que tienes infinidad de preguntas de naturaleza filosófica, y no eres la única.

»El hombre ha indagado todo esto a través de los siglos, desde que vivía en cuevas, pasando por la magnificencia de las pirámides hasta la modernidad de nuestros tiempos, y temo que no se ha llegado a grandes conclusiones. He de confesar que yo mismo me he hecho muchas de las preguntas que ahora me presentas...

Bajé la mirada, cohibida por aquel rostro de cera que parecía derretirse en preocupación. Las arrugas, fruncidas en una telaraña que le cubría toda la frente.

—De algunas he encontrado respuestas que me han satisfecho el alma; de otras tantas, no. Pero ahora, con el paso del tiempo —y tras decir esto me indicó las canas de su barba—, tampoco es que me importen mucho. Está en nuestra naturaleza no entenderlo todo. Solo alguien puede. —Indicó con el dedo hacia arriba; hacia el cielo—. Es esta curiosidad un mecanismo, una tentación, un motivo para que la humanidad avance y progrese. Dios es muy sabio al darnos nuestros defectos y virtudes, y solo nos queda confiar en él.

Se volvió hacia mí. Se acercó un poco hacia la rejilla y me miró con suma atención, como preparándose a fin de revelar un íntimo secreto cuya gravedad hiciera al mundo pender de un hilo.

—Quizá debas cuestionarte debido a qué es que han aparecido esas interrogantes en tu mente. A menudo todo es un efecto, una reacción ante una circunstancia específica.

Abrí mis ojos como platos. Sus palabras me pusieron el corazón al límite. Él se volvió a acomodar en el asiento, un poco más sereno.

—Respecto a una de tus preguntas... —dijo, esta vez haciendo un esfuerzo por recordar mis palabras—. Ah, sí, ya recuerdo. —Respiró hondo y se encogió de hombros—. El cometer pecados es algo relativo. Depende de muchas cosas. Pero donde radica el pecado en sí es en la voluntad... en la decisión. —Entrecerró los ojos mientras se dibujaba una leve sonrisa en sus labios—. Tus circunstancias no son las mismas que las de un campesino, pero tampoco que las de una princesa, o que las de un verdugo. Tus acciones deben juzgarse en medida de tus circunstancias.

—Pero... —lo interrumpí.

—Sé a lo que te refieres —me interrumpió a su vez—. Imagina las celdas de una prisión. En una hay un asesino que ha matado sin razón alguna, por el simple hecho de la barbarie; y en la otra, un hombre común que ha matado por defender a su familia. En este último no hay mal alguno, pero está allí porque nadie pudo entender y justificar ante la ley por qué lo hizo. Ambos tienen la misma sentencia. Ambos, incluso, las mismas circunstancias, o, por lo menos, parecidas...

—¡La intensión! —exclamé con alegría—. Uno es bueno y el otro no.

—No solo es la intención, no solo las circunstancias. Lo es todo. Y temo que sería una larga conversación digna de debatir —pronunció a manera de excusa por tener que dar por terminada nuestra cesión. Más personas esperaban después de mí; personas con, espero, no tantas preguntas como las mías—. Yo solo soy un ignorante más que intenta, así como tú, llegar a una conclusión sobre esta vida. Busca la respuesta a tus preguntas. Haz oración y Dios te contestará.

Ahora la sorprendida era yo. Jamás pensé que aquel anciano sacerdote me pudiera responder de la manera tan sabia como lo había hecho. Siempre me había dado consejos para todo tipo de problemas, y yo los había seguido, pero jamás se había visto tan selecto como ahora. Era como si de pronto el Espíritu Santo lo hubiera iluminado con un solo consejo para mí: busca a Dios y te responderá.

Ambos guardamos silencio un par de minutos. Meditamos sobre lo que ambos habíamos dicho. Yo siempre había sido la niña pequeña y él el maestro, pero nunca ambos los niños pequeños llenos de preguntas.

—Padre, quiero mi penitencia —le supliqué aún con el estupor de nuestra conversación. Él me miró con un gesto de calidez y sobriedad, como lo hace un padre amoroso hacia su hija pequeña.

—Siania, tú lo has dicho; no has cometido pecado. Así que no hay penitencia. Solo hay un consejo: ora.

El sacerdote hizo la señal de la cruz y me bendijo.

—Oraré, padre —exclamé en un hilillo de voz.

Me levanté. El lugar parecía haberse hecho un poco más amplio desde mi llegada. Empujé la puerta y salí con la mirada baja. No tuve idea de lo profunda que había sido nuestra conversación hasta que salí, y, entonces, el mundo volvió a plantarse a mi alrededor; como recordándome que nada había cambiado.

Me encontré de nuevo con aquel hombre que me había cedido su lugar. Me sonrió y yo le contesté de la misma forma. Leopold, junto a una de las columnas, estaba serio, pero no se veía disgustado. Yo diría que parecía melancólico. Sus facciones, renovadas por una calma interior. Me contempló mientras me alejaba de la puerta del confesionario y el amable caballero que me había cedido su lugar desaparecía al interior de la celda. Dirigí mi vista hacia el sagrario, dispuesta a fingir mi penitencia a la vista de Leopold. No me importó que él creyera la gravedad de mis penas era suprema.

Me senté en la banca de madera y me disipé al suelo. Caí de rodillas y mi vestido se llenó de pliegues. Sentí que la vista de Leopold se clavaba en mi espalda, resuelto a contemplar el mismo proceso de enmienda después de cada confesión. Tuve la sensación de que el lugar se había oscurecido gravemente después de revelar mis pensamientos más aletargados y profanos; o quizá era que la noche simplemente ya había tendido su manto sobre la ciudad.

Aparté la Biblia de mi regazo. Quise protegerla de cualquier palabra en mi mente que me incitara a abrirla sin antes haber meditado, o, en su defecto, hecho el intento por meditar. Puse el libro en la banca, cerca de mí. Cerré los ojos y puse las manos al frente mientras me sumía en un padrenuestro que sonaba mecánico. No sé cuánto tiempo debí permanecer así, pero al cabo de algunos minutos la puerta del confesionario se abrió con un tosco sonido. Volví mi vista hacia aquel lugar y contemplé el doloroso caminar de aquel hombre que se trasladaba a lo largo de las hileras de bancas. Trataba de encontrar un lugar cercano al altar. Apostó a que así Dios le escucharía con más facilidad.

El retumbar de sus pasos secos reverberó en el aire y se propagó en un eco sepulcral. Me concentré tanto en aquellos sonidos que casi olvido que mis rodillas ya se habían entumecido, así que me puse de pie. A mis espaldas, el sonido de la puerta al golpear el marco me anunció que el único que quedaba para pasar a la confesión era él: Leopold.

Volví mi vista sin interés. Aquello no me había entusiasmado en absoluto, y un intenso vacío se apoderó de mí; un intenso vacío que contrastaba con los momentos de mi más alta espiritualidad hacía tan solo unos minutos. Me acomodé con discreción sobre la banca y dirigí la vista hacia donde aquel hombre se había hincado para ejercer su penitencia; sus rodillas se dejaron caer lentamente en el descanso y llevó las manos al frente. Oraba con angustia. No pude escuchar más que un murmullo apagado.

A poca distancia suya, ignorante de su devoción, pasó uno de los que resguardaban la iglesia y encendió las velas colocadas en la base de algunos santos que hasta ahora permanecían en la más densa penumbra. No obstante, aquel caballero permaneció con los ojos cerrados. La cálida luz de una vela lambió el rostro del hombre. Le devolvió su encarnado color mientras el recinto se llenaba de un aspecto medieval. El monaguillo se movió por los rincones. El ritmo de sus pasos ceremoniosos y el rozar de sus ropajes era un rumor apenas audible. Encendió cuidadoso cada vela y llevó la llama, en ocasiones, a lo alto de los faroles.

El olor de la cera se hizo más fuerte; denso. Por un momento, me volví a sentir mareada y recordé mi herida. Aquella se había vuelto un recordatorio de lo que las emociones humanas son capaces de producir. Volví la mirada hacia aquel hombre, pero ya se había puesto de pie. Se persignó lacónicamente y, tras una última mirada hacia el sagrario, se dirigió a la salida, listo para recibir la comunión al día siguiente. «Su penitencia había sido rápida y efectiva», me repetí en la cabeza con cierto consuelo.

Me había sentado cómoda mientras aguardaba por Leopold, y estaba segura de que sería breve la espera, pero hasta ahora había sido una desabrida eternidad. Podía aprovechar y orar, justo como el padre me había aconsejado, pero me encontraba distraída. De la banca, de aquella seca y pulida madera rojiza, tomé la Biblia. Estaba decidida a dar un primer paso, y quise abrirla, pero en aquel instante unas voces resonaron en los muros. Volteé, perturbada por semejante intrusión.

Dos mujeres avanzaron ruidosamente hacia el interior de la iglesia. No pareció importarles que en aquel lugar gobernara la calma. Alzaron sus voces en varias ocasiones. Estaban alteradas, nerviosas. Finalmente, fueron a sentarse en una banca cerca del confesionario. Entonces guardaron silencio; intimidadas, quizá, por la presencia de un distinguido caballero como Leopold.

Un ligero ardor en la mano me hizo bajar la mirada hacia la lesión en mi piel, de la que ahora manaban unas densas gotas. Me había rozado la herida con el borde de aquel libro negro y, como por impulso, lo dejé caer sobre mis piernas en lo que el dolor desaparecía. *La sangre acarició la Biblia.*

En aquel instante alguien más entró a la iglesia. Avanzó con paso ligero, solemne e impecable. Había algo especial en su andar. Me recordó a los pasos de un bailarín de gran talento. Como atraída por una fuerza sobrenatural, volví mi vista hacia la entrada. Era un hombre alto, delgado y con la apariencia más galante y distinguida que hubiera visto en toda mi vida. Caminó sin detenerse, con la mirada clavada en el altar; quizá con la premeditada intensión de no revelar su rostro a nadie. No pude reconocerle ni contemplar sus rasgos, pero alcancé a notar su fino cabello oscuro, su porte y su elegante traje. Me recordó a aquella escultura humana que había contemplado en el exterior, en el muro de sombras.

Erguido, completamente derecho sobre su columna, destacaba la pose de algún dios griego al que pudiera haber encarnado con facilidad. Ambos brazos caían a su costado y se mecían suavemente con su felino andar. Me dio la impresión de que aquellos movimientos gráciles y sagaces le daban un aspecto de incorporeidad. En definitiva, su apariencia era soberbia; una aparición celestial, o algo terrenal de exquisito fervor.

Solo se detuvo un momento frente al sagrario para hacer una sutil reverencia. Después, continuó su camino hacia las tinieblas. Sí, para mi sorpresa se introdujo en la oscuridad absoluta de un recoveco de la iglesia que hasta ahora no había notado. Alejado de la débil luz de las velas, el lugar parecía una mancha de negrura. Clavé mi vista en aquel lienzo negro y añoré la belleza de su cuerpo, de sus movimientos... ¿Y, por qué no, de su esencia?

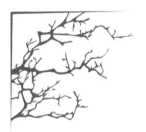

SUSURRO

El olor a cera líquida y ardiente se volvió intenso. Pude escuchar el nuevo irrumpir de la puerta al abrirse. En ese momento, Leopold se adelantó para entrar al confesionario. No intentó darles el lugar a aquellas féminas que habían llegado como en parvada. Él ya había esperado mucho; era justo que fuera su turno y se reuniera conmigo, pues tampoco era de muy buena educación hacer esperar a la que pronto sería su esposa.

Intenté volver a sumirme en mis erráticos pensamientos —quizá ya les tenía cierto aprecio— mientras aguardaba a que él saliera de la confesión; y he de admitir que ha sido uno de los momentos más largos de mi vida. No por la espera, sino por lo que aconteció.

A cada instante llegaban, en oleadas, los murmullos de aquellas mujeres. Cuchicheaban de forma impertinente y volvían sus rostros de vez en cuando hacia uno de los rincones. Tengo la impresión de que realmente creían que eran prudentes, aunque no lo demostraron. Con sus vestimentas me sugerían se trataba solamente de gente de clase baja. Sus cabellos estaban peinados con simpleza, recogidos hacia atrás en una cofia de mala calidad. No tenían la culpa de haber nacido en esa clase social, pero esas eran circunstancias que no me interesaban; al menos no en ese entonces.

Decidí no prestarles más atención. Se veían vulgares, y yo tenía una clase superior. No eran de importancia para mí sus chismes mundanos. Abrí aquel libro santo. Pasé varias hojas y observé sus detalles. Había dibujos que se extendían en ocasiones de página a página, y que ilustraban —al estilo del medievo— las remembranzas de una época lejana. Los palpé con los dedos, deseosa de sentir su relieve y comprobar que eran reales.

La zarza en llamas, el arca, el camino a la tierra prometida; todos ellos, sucesos que habían marcado para siempre la historia de la humanidad. Imágenes coloreadas de forma monumental, con sus siluetas desproporcionadas, faltas de dimensión. En una de ellas, el personaje principal, en ademán glorioso, mostraba las manos abiertas al recibir las tablas con los mandamientos. Haces de luz caían sobre él y destacaban su inconfundible rostro, ensalzando su forma profética.

Mi mente recreó los sonidos de aquella ilustración, así como de otras tantas en las que se representaba el paisaje desértico con gran exactitud; el viento al mecer los arbustos espinosos, el lejano rumor de los animales de pastoreo... Observé las estáticas letras en su sello de imprenta, con sus laboriosos adornos, como alambres retorcidos. Remarcaban la belleza de cada una de ellas, como notas musicales que acompañan un verso. Pasé las hojas hasta detenerme donde yacía un listón rojo, justo en la página en que me había quedado la última vez.

De pronto, noté que algo no estaba del todo normal. Un súbito silencio se había apoderado del lugar. Aquella quietud inaudita me permitió escuchar los latidos de mi corazón golpear fuerte dentro de mi pecho. Aunque un cierto estrato de mí agradecía tanta calma, un impulso me recordó que no estaba sola... ¿Qué había hecho a las señoras guardar silencio? ¿Qué podía ser tan determinante como para influenciarlas en una conducta tan antinatural de su ser?

Un angustioso murmullo me hizo dar un brinco en el asiento. Me exalté, sorprendida, pero casi de inmediato identifiqué la fuente y tomé aquel incidente con toda naturalidad. Había sido una de ellas. Vencida por las circunstancias, respiré hondo y cerré el libro. Continuaría con la lectura más tarde, *si Dios lo permitía*.

Entonces hubo un gemido grotesco. Volteé hacia atrás solo para constatar que una de las mujeres se cubría la boca con las manos, delatándose. La otra mujer apresuró su mano hacia los cuatro puntos cardinales y formó el desconsolado signo de la cruz. Sus dedos dibujaron la señal sagrada en su rostro y pecho, como una paloma que revolotea a lo largo y ancho de un árbol. La otra la imitó, aunque un tanto más aletargada. Me pareció que su mirada estaba fija en un rincón: el mismo rincón dónde aquel hombre misterioso había desaparecido.

Al principio no las tomé con seriedad, pero, súbitamente, una de ellas se puso de pie, y, después de mencionar en voz clara y concisa el nombre de Dios y de todos los Santos, corrió hacia la salida del recinto, como si la persiguiera el mismísimo diablo. Sus pasos replicaron como una campana al anunciar el desastre. Atravesó las enormes puertas y salió presurosa a la calle, donde, imagino, al fin pudo encontrar alivio lejos de la superstición de la que había sido víctima.

La otra mujer, visiblemente más afectada, tardó en imitar a su compañera. Me sentí frágil ante sus bruscos movimientos y consideré aquella actitud una severa falta de respeto para el Altísimo. No obstante, muy en el fondo, me causó gran angustia sea cual fuese la razón de su comportamiento.

Volví mi vista hacia el sagrario, y, por un segundo, creí ver una especie de luminiscencia verdosa en la oscuridad indeleble de aquel rincón. *¿Unos ojos?* Fue rápido, tan solo un parpadeo. ¿Acaso era eso lo que había provocado pavor a las mujeres? ¿Quizá lo había imaginado, como se imagina un rayo en la tormenta? ¿Acaso el relámpago no podía ser real, aun cuando no lo confirmara estruendo alguno? El rayo no se preocupa por las exigencias de nuestros sentidos al pretender descargar su furia sobre la tierra. Simplemente, el relámpago es su secuaz; silencioso, momentáneo y frágil. Capaz de separarse ante nuestras capacidades primitivas. Un rasguño de realidad que ahora se presentaba con pruebas de mi locura.

Y los sucesos extraordinarios no terminaban: en el momento en que apartaba mis ojos hacia el pasillo central que daba hacia el altar, una alta y delgada figura traspasó el umbral. Iba vestida con suma elegancia, como esas mujeres que se ven en los bailes de algún palacio de la sofisticada Europa Occidental. Me dio la impresión de encontrarme al interior de un castillo inglés o francés, con toda la modernidad de la época. Ella solo podía ser la anfitriona; una reina sin corona, pero de sublime belleza.

Se movía de forma parecida al caballero que había entrado con anterioridad. Los mismos pasos cuidadosos, serenos, ágiles y mortales; como los de un felino, pero con la elegancia de una dama. Mientras se movía, su cuerpo parecía una hoja otoñal danzando en el viento; frágil, pero certera; incorpórea. Quizá un fantasma, una aparición sensual, un delirio perfecto... «No, no podía ser de este mundo», me repetí una y otra vez, rehusándome a la lógica.

Su rostro era un enigma. La luz de las velas no iluminaba lo suficiente a través de sus largos y lacios cabellos negros que, libres, bajo un ligero velo, caían a un lado de su blanquísima mejilla y por sobre sus hombros —si bien un estilo poco apropiado en aquella época, también poseía cierto encanto— mientras su vista permanecía fija al frente, posada en el sagrario. Parecía, más que nada, concentrada en su visita; seducida por la magnanimidad del altar central.

¿Sería su rostro igual de sublime que la silueta que podía advertir de su cuerpo? Me hizo adivinar su extrema belleza sin siquiera haber contemplado su rostro. Cada vez que yo trataba de bajar la vista de vuelta hacia mi Biblia, la imagen de aquella dama se cernía en mi mente. Indagué vanamente en mi cabeza sobre la procedencia de su extraordinaria existencia. Tenía tanta elegancia que me hizo desear su esencia, poseer su perfección.

Sus movimientos delicados, decisivos, y a la vez graves, eran propios de un ser de inexplicable superioridad; simplemente indescriptible. Si aquel hombre me había parecido una especie de dios griego, aquella era, quizá, un ángel encarnado. Se detuvo a una prudente distancia del cerco sagrado. Aguardó un momento antes de dar media vuelta y dirigirse hacia la primera fila de bancas. Se transportó sin esfuerzo, sigilosa, con la sobriedad que su misma persona transmitía.

De pronto, me di cuenta de que estábamos solas en la profundidad de la iglesia. Solo nosotras dos. Incluso aquella mujer mayor que había entrado al tiempo que nosotros, se había marchado. La sensación me desconcertó y me hizo recordar los rostros de pánico de aquellas mujeres.

A cada instante crecía mi curiosidad hacia aquella mujer. Quizá solo la confundía con las musas descritas en las epopeyas donde la belleza de una mujer es capaz de causar las disputas catastróficas más elocuentes jamás narradas. Pues, aunque me provocaba temor, una parte de mí se sentía cómoda, atraída por su aura enigmática.

Tomó asiento en una de las bancas. La mortecina luz de los cirios apenas la tocaba; las sombras del lugar la acogieron y desaparecieron sus rasgos más finos. Su mirada, según pude distinguir por el ángulo en que dirigía su rostro, estaba posada en el mismo punto en el que aquel hombre se había ocultado; en busca del que solo podía ser su par. No, no podía imaginar a nadie más digno para ella que aquel caballero. Cualquier otro hombre ordinario a su lado habría sido un insulto a su presencia sublime.

Noté que conversaba en murmullos con alguien invisible. *¿O eran plegarias?* Ansiosa, con ese presentimiento que advierte de algo extraordinario, no pude más que envidiar su atención. La chica acomodó sus largos y lacios cabellos sobre el hombro. La elegancia de sus movimientos me provocó un sobresalto. Alzó su mano con sutileza, como si exigiera recibir algún objeto de los que allí se encontraban. Me pareció, más bien, que podría haber sido un movimiento aislado de quien dirige una orquesta. Y, sin embargo, de no haber tenido mi absoluta atención, no hubiese sido capaz de percatarme de aquella señal, pues había sido muy discreta.

Y como respuesta ineludible a sus órdenes, de las tinieblas sepulcrales, como si brotara de la rocosa pared de la iglesia, un rostro emergió lentamente. Reconocí al instante unos ojos verdosos, traslúcidos como el cristal y poseedores de una fosforescencia antinatural. *Era idéntico a la criatura que había visto en la avenida...* En mi cuerpo el torrente sanguíneo se aceleró y tuve la sensación de que mis ojos y labios se hinchaban. El sudor apareció en mi frente a pesar del frío que dominaba el lugar. Un temor repentino me golpeó el alma. Ella lo miró —y yo también—, y admiré por primera vez su rostro íntegro. Era extremadamente apuesto aun en la distancia. Noté sus rasgos espectrales: su piel blanca y marmórea, sus labios —sencillos pero sensuales— y unos ojos llameantes, como dotados de luz propia. Era él: mi misterioso personaje de ensueño; aquel al que había contemplado en la avenida. Temí se desvanecería en ese mismo momento, como cuando aparté mi mirada ante el reclamo de Leopold.

Para entonces el ambiente se había vuelto de una pesadez extrema. No había cambiado físicamente, pero mis sugestionados sentidos lo transformaron en uno tempestuoso. Y unos celos inimaginables aparecieron en mi alma. No supe qué los producía: si mi repentino amor por el caballero, o mi entera admiración por la dama.

Puse la mano en el descanso de la banca contraria mientras me esforzaba por controlar mi respiración. Creo que eso fue lo que llamó la atención de aquellos, porque enseguida ambos giraron sus rostros hacia mí. Pude verla. La temblorosa luz de las velas jugaba con su perfil recatado y me trasmitía una imagen confusa. Era evidente la palidez de su rostro, y en sus labios rojos me pareció distinguir la irrupción de un blanco nácar que consistía en unos discretos pero largos caninos que sobresalían de la hilera de dientes. Sus cejas, pobladas y bien delineadas, como dibujadas por un talentoso artista, le aseveraban la mirada. Creaban un semblante justiciero, sobrio y frío. Y el corte de su traje, con su amplio y afilado cuello, resaltaba la presencia de unos hombros firmes; una postura recta e imperturbable, así como una actitud de vigilancia constante.

No podía creer tanta perfección. Seguramente habría apostado a su cercanía familiar. De hecho, por un instante consideré la posibilidad de que se tratara de ángeles. Así podría justificar que mis sentidos se vieran atraídos hacia ellos con excesiva devoción.

La piel de ambos se me figuró hecha de nieve; tan blanca y pálida como la misma cera que en la iglesia abundaba. Sin embargo, pese a la palidez, no aparentaban convalecencia alguna. También noté que eran jóvenes, a pesar de que su forma de observar era propia de alguien que ha vivido lo suficiente para emitir un juicio. Facciones fuertes, pero sin líneas de expresión que delataran algún rasgo de su personalidad; como si aquellos rostros jamás se movieran: unas máscaras.

Lo único inusual que creí notar en toda aquella extrema vitalidad era lo demacrado bajo los ojos: una sutil sombra azul, ligeramente amoratada. En él era casi imperceptible, pero en ella estaba bastante acentuada. No obstante, esas marcas no disminuían con nada su soberbia imagen. Aquellos ojos ensombrecidos también refulgían color: eran de un azul brillante y sobrenatural, muy parecidos a los de él en cuanto a naturaleza. Y una vez que los vi, ya no pude apartar mi vista de ellos; hasta que él le musitó algo y tuvo que dirigir su mirada lejos de mí.

Bajé la vista, asaltada por la timidez al tiempo que experimentaba la sensación de haber tentado al destino. Me cohibió la idea de haberme encontrado de frente con aquella mujer de belleza indescriptible y presencia sobrehumana. Me sentí inferior, como si yo no fuera nada en comparación con ellos.

Ambos conversaban. Movían sus labios rítmicamente, y, aunque no me llegó más que un rumor casi imperceptible —un sonido no más fuerte que el de la brisa del aire en una tarde de verano—, sospeché que discutían.

Me fue imposible apartar la vista de ambos por un largo tiempo. Ella dirigió una larga mirada al sagrario y él la contempló, desalentado, incapaz de hablar por algunos segundos. Luego, ella se alejó un poco mientras él se quedaba en el mismo lugar, inmóvil, como si aparentara ser una de las esculturas que rememoraban a uno de los santos más preciados de Hungría.

Añoré verlos moverse de nuevo, intercambiar palabras. Pero, quizá, disgustados tras la breve discusión, mi deseo no sería satisfecho inmediatamente. De nuevo, un ruido proveniente de un rincón de la iglesia me hizo dar un salto en mi banca. Un escalofrío recorrió mi cuerpo a la vez que el sonido seco de la madera de la puerta del confesionario replicaba contra su propio marco. Esta vez los goznes chirriaron levemente.

Fueron ellos los primeros en darse cuenta de los movimientos de mi prometido. Voltearon, curiosos de aquellos pasos que rompían con la monotonía del lugar. En la parte de atrás de mi cuello las vértebras se congelaron. Nuevamente me encontré con ambos; en sus ojos, el resplandor —su luz mágica y perpetua— volvió a obsesionarme.

Finalmente, ella se dio media vuelta y se alejó de él. Las suelas de sus botas, silenciosas como el rozar del terciopelo, apenas replicaron sobre las losas. Avanzó a paso firme, siempre respetando el silencio de la iglesia gótica. En cuanto al caballero, este volvió a ocultarse en los muros. Su rostro se sumió en la negrura permanente, como si se sumergiera en el agua de las profundidades del océano hasta fundirse en el abismo.

La mirada de la mujer era intensa hacia mí mientras avanzaba por el pasillo lateral de la iglesia. Aquello fue una advertencia punzante, un vaticinio; como una sentencia de muerte. ¿Qué podría significar esa mirada letal, siendo esta la primera vez que nuestros caminos se cruzaban? Quizá le había molestado que yo los contemplara. Sin embargo, en ella había cierto fervor; una rara mezcla de tristeza, ira y dolor, y también de sentencia.

Mi corazón se aceleró hasta el punto de sentirlo en mi garganta y mi respiración se detuvo mientras ella cruzaba junto a mí, a tan solo unos metros de mi posición. Los pliegues de su abrigo se ensanchaban y alargaban en su delicado caminar, como si se tratase de los pétalos de una sencilla flor. Pude ver su sombra al deslizarse sobre las losas. Dibujó su lúgubre trayectoria hasta que estuvo fuera de mi vista.

De pronto, algo cayó pesado, sobre la banca, a un lado mío. Torpe y con la brutalidad de una bofetada, cimbró mi cuerpo con un miedo terrible. Era él: Leopold. Se sentó con brusquedad y admiró las facciones alteradas de mi rostro sin darle demasiada importancia. Se dejó caer de rodillas y simuló orar con devoción su penitencia. «Las palabras del sacerdote no le habrán caído nada bien», pensé. Aproveché que él tenía los ojos cerrados para observarlo con detenimiento. No sé por qué tuve un instinto de negación hacia él. Como ya he dicho antes, un mar de sensaciones diferentes inundaba mi mente. Eran inenarrables y complicadas.

Volví mi vista hacia ella pero ya no estaba. Se había esfumado, como un fantasma. ¿La había imaginado solamente? Mi respiración, que con su cercanía se había paralizado casi por completo, me devolvió el aire a los pulmones paulatinamente. Traté de enjugar el sudor que se había condensado en mi frente, pero mis movimientos fueron torpes y dejé que mi mano se deslizara sobre las sienes y despeinara mis cabellos.

El ronroneo del descanso de la banca me despertó de mi letargo y me devolvió al frío que se respiraba en la iglesia. Leopold se puso de pie mecánicamente, sin mayor cuidado que con el que se había hincado. Me dirigió una mirada inquisidora; quizá, sorprendido por mi apariencia. Frunció el ceño, como si no me reconociera.

Puedo ahora imaginar su impresión al ver mi rostro descompuesto por el miedo y la fascinación. Tuvo que romper el silencio para que pudiera darme cuenta de que mi cuerpo temblaba febril. Vi sus labios moverse. Musitaron palabras que resonaban huecas en mis oídos, y no pude entenderlas hasta pasados algunos segundos.

—Siania... ¿Te sientes bien? —me preguntó, visiblemente preocupado.

Los signos de expresión en su rostro denotaban imperiosa curiosidad. Titubeé y tardé mucho en percatarme de que su angustia era real. También noté cierto fastidio. Ya no había culpa, sino molestia por verme decaída y temblorosa, arruinándole la tarde.

—¿Siania? —me volvió a interrogar al ver que no salía de trance.

—Estoy bien. Solo algo cansada. Quisiera ir a casa, por favor —le pedí en una voz temblorosa que apenas pude reconocer como mía.

«En realidad, no quiero ir a casa», pensé. No podía ignorar la atracción que sentía por ellos. Quería saber quiénes eran. Quizá debía aguardar a que aparecieran de nuevo. Pero con Leopold a mi lado, eso no sería posible.

Quiso decir algo, pero, en cambio, guardó silencio. Dirigió una mirada a todo lo largo y ancho de la iglesia, como si buscara un culpable, pero solo pudo ver el vacío. Estábamos solos, o al menos para él, que no había intentado llegar con su vista hasta la profunda oscuridad.

Me ofreció su mano, y yo, confundida, tardé en aceptarla. Me puse de pie con su ayuda, y en aquel momento, el mundo dio vueltas a mi alrededor. Tuve la impresión de que me desvanecería, pero afortunadamente no fue así. Me quedé de pie mientras él me sujetaba del brazo. No pude evitar dirigir mi mirada hacia donde ella se había perdido entre las penumbras. Nuestros destinos, después de aquel breve encuentro, se separaban con riesgo de no volverse a encontrar.

—¡¡Siania!! —exclamó Leopold. Mi falta de atención era evidente. Creo que perdí de nuevo la noción de la realidad, y tuve que sentir la palma de su mano sobre mi frente para volverme hacia él—. Tienes fiebre... Estás enferma.

¡Vaya sentencia! Hubiera dejado salir una maldición de mis labios de no encontrarnos en la iglesia.

—Estoy bien —mentí—. Solo un poco cansada. Ya te lo dije, Leopold —repliqué enfadada, quizá de manera injusta ante su notable preocupación.

Aparté mi vista del confesionario, de las columnas, de las figuras de los santos que ahora danzaban para mí. Caminé sin escuchar nada que no fuera el silencio cavernoso de la iglesia y el eco fúnebre de nuestros pasos. Entonces, él me sujetó de la muñeca mientras me pasaba el brazo alrededor de la cintura, temeroso de que perdiera el equilibrio.

Nos alejamos de aquellas bancas fantasmales, del confesionario, del altar; dejamos atrás cualquier pista sobre *su* naturaleza. Deseé regresar, pero no podía; no al menos en esas condiciones.

YELENA

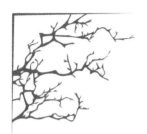

PECADO

La atmósfera de la ciudad era una orquesta: el sonido del bamboleo de las diligencias que pasaban a lo largo de la avenida principal, con el crujir de sus ejes al ritmo de la marcha; voces; el canto de algún ave en vuelo... Era un hermoso cuadro de mitad de siglo. Y yo era capaz de apreciar aquella belleza en toda su magnificencia.

Un aire otoñal venía de los bosques lejanos. La suave brisa pegaba en mi frente y refrescaba mi espíritu. Estaba sentada en una de las bancas del parque, pensativa, meditabunda sobre mil cosas y a la vez ninguna, viendo el sol morir detrás del caserío, esperando no sabía qué. Poco a poco las sombras se volvían densas a mi alrededor y me demostraban el estrujante poder del ocaso. No importaba cuántos había visto en mi vida, cada uno me cautivaba de diferente forma.

Por muchos años me había sentido como estancada en el tiempo. Sin propósito. Presa de la indecisión y la desesperación de alguien que no pertenece a la época en que vive; de alguien que no sabe qué camino tomar; de alguien que no sabe ni siquiera quién es, ni de lo que es capaz de hacer; alguien que apenas descubre la realidad, que despierta de un largo y pesado letargo.

En realidad, aquella tarde trataba de solucionar el enigma de una pregunta; de una propuesta. Mi respuesta, sin importar que fuese afirmativa o negativa, nos cambiaría la vida a Zgar y a mí, y, sospechaba, no sería para bien. Pero no había otra opción. No podía permanecer más tiempo sin elegir un bando, un lado de la moneda.

Necesitábamos la protección de los nuestros, y en esos tiempos tumultuosos en que los pocos rezagados no tardaban en morir sin la protección de un líder, no quedaban muchas opciones disponibles. Incluso en ese momento, desde que había recibido la propuesta, ya no podía retroceder. No podía volver el tiempo hasta hace unos años, cuando todo era tranquilidad, cuando solo era ocuparnos de nosotros mismos: Zgar y yo, y nadie más. Ahora todo había cambiado.

El mandato de Kov —pues, en realidad, estaba lejos de ser una propuesta— me hacía sentir el corazón pesado. Cuando imaginaba lo que sería estar a su servicio, realmente me sentía mal. ¿Quién era yo para ejercer la voluntad de Kov y privar de la vida a alguien más? Sabía cómo, pero no entendía por qué tenía que hacerlo. ¿Qué papel jugaría yo en toda esa guerra que no me pertenecía? Una guerra creada muchos siglos antes de que yo siquiera apareciera en este mundo.

No obstante, él había prometido muchas cosas y había sido bastante generoso. En él había otros intereses, claro estaba. Pero por ahora, lo único que importaba es que Zgar y yo estuviéramos a salvo. Y, aunque a Zgar le sería difícil ceder, al final entendería que debíamos hacerlo.

Aquellos pensamientos desaparecieron gradualmente y fueron suplantados por una necesidad casi imperante. Entonces, fui capaz de escuchar los pasos de alguien que caminaba cerca de mí. Pasó de largo, con su lento transitar mientras paseaba bajo la luz mortecina del ocaso.

Aunque yo tenía un plan para todo, no lo tenía ahora. Mis manos temblaron. No quería hacerle daño a nadie más; un deseo imposible, aunque auténtico. No quería molestar a ningún inocente, así que cerré mis ojos unos instantes e intenté distraer mis sentidos. Me llevé ambas manos a las mejillas en un intento por relajar la piel helada. Presioné mis pómulos con la yema de los dedos al sentir el vacío en mi vientre y la sed quemando mi garganta.

Una tibia luz rojiza caía sobre los altos tejados y fundía su color con el de las tejas. Tuve la sensación de querer devorar el rojo que allí se asemejaba a lumbre sangrienta. El sol era una llamarada ígnea custodiada por tonalidades que iban desde el más brillante naranja, pasando por un amarillo intenso... y, resaltaba, muy separado de su centro, el vibrante verde poco antes de convertirse en un intenso azul violáceo.

Los nubarrones gruesos, teñidos de un rosa brillante, surcaban el horizonte como verdaderas moles irreales. Iban de un lugar a otro bendiciendo con su lluvia. No parecía que llovería en esa ocasión, pero en mi nariz pude sentir la humedad que precede a la noche. Mis agudos sentidos me advertían todo con gran precisión; de eso estaba agradecida.

En la lejanía escuché la conversación de unas mujeres que cruzaban de lado a lado el parque llevando la vulgaridad en sus venas. Percibí el movimiento de sus tiesos vestidos y el susurro de sus labios. Alzaron la voz en varias ocasiones, emocionadas por algún chisme en particular. Imaginé la textura de su piel. No faltaba mucho para que la edad las devorara y las despojara así de su insípida hermosura. El perfume que brotaba de sus poros levantó la pasión dentro de mí y creí que todo caería en ese mismo momento... Todo se nubló en mi mente. Tallé mis ojos con ambas manos e intenté, de esta manera, rescatarme de mí misma antes de que mis sentidos sobrealimentaran mis peligrosos instintos.

Con los ojos cerrados nuevamente, y a través del velo negro de mis párpados, también pude advertir el paisaje a mi alrededor, tan solo por el sonido y los aromas que allí abundaban. De pronto, tuve la inercia de ponerme de pie ante un nuevo olor. Me sacudió con la fuerza de un trueno. Abrí los ojos para buscar aquella presencia: una mujer alta y delgada caminaba en el parque con su gran sombrero de ala ancha. La divisé en la lejanía. Vestía con clase, y no pude evitar mirarla con deseo mientras paseaba provocativamente. Una mujer de belleza real; madura, pero de insólito porte. A su lado había un niño, no mayor de cuatro o cinco años. Aposté a que se trataba de su hijo.

El niño se alejó de ella dando saltitos y volvió al cabo de unos segundos con una pequeña flor de color blanco, reminiscencia del verano; un bello obsequio para aquella que le había dado la vida. La había arrancado de un arbusto de hojas amplias y muy verdes a la orilla del camino. Ella sonrió, halagada por el gesto.

La sangre hirvió en mis venas, con sus paredes ensanchándose en un vacío colosal. Me exigían saciar la sed, y tuve la sensación de que algo tiraba de mí para que me levantara y fuera a buscar a aquella magnífica mujer, pero, el olor de su tierno hijo fue traído hasta mí por la brisa. *Debí haberme alejado cuando pude.* Él atrajo mi deseo con más intensidad aún.

Lo miré a detalle. Su rostro angelical era exquisito. Tenía una sonrisa de lo más encantadora; unos labios rosas y unos dientes blancos, como perlas tiernas. Estaba feliz, radiante. Unos hoyuelos se formaban en sus mejillas con casi cualquier pretexto. Su risa, tan pura como el tintineo del cristal. Sus espesos cabellos rubios, como una aureola sobrenatural nutrida por la luz del sol, le caían en alborotada melena sobre los hombros. Estaban ligeramente recogidos a un lado de las orejas y dejaban al descubierto la mayor parte de su cara. La piel, tierna y caliente; rosada, viva. La sangre fluía debajo de ella como una fuente inagotable. Me sumí en su grandeza, en su perfección... *¡Cuánto lo deseaba!*

Mientras aquella maraña de pensamientos eufóricos debatía con mi lógica, en el trasfondo, en la lejanía, apareció una silueta alta y de abrigo negro que atrajo ligeramente mi atención. Lo reconocí. No tardó en desaparecer al rodear el parque y encaminarse a la avenida. Era él: Zgar. Quise seguirlo pero, por ahora, mi vista se deleitaba con algo *ligeramente más humano...*

Era una exquisita sensación de peligro de la que era imposible alejarme. Quise ponerme de pie, levantarme de esa banca e irme;

huir de la tentación, pero no podía. Ambas piernas me parecieron de acero. Parpadeé rápido y traté de sacar al niño de mi mente, pero todo empeoró. La madre se dio la vuelta y lo tomó de la mano mientras ella olía nuevamente la flor de pétalos níveos. Entonces, el aire llegó con su brisa cristalina. Llevó —junto con su esencia— sus murmullos musicales hasta mí. De pronto, un tañido vibrante y su voz se ahogó de súbito; se confundía ahora con el doblar de una campana.

Di un respingo, sorprendida por el replicar metálico. El latir de mi corazón era una marcha de tambores incesantes. Me quedé de pie y traté de recuperar el aliento. Divisé el gran campanario en lo alto de la iglesia, no muy lejos de allí, apenas visible, pues las copas de los árboles bloqueaban la panorámica. Los pasos de aquella mujer y su hijo golpeaban el suelo con fuerza, casi al ritmo de las campanadas. La embriaguez sobrevino. Me sentí mareada y absolutamente débil. Aún ignoro qué fuerza pudo mantenerme quieta, sin correr hacia ellos y tomarlos entre mis brazos en un beso mortal.

Ahora la tonta madre había puesto en peligro a su hijo con una provocación brutal: contenta y coqueta, le dio una vuelta en el aire. Lo tomó en brazos y luego lo alzó hacia el cielo como si se tratara de un bailarín. El niño rio con soltura. Estaba tan joven, tan tierno como la flor que había arrancado de aquel matorral tardío.

Las aletillas de mi nariz se dilataron involuntariamente en un intento por absorber el dulce olor que emanaba de la piel fresca de aquel jovencito al combinarse con el de la madre. La sangre fluyó rápido a mis mejillas y las coloreó. Sentí su cercanía, como si yo fuera la que lo hiciera dar vueltas incesantes; como si él bailara para mí en una danza mortal para finalmente caer entre mis brazos, con mis labios sobre su tierno cuello. ¡Era tan joven y lúcido! No tenía pecado en él, y yo podía llevarlo al infierno esa misma tarde.

Necesitaba observarlo por largo tiempo para poder disfrutar de toda su belleza; solo como antesala del punto final, pues la experiencia me decía que no podría contenerme para siempre... De pronto, las campanas dejaron de replicar y mis instintos se tranquilizaron; como la calma cuando sucede a la tormenta. El aire cambió de dirección y aligeró mis sentidos. Las hojas secas se revolvieron en el suelo bajo los árboles.

Aquello me sacó de trance. Las duras y perpetuas facciones de mi rostro se desentumecieron, y por fin el aire volvió a entrar limpio a mis pulmones; renovado, con la frescura de la tierra y la hojarasca. El ritmo del viento era tranquilo, aunque constante, y pude sentir su melodía fluir en mis oídos como un mensaje celestial. *Calma, mucha calma.* Recordé la señal divina que Dios me había mandado: las campanas de la iglesia. Debía afligirme con su ritmo para entonces valorar la tranquilidad.

Toda una semana de ayuno me había hecho pensar en el pecado constante, una y otra vez. Estaba ansiosa por sentir la piel humana bajo mis labios. Quería que gimieran una vez más ante el dolor de la maldad sobrenatural; pero a mi vez, quería cambiar. *Si acaso eso era posible.* Hasta ahora había hecho un gran esfuerzo. Estaba orgullosa, pero, ¿podía permanecer así? No, seguramente no.

El olor de aquella pareja disminuyó, y, en efecto, cuando volví la mirada hacia ellos, no pude ver más que sus siluetas alejándose del parque, que con sus altos arbustos verdosos terminó por ocultarlos. Una voz maligna musitaba «síguelos», pero mi espíritu espetó un «no» rotundo. Los había dejado marchar, y ahora estaban fuera de mi alcance, a salvo.

Respiré tranquila, agradecida de no volver a sentir aquel exquisito aroma humano. Ahora los pensamientos fluían con más claridad en mi mente, sin el poder del deseo imperante. Sí, recriminarme era fácil ahora. En realidad todo había sido culpa mía. Debí evitar ir a un lugar en el que mis sentidos fueran puestos a prueba. Cerré los ojos unos instantes para luego volver mi vista a lo largo de la arboleda y observar lo oscuras que se habían vuelto las sombras de los árboles. Ahora la luz anaranjada de los faroles iluminaba el empedrado y hacía vacilar las siluetas de los que aún caminaban por allí.

La moribunda luz del sol era tan solo una línea brillante que brotaba de la tierra a lo lejos, en el horizonte. El silencio se había vuelto denso; de vez en cuando interrumpido por un soplo de viento. El frío me hizo sentir bien; tan bien como los pasados años en Rusia, en *Zemlya Ruskaya*, donde tantas leyendas se habían tejido. Allí donde todo había comenzado para mí.

La solemnidad del momento me provocó un vacío profundo. Recordé a Zgar y desee saber dónde estaba. Pero después indagaría sobre eso; mientras tanto era hora de retornar mis pasos hacia un lugar seguro y libre de tentaciones mundanas... No obstante, antes de empezar la marcha, percibí el olor del licor. Llegó abundante hasta mi nariz. El olor me mareó y me hizo sentir mal. Entonces, pude notar un hedor detestable mezclado con el anterior: era el de la piel sucia, añeja y ausente de limpieza. Me provocó asco, pero mi instinto podía ser traicionero.

En la avenida un hombre regordete, hinchado por la bebida, avanzaba con botella en mano. Se tambaleaba en sus dos piernas y se sujetaba a la pared como si no quisiera perder el camino. Temía que sus miembros inferiores partieran, que corrieran, que huyeran de él, que lo abandonaran como cualquier otro ser viviente...

Su rostro yacía parcialmente oculto tras la cortina de cabellos largos y sebosos. Su traje estaba parchado y, en partes, roto a la vista. Escuché su voz: hablaba solo, como un hombre consumido por la demencia. Tuve la sensación de estar en una de esas prisiones para gente sin razón tan de moda en los últimos años. Aunque no había visitado alguna, por las descripciones, pude imaginar todo tipo de escenas. Todas ellas grotescas y lamentables, justo como la que protagonizaba aquel personaje de carnaval.

Se detuvo un instante para llevarse la boca a la botella, o la botella a la boca; era difícil de determinar. Y creo que me vio, porque dirigió la mirada hacia las penumbras del parque. Sus ojos se encontraron con los míos, aunque era complicado precisarlo, pues se movían constantemente; bailaban sin sentido. Por un momento casi salen de sus órbitas delirantes.

Sus facciones estaban sucias y desaliñadas, con grandes arrugas, aunque no era un hombre muy mayor. Se llevó la mano a la boca y limpió con sus rugosos dedos las gotas de licor que resbalaban de las comisuras y se filtraban por la despeinada barba hirsuta. Súbitamente la botella se le resbaló de las manos y se estrelló en el suelo. Se desbarató en tantos pedazos como los de un vitral.

Sentí gran repulsión hacia aquel hombre. Tal vez era mi misión terminar con él, pero no podría soportar tener su piel inmunda bajo mis labios. Tuve el presentimiento de que la misma cantidad de sangre que inflaba su cuerpo estaba mezclada en proporción con licor.

Recargó su cuerpo regordete contra la pared. Maldecía haber sido tan torpe como para dejar caer la preciada botella. Sus labios se movieron en un constante gesto de reproche. Luego, mientras hablaba consigo mismo, se agachó y se puso a recoger los pedazos de vidrio. El líquido había inundado el empedrado en un charquillo turbio que brillaba ante la escasa luz de un farol. Acomodó los cristalinos entre sus manos y observó su perfección. Parecía un hombre admirando las conchas que el mar arroja a la orilla.

¿Merecía morir por ser un ebrio vagabundo? No lo sé. *No, probablemente no.* Lo único que sabía es que él era horrible; capaz de quitarle la sed hasta a una vampira sedienta como yo. El olor del alcohol se volvió intenso. No, definitivamente no era la sensación que buscaba. Incluso me sentí viva por rechazarlo. Le di la espalda y traté de olvidar sus erráticos ojos. Lo dejé allí, atrás. No quería volver a verlo. Tal vez merecía más mi beso mortal que aquel niño de rizos dorados, pero era algo que yo no estaba dispuesta a soportar. No tenía por qué, y no lo haría.

Bajo la suela de mis botas distinguí la diferencia del camino del parque con el empedrado de la avenida. El musgo seco manchaba con su negrura las rocas delicadamente unidas. Me alejaba del parque que ahora, sumido en la oscuridad y con las ramas de los árboles entretejidas como en una telaraña, parecía un nido de pájaro. Cada hoja bien podría haber sido una gota de sangre frente a mis ojos en alguna lúcida pesadilla.

La tos del borracho resonó en la distancia, pero ya no me fue de interés. Ahora, nuevos estímulos demandaban mi atención. Distintas voces discutían detrás de los muros de las casas a mi alrededor. Percibí el olor de los condimentos destinados a una complicada cena en el interior de alguna casa cercana; las risas alegres y las palabras errabundas de los invitados que brindaban bajo el pretexto de alguna ocasión especial; niños que jugaban en las habitaciones; el llanto de un bebé... ¡Y nadie era capaz de advertir el peligro!

Sombras que bailaban en el interior, proyectadas a través de alguna ventana cubierta por largas y blancas cortinas. No era que se movieran: la luz de las lamparillas, ante alguna corriente de aire, hacía de su silueta una muy frágil. Era curioso pensar en la tranquilidad que las personas disfrutaban dentro de sus hogares mientras la Muerte se paseaba frente a sus puertas sin siquiera sospecharlo.

Y había sonidos más misteriosos y sublimes, como el deslizar de una gota de agua desde lo alto del tejado humedecido. El aire se había condensado en las gárgolas y tuve la sensación de que la figura alada me observaba y movía su rostro en mi trayectoria. Me vigilaba, dispuesta a atacar de un momento a otro e incrustar sus filosas uñas sobre mi abrigo y atravesarme la piel hasta los músculos.

Los sonidos en medio del silencio brotaban a un lado y otro de la calle. Incluso creo haber escuchado el sarnoso recorrido de una rata en los desagües subterráneos. Percibí la trayectoria de su rabo al arrastrarse detrás de sus patas traseras mientras rozaba con sus largos bigotes las paredes enmohecidas... Pero, de pronto, todas las sensaciones se extinguieron ante el olor de la cera líquida y caliente. La puerta de la iglesia, iluminada por un halo ámbar que surgía del interior, me pareció un gigante de roca, y una sensación de pequeñez me hizo caer presa de la tristeza. Me quedé allí, de pie, frente a la monumental entrada. En lo alto, su opulento campanario poseía la tonalidad ocre del último resplandor del atardecer. Tuve un presentimiento, y supe que Zgar estaba allí, pero no sabía el por qué... *O tal vez lo peor era que sí lo sabía.* Embargada por la ira, solo deseé reprenderlo. ¿Cómo se atrevía a entrar a la casa del Señor teniendo la sed del pecado?

Me encaminé hacia el interior, pero me di cuenta de que, conforme aseveraba mis pasos, la sensación de enojo que hervía en mi sangre se convertía fácilmente en clemencia y no tuve más que pensar en lo que debía decirle. Unas sombras alargadas se dibujaron en las losas y unos pasos irrumpieron seguidos de murmullos alebrestados. Dos mujeres salieron y volvieron la mirada en repetidas ocasiones, como temerosas de que una mano enorme las arrastrara de regreso a la iglesia.

Una de ellas se adelantó. La otra, una mujer alta y desaliñada, se paró en seco al verme. Sus ojos se salían de las órbitas. Me miraba como a un aparecido. Un gemido salió de entre sus labios, aceleró el paso y se alejó de mí para alcanzar a su compañera, que ya era una figura pequeña en la avenida. Las vi alejarse mientras el débil olor de su piel llegaba a mí sin gran efecto. No sentí deseo por ellas. Más que nada, me sentí aliviada de que huyeran de mis labios sedientos. Desaparecieron entre las sombras de un callejón, no sin antes rodear un elegante coche estacionado, con el conductor sentado en el pescante. Él las miró de soslayo y no pudo contener un amplio bostezo.

Aunque sería audaz una cacería con doble recompensa, pude adivinar que su sangre mundana y añeja no me agradaría como lo haría la de alguien más joven. Además de lo insípida, sus propiedades no eran las indicadas para un cuerpo como el mío y tendría sed más rápido de lo normal. Eso era algo que había aprendido con los años; un misterio entre tantos.

También había otras cosas que no entendía, como el olor que emana de una persona contaminada desde dentro. Podía detectar cuando alguien moría lentamente, sin darse cuenta. Y, aunque aquella sangre, imaginaba, no me haría daño, tampoco me sentía impulsada a tomarla. ¡Cómo desearía advertirles de su padecimiento! Pero no podía decirles que lo había percibido con mis sentidos sobrehumanos; y, aunque me hubiese arriesgado, muy difícilmente hubiesen encontrado la cura.

A veces no me podía dar el lujo de escoger, pero cuando tenía las opciones, no lo pensaba dos veces. De cualquier manera, a diferencia de las regiones montañosas, los humanos abundaban en las ciudades. *Ya encontraría algo apropiado para más tarde.*

En el trasfondo musical del solemne silencio, resonó el alarido de un perro en la lejanía. No pude detener la oleada de recuerdos que trajo consigo al compararlo con el aullido de un lobo verdadero durante aquellas noches de épicas batallas, en las que los colmillos desgarraban la piel marmórea en una lucha encarnizada por el dominio universal de los territorios.

Agradecía que aquellos tiempos hubieran terminado. Ahora eran hazañas que casi nadie recordaba. ¿Quién creería mis palabras en estos siglos tan humanos? Pero las guerras nunca terminan. Hasta ahora no había vivido tiempos de paz. Cuando un reino volvía a la paz que tanto anhelaba, otro se levantaba en guerra. Todo esto era como una balanza que nunca —o solo por breves momentos— encontraba el equilibrio.

Me desajusté el velo que llevaba ceñido al cuello, lo pasé por encima de mi cabeza y entré en la iglesia. Esta era una caverna en la que estaba impregnado el aroma del incienso y cuyo escenario era el altar. La luz de las velas lambía y avivaba el oro de sus adornos. En lo alto, dominando la vista, estaba la enorme cruz con su cristo tallado en madera oscura, ligeramente rojiza.

Avancé paciente, como cualquier otro mortal destinado a morir. Contemplé sin temor las figuras que rememoraban los pasajes del Nuevo Testamento en la que el protagonista era la pasión: el sufrimiento de Cristo por la humanidad. Sentí que aquellos rostros cincelados me juzgaban; me escupían con desprecio por los pecados cometidos.

A mis espaldas, mi sombra —en un principio tan larga como una columna— se acortaba más y más conforme me adentraba en el sagrado recinto. El ritmo de mis pasos era solemne, remarcado por un eco espectral, cavernoso, que se extendía indiscriminado por toda la nave de la iglesia. Las altas columnas formaban en sus ángulos refugios para las ánimas. Y, en las esquinas de los muros de piedra, las sombras largas y profundas cambiaban de posición mientras yo me acercaba y me daba cuenta de que no eran más que siluetas amorfas y sin vida alguna. Aquello no era tan diferente a un mausoleo.

El frío era sutil, solo interrumpido por el calor territorial al pasar cerca de las velas encendidas; factor que acentuaba el ambiente siniestro. De uno de los muros pendía un enorme cuadro cuyos trazos no pude ver claramente debido al candelabro de herrería retorcida que permanecía suspendido por una gruesa y oscura cadena de interminables eslabones.

Hasta arriba, como las joyas de una corona, los vitrales con sus complicadas formas presumían sus fragmentos de color; un rompecabezas regido por la voluntad del artista a fin de crear un mural solemne y grandioso. Era un arco iris sobrio, integrado por los colores más funestos que pudieran celebrar la misa dominical.

Sin duda, era la casa de Dios en la tierra. Cada vez que entraba, la magnificencia de su arquitectura bajo la especial agudeza de mis ojos me hacía soñar despierta. Estaba en mi naturaleza admirar la belleza, los detalles; entregar mi pasión hacia aquello que se aproximaba a la perfección. Si los humanos admiraban esa obra de arte, yo la adoraba. Y bajo aquel estupor, un nuevo aroma me sedujo a la realidad. Un olor tan cautivante como la belleza monumental que contemplaba; una mezcla que no había sentido antes. *Sangre y rosas.* Quise saber de dónde provenía esa delicia, pero cuando intenté voltear, entre las penumbras de un pasadizo, unos ojos verdes y luminosos *lo* delataron... Ahora sabía qué hacía él allí.

Lo ignoré y aproveché la ocasión para acercarme al altar, pues aunque sabía que no era digna de entrar en el reino de Dios, por alguna misteriosa razón, en ese lugar me sentía a salvo. Y no entendía la razón, siendo que la naturaleza de mi ser era perversa.

En las últimas semanas había deseado la absolución más que nunca, pero ¿no es el suicidio un pecado también? De cualquier manera aún no estaba del todo lista para dar ese paso —si es que algún día se puede estar listo—. Sí, se puede decir que no había una salida fácil.

Le dije a Dios todo lo que quería que escuchara en ese momento. Y creo que en verdad me trajo calma, porque el vacío en mi vientre se llenó de una repentina saciedad; como si mis palabras me hubieran alimentado. Allí mismo, ni siquiera aquel exquisito aroma me arrebató la razón. Entonces quise dirigirme a él; al que yacía en las penumbras y que, desde mi llegada, me había vigilado incesantemente.

Me dirigí a una banca y me senté. De soslayo contemplé aquel telón de tinieblas donde su perfil yacía en un maravilloso claroscuro italiano. Hice un ademán y lo llamé a mi lado. Ladeé la cabeza y aspiré profundo para asegurarme de que aquel perfume que llegaba a mi nariz no fuera obra de una tentación espiritual. Me percaté de que había una chica sentada a mitad de la iglesia, con su mirada fija en mí. Era hermosa. Su rostro níveo se grabó en mi mente mientras Zgar salía de las penumbras a hacerme frente con dignidad.

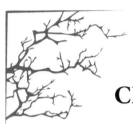

CLAROSCURO

La madera lustrosa se opacó al instante con su presencia. La luz de los cirios quedó a sus espaldas y una densa sombra se arrastró sobre la banca. Distinguí su rostro alterado. Sus ojos amenazaban con el llanto y la tristeza emanaba de cada poro de su piel.

—Zgar... —susurré con devoción.

Conservó la distancia, ansioso por que lo disculpara. Se veía débil, y en él no había evidencia de su antigua fortaleza.

—Perdóname, Yelena. No quise entrar a la casa de Dios, pero he sido tentado por... el hedor de la sangre. —Señaló con la mirada temblorosa hacia el centro de la iglesia, donde la chica descansaba en la banca con su mirada fija en nosotros; unos extraños muy particulares—. Su sangre.

No hubo necesidad de que yo volviera a mirar. Supe a quién se refería. Él estaba tenso y creo que se había esforzado mucho por mantener el control.

—¿Por qué no la ignoraste? —le pregunté con calma.

Él sabía a lo que me refería. Aquella joven tenía toda una vida por delante; un futuro prometedor. Preferíamos a quienes el destino parecía tan lúgubre como el nuestro. De esa manera, la culpa no era tan certera.

—Es que... —trató de justificarse pero, más que nada, me pareció una petición— tengo sed. Tengo mucha sed, Yelena. —Su mentón temblaba.

—Debemos beber lejos... Dónde no llamemos la atención; no en la iglesia —exclamé impaciente. No debí hablarle así y traté de remediarlo, aunque sin mucho efecto. Me puse de pie y me acerqué con lentitud—. Te entiendo, pero no debes dejar que te controle —continué—. Corremos peligro. Mira a nuestro alrededor... ¿Cuántos de nosotros ves? —pregunté con severidad, pues deseaba gritarle la verdad que defendía a capa y espada—. Quedamos muy pocos en estas tierras. Somos minoría: una presa fácil. —Hice una larga pausa—. Regresa a la mansión. Sal de aquí cuanto antes.

—No.

Cerró sus ojos con firmeza mientras esperaba mi reacción.

—¿Qué? —repliqué agresiva al sentir el desafío de su voz—. Hazlo, por favor.

—No —me volvió a escupir su respuesta—. No voy a volver a ese ataúd. Ya me cansé de esperar, y mi cuerpo no responde. Me siento débil. No puedo seguir así... ¿No te das cuenta? —exclamó. Trastabilló con sus propias palabras, como si fueran demasiadas cosas las que tenía que decirme, pero no supiera cómo ni en qué orden debía revelármelas—. Rechazaste a Kov por protegerme. Ahora mismo no tendrías de qué preocuparte. Oh, si algo malo te sucediera...

—¡Suficiente! —espeté con ira—. Yo elegí y soy feliz con mi elección. La protección de Kov no significaría nada sin ti. Compartir mi eternidad contigo es lo único que me motiva a continuar —añadí—. Ha pasado mucho tiempo. Necesitábamos descansar... ambos. Era importante saber cuál era la realidad sin su protección. Pero aceptaré el trato de Kov —le revelé, aunque sabía que podía herirlo. Quizá no era el momento—. Por nosotros —y con eso intenté convencerlo de que era lo mejor para él y para mí, como la pareja que éramos.

—Sí, Kov tiene razón. No podemos seguir así. Debemos darle a nuestra vida un sentido... Aunque sea a su conveniencia. —Hizo una pausa y cerró los ojos—. Lo odio, pero sabes que lo respeto. Aunque daría casi todo por saciar mi sed con él... Someterlo hasta vaciarle las venas.

Sus palabras resonaron en los recónditos espacios de la iglesia, como si llevaran su mensaje hasta los mismísimos santos. Había sido demasiado sincero.

—Regresa a la mansión, o ve a beber lejos de aquí, donde no haya peligro y donde no insultes a Dios —le supliqué.

Él estaba cerca de mí y cada rasgo de su rostro me incitaba a abrazarlo y besarlo, pero tenía que contenerme, así que me alejé un poco. Bajé la mirada y acepté que su orgullo estaba herido, como una paloma con el ala rota. Tenía plena consciencia de ello y no quería que se sintiera mal por lo que aquello implicaba: mi cercanía con Kov.

—¡No! —espetó con desprecio—. No si tú no vienes conmigo.

Nunca salíamos juntos a beber. Era una regla no establecida entre nosotros, pero sobreentendida claramente. Aquel procedimiento era demasiado cruel como para ser compartido.

—Yelena, estás sufriendo igual que yo. ¿Por qué no vienes conmigo esta noche y bebemos juntos? ¡Por piedad del cielo, aceptemos lo que somos!

—No —le respondí irritada mientras él reducía la distancia que yo había avanzado hacia las sombras.

Sentía la mirada de esa chica a mitad de la iglesia clavada en mi espalda, y aun así no le di importancia. Quería resolver el problema entre los dos cuanto antes.

—Duermo todo el día. La noche no es suficiente para mí. Quiero que todo esto se termine. Quiero ser libre —confesó.

—Tu piel ya cambiará —afirmé—. Por favor, vuelve a la mansión.

Mi voz sonó con tono de mando; como si con tan solo pronunciar aquella frase todo fuese a cambiar. Mi urgencia por que saliera de la iglesia se había vuelto una prioridad. Había ciertas cosas que para mí eran sagradas, y, mientras él se encontrara sediento, su presencia me parecía un ultraje.

—Debería apartarte de mí —confesó y negó con la cabeza.

Cerró los ojos y apretó los párpados. Su recta nariz volvió a aspirar el aire con olor a cera, sangre y rosas.

—¿Eso te haría feliz? ¿Eso me haría feliz? —pregunté iracunda—. ¿Qué te deje solo para que camines por las calles y arrastres tu ataúd con una cuerda amarrada a tu cuello? ¿O que llegues a un hotel y preguntes por una habitación con ataúd? ¡No seas necio! —me negué a cambiar las cosas. No lo veía muy convencido de mis palabras, pero tampoco me importaba mucho. No había nada qué hacer ante esos reproches, y él lo sabía—. Solo y vulnerable a la luz del sol serás una presa fácil para cualquiera. Si te descubren te estacarán el corazón y llenarán tu boca con ajos. Te dejarán arder bajo la luz solar y confirmarán sus tontas supersticiones.

Lo que dije era cierto. Estacar el corazón es un método letal en cualquier ser viviente; porque nosotros estamos vivos también —de alguna manera—, aunque no para los humanos, y por haber sobrevivido a la muerte nos confunden con demonios. El ajo no nos causa daño alguno, aunque el olor es sumamente penetrante y preferimos evitarlo. Nuestro sentido del olfato es muy sensible y aquel olor no es nada agradable si se usa incluso en pequeñas porciones. Con seguridad debido a esos hechos había surgido la superstición de que el ajo nos hace daño y nos repele.

De pronto, algo se movió en la distancia. Era ella, la hermosa chica. Se había inclinado hacia la banca de enfrente, como si quisiera acercarse más a nosotros. Ambos la contemplamos con éxtasis. Él giró los ojos de un lado a otro mientras se relamía los caninos.

—Perdóname. Es que pierdo el control. —Suspiró con la boca abierta. Se resistía a respirar por la nariz para impedir que el olor fluyera con facilidad a sus terminaciones nerviosas—. Ella es exquisita... ansío su sangre; robarle hasta la última gota.

Se había seducido ante su propia narración y quedó colérico. Sus ojos brillaban de lujuria por la sangre. En realidad, agradecía que se confesara con esa frialdad ante mí. Sí, jamás lo había escuchado tan solemne; aunque hubiese sido mejor en algún otro lugar. Estaba en trance y temí que perdiera la razón en cualquier momento. Nos pondría en peligro a ambos, allí, en el recinto sagrado.

—Yelena... ¡Sé que tú sientes lo mismo a cada momento! Sin embargo, tú lo controlas mejor que yo —exclamó cabizbajo, y simpaticé, aunque no estaba totalmente de acuerdo con él—. Incluso ahora quisiera saciar mi sed contigo, aunque te hiciera daño. —Sus ojos vidriaron. Ladeó el rostro, acongojado por tener que revelar sus pensamientos más íntimos—. Voy cayendo lentamente en la perdición.

—Oh, Zgar... —lo interrumpí con dulzura. Lo comprendía, aunque ignoraba el verdadero sentido.

—Permite que beba su sangre esta noche, por favor —pronunció con gran determinación—. Te lo ruego, Yelena.

Volví mi vista hacia aquella chica y distinguí que el miedo se desbordaba en sus ojos. Me pareció una doncella digna de un cuento de hadas; inocente y frágil. Su olor sanguíneo caía en la más fina dulzura humana, y esa, sin duda, fue su condena.

Me volví hacia él antes de que aquellos pensamientos se disolvieran por completo. Él aguardaba con un reclamo entre dientes en caso de que yo no aceptara. Asentí con la cabeza y, él, más que satisfecho, pareció descansar.

—Pero quiero que la dejes vivir. No te saciará, pero yo sí —le dije en palabras sombrías.

Estas golpearon sus oídos con una fuerza que no pude siquiera imaginar. Su mirada se dirigió hacia mí con la intensidad de un rayo. No pudo ocultar su impaciencia por una explicación. Desde antes de hablar supe que a él no le haría ninguna gracia.

—¿Qué? —Su rostro se oscureció—. No. Me niego.

Fue como emerger de un pantano hacia la luz, o viceversa; no estaba segura. Nos olvidamos de la chica. Ahora yo tenía su completa atención.

—Hablo en serio —me justifiqué—. Tengo una teoría que, si funciona, logrará que tu piel se cure.

—¿Mi piel? —cuestionó con extrañeza—. Es imposible. Los demás vampiros han hecho lo mismo y se han recuperado del *enclaustramiento de sombras* sin mayor esfuerzo... Además, mi condición... Antes de... No... ¡No! Nada puede cambiar lo que... —se quedó callado repentinamente, avergonzado por lo que iba a decir.

—¿Lo que eras antes? Recuerda que tu sangre era incompatible. —No me atreví a mencionar lo que ambos sabíamos—. Algo tiene tu cuerpo que no permite el cambio rápido.

Bajó la mirada al suelo. En sus labios se dibujó una mueca de disgusto y luego se volvió hacia mí. Noté cierto brillo de esperanza en sus ojos.

—No tiene sentido. He bebido tu sangre y la de otros seres como nosotros más de una vez. —Se mordió los labios y se petrificó al recordar nuestro oscuro pasado.

—Pero no la has bebido por largo tiempo —pronuncié con severidad—. Debemos intentarlo.

—¡No! ¡Lo que tú quieres es el suicidio! Pero el ayudarme no te reconciliará con Dios. ¡No! ¡Somos pecadores ahora! Me siento como un engendro del mal y tú también, pero eso no cambia nada. Los humanos matan cuando tienen hambre, incluso por gusto; nosotros, por necesidad —se justificó.

Él tenía toda la razón del mundo, pero me costaba trabajo disminuir la culpabilidad de las muertes bajo mis manos. No me importaba si ellos cometían peores crímenes; lo que me resultaba verdaderamente insoportable era cometerlos yo. Y, aunque eligiera con premeditación a mis víctimas, en todo caso, ¿quién era yo para darles su merecido?

Se acercó a mí como si quisiera en ese mismo momento aprisionarme entre sus poderosos brazos.

—Un día de estos te haré daño, y de verdad no lo deseo. Eres una joya para mí. Te respeto más que a cualquier otro ser que vague por el mundo. Eres mi amada, eres mi luz, y ese es mi mayor suplicio. Me cuesta trabajo que la sed no me arrebate la razón y te devore con mis besos; que beba hasta la última gota de sangre... Dime, ¿qué es lo que haría en este insípido mundo sin ti? —Creí ver agua cristalina en sus ojos—. Te pones en peligro tú misma. Desatas en mí el más bajo deseo —murmuró temblando de horror.

Hubo un largo silencio. Finalmente, exclamé:

—Bebe de la chica, ¡pero no le hagas más daño! Nos veremos en la mansión. Llegaré antes del amanecer. Ya verás que algún día podrás ver la luz del sol en su integridad —anuncié así un mejor futuro para nosotros.

Yo también debía cazar para que su deseo, al ofrecerle mi sangre, no acabara por dejarme vacía. Necesitaba también que el olor de mi propia sangre no me enviciara, y eso haría; bebería todo lo que pudiera esa noche.

Hubo un ruido. Zgar volteó y me miró en intermedio, entre la chica y el caballero que salía del confesionario, y, sin agregar nada más, avanzó hacia las penumbras nuevamente.

Contemplé el altar por unos momentos, antes de percatarme de que el confesionario seguía allí y me invitaba a algo menos terrenal. Durante el breve tiempo que llevábamos en la ciudad, había ido a confesarme con aquel sacerdote por lo menos dos veces; aunque no se lo dije a Zgar, más por convicción propia que por miedo a que él me juzgara. Aunque de haber sido lo último, no tendría derecho.

No quería irrumpir en la calma que precedía a la penitencia de aquel hombre que recién había confesado sus pecados, pero avancé con calma y decisión. Y, mientras caminaba, me encontré de frente con aquel rostro femenino, joven y hermoso. Los rizos recién modelados, de un color castaño cobrizo, caían detrás de la cofia en una cascada desbordante. Sus hermosos ojos color café claro relucían de un brillo transparente que solo un ser maldito como yo podía distinguir en los humanos inocentes. Ella era una verdadera hermosura; impecable, arreglada para un gran evento que, infortunadamente, podría tratarse de su propia muerte.

Su vestido la ceñía en su delicada delgadez. El color de la tela le venía bien bajo la mortuoria luz de los cirios. Le daba un aspecto recatado sin caer en lo anticuado. Noté cómo sujetaba la Biblia entre sus dedos, entre sus manos. Me dio la impresión de que musitaría la palabra de Dios en cualquier momento y trataría de alejarme; o que correría despavorida, pero no sucedió. Me había equivocado; me miraba más bien intrigada, inmersa en sus pensamientos, en sus sensaciones, en sus sospechas sobre nosotros dos.

Deseé que Zgar realmente no sucumbiera en un deseo que le apagara la vida para siempre. Y quizá debí haber insistido un poco más, pero él tampoco era un niño al que pudiera hacerme obedecer todo el tiempo.

Conforme avanzaba a través del pasillo central y la distancia entre ella y yo disminuía, su mirada se clavaba cada vez más en mí. Debió presentir el peligro; sospechar mi naturaleza. Y así pensé que ella lo supuso, consciente de que tal vez yo era el presagio de un mal día... *De una mala noche.*

Aquel caballero penitente se acercó a ella. Su presencia no era una buena señal y sentí cierto alivio, pues dudé que Zgar se animara a buscarla al saber que un hombre la acompañaba. Este se hincó a su lado y ella dio un respingo. Aproveché aquella distracción para perderme de su vista. Si él no quería víctimas mortales, aquella no era una buena candidata. Pero finalmente era su deseo y yo no iba a prohibírselo; al menos no en esa ocasión.

Me detuve en el rincón donde yacía el confesionario. Di un paso al frente al tiempo que respiraba hondo; como quien está a punto de sumergirse en lo profundo del mar. Entré con lentitud. Supe que el sacerdote aguardaba por mí, y me consideré agraciada al estar en aquel momento de tensión con él; cerca de un seguidor de Dios. El interior estaba dominado por un fuerte claroscuro. La luz caía en su rostro y le otorgaba un aspecto solemne que potencializaba la calidez de su personalidad. La única superficie que nos separaba irrumpía en la visión de su piel y formaba cientos de pequeños rombos, como en un velo femenino.

Y, aunque su rostro evidenciaba cierta somnolencia, sus ojos se abrieron sorprendidos de verme nuevamente. Trató de decir algo, pero ningún sonido brotó de su garganta. Sus labios temblaron. Entonces, supe la razón de su conmoción: mis ojos brillaban desinhibidamente. Había descuidado ese aspecto. Con la cabeza acongojada por tantos dilemas, lo había olvidado por completo.

Intenté disimular mi torpeza bajando la mirada, pero mi nerviosismo aumentó. Sería difícil que mis ojos recobraran tan rápido su aparente naturalidad humana; quizá aquella era mi oportunidad para ser honesta.

Él se persignó extrañado, y no apartó la vista de mí en ningún momento. Luego, se aclaró la garganta, listo para hablar, pero yo le interrumpí:

—Buenas tardes, padre. Quiero confesarme —exclamé. Cerré los ojos e intenté serenarme—. Quiero confesarme antes de cometer un pecado mortal. Hoy voy a matar, padre.

Eso había sido exquisito. Algo dentro de mi alma se retorció de placer al pronunciar la verdad, presumiendo de lo que podía ser capaz y de que nada podría detenerme. Y me asaltó la tristeza. ¿Por qué era capaz de regocijarme por la tragedia futura? ¿Acaso no estaba allí para enmendar mis pecados?

Mis ojos permanecieron cerrados, pero en mi mente pude adivinar los gestos de su rostro: las arrugas se aseverarían en su frente, sus pupilas se dilatarían en un terror despreciable, fruncíría el ceño y haría una mueca con sus labios pálidos, ligeramente resecos.

—¿Pero, Yelena, cómo puedes decir tal barbaridad? ¡Pero si ayer te confesaste! En ti había infinita bondad —me reprochó en voz alta.

Se acomodó en su silla y puso las manos sobre el descanso. Se sujetó con celeridad antes de que su energía se desbocara ante la blasfemia que acababa de salir de mis labios.

—Padre, no soy como usted. He cometido pecados graves, y estoy condenada a hacerlo cada día de mi vida. Quisiera que Dios me perdonara, pero no veo la manera en poder reconciliarme si a menudo caigo en la tentación.

Sí, muy a menudo.

Respiré cautelosamente. Su esencia humana podría suponer una dificultad para mí, pero en ese momento era casi imperceptible. Por fortuna para ambos, su naturaleza no representaba un peligro.

El sacerdote tardó en recuperar el aliento, pero cuando lo hizo, su rostro recobró cierta expresión de paz que, temí, se tratara de un desmayo. No fue así, pues sus ojos siempre se mantuvieron alertas. Entonces me miró sin más irritación; como si finalmente comprendiera mis palabras y no me temiera más. Se derrumbó en la silla y respiró hondo.

—Yelena... —Le costó trabajo romper el silencio, puedo apostar—. Sé lo que eres. Me di cuenta desde el primer momento en que entraste por esa puerta y distinguí tus rasgos. Y, sin embargo, intenté pensar que era una locura. Me asusté al verte, porque jamás sé cómo van a reaccionar. Después, viniste nuevamente y quise pensar que eras como todos nosotros: solo una dama con inquietudes, y eso era todo. Pero estoy tranquilo de que ahora abras a Dios tu corazón.

Abrí los ojos con sobresalto. No puedo describir con exactitud el nivel de emoción al que me sometía. Me sentí como la botella rota de aquel ebrio cerca del parque; y el sacerdote era quien trataba de unir mis pedazos rotos entre el licor derramado.

Se persignó nuevamente. Quizá era consciente de lo que mis ojos brillantes significaban en mi estado. Lo vi reacomodarse en su silla mientras respiraba profundo y luego volvía a quedarse quieto. Entonces, se inclinó ligeramente hacia la rejilla, hacia mí. Trató de que la conversación quedara entre nosotros dos. Quizá intentaba ocultarla del mismísimo Dios.

—Te voy a decir algo, hija... —Hizo una pausa y tragó saliva—. En este mundo hay muchas criaturas de las que muy pocos tienen idea; y menos yo, un simple sacerdote.

Se quedó callado y se pasó la mano por la frente. Secó a su paso las gordas gotas de sudor que brotaban de su piel.

—Pero de algo sí estoy seguro —reanudó—: cuando se sienten vacíos y quieren encontrarse con el Señor, buscarán hasta la menor pista. Les ha sido puesta una carga que no está en nuestro papel entender o juzgar. Pero tienen derecho a la redención, igual que cualquier otro ser.

Aquellas palabras retumbaron en mis oídos.

—¡Por Dios! —exclamé sorprendida. Aunque mis ojos aún brillaban, ya no intenté reprimirlos. Era inútil; ya él conocía demasiado.

Ahora todo había dado una vuelta vertiginosa y colocado al mundo de cabeza, y yo con él. Me sentí frágil y delicada a pesar de mi naturaleza; como una pequeña roca al hundirse en un lago profundo.

—¿Conoce a más como yo? —pregunté con ímpetu.

Él giró los ojos, evitando mi mirada.

—Sí —contestó después de algunos segundos que me parecieron eternos. Su semblante se oscureció con el peso de los pecados confesados por aquellos. En sus ojos había dolor—. Recurren a Dios cuando no saben qué hacer; cuando la culpa se vuelve el infierno mismo. No vienen todos los días, ni todos los años... Pero los he visto, y los he escuchado —admitió—. Algunos arrepentidos, otros con la impaciencia de la sed... Otros, creyendo que son demonios.

Aquella palabra irrumpió en los acordes del silencio.

—¿Lo somos? —no pude evitar arrojar aquella pregunta.

Entrelacé mis dedos en la estructura romboidal que nos separaba. La superficie crujió y se dobló. Él se quedó paralizado, embargado por el miedo.

—Lo siento, padre. No fue mi intensión —me disculpé. Bajé la cabeza y devolví mis manos al descanso. La estructura de metal quedó ligeramente aboyada.

El sacerdote asintió comprensivo.

—Cada uno es lo que quiere ser, Yelena. Los hombres van de cacería y matan por diversión. ¿Crees que tienen más oportunidad que tú, que lo haces por necesidad? —exclamó mientras yo abría los ojos, conmocionada hasta el límite de mis sentidos, pues Zgar había dicho algo parecido aquella misma tarde—. Tú tienes el poder y la libertad para hacer tus propias elecciones. Tú puedes controlar tu instinto... No sé mucho sobre ustedes, es cierto, pero sé que en ti abunda la bondad, y creo que puedes llegar lejos sin pecado.

Había dicho esto con franqueza. Luego, tragó saliva y se acercó un poco más a la rejilla:

—Y dile a tu amigo —me sugirió en voz baja— que no se oculte en el campanario. Si quiere hablar conmigo, que venga un poco más temprano, como a esta hora, y lo escucharé con gusto. Tengo la impresión de que es un alma muy triste.

Ni siquiera yo estaba enterada de que Zgar frecuentara la iglesia, y mucho menos el campanario. *¡Oh, la vista desde allí debía ser tentadora!*

—Por lo que veo no te lo ha dicho. —Quizá su presencia le parecía más obstinada que la mía—. Bueno, deja que él se acerque... ¿Ves? Las criaturas se acercan a Dios en momentos de desasosiego.

Una sonrisa de satisfacción se dibujó en sus labios. Él había sido capaz de ver algo que los demás ignoraban y me pareció que realmente Dios lo había iluminado en su infinita sabiduría.

—Jamás habría esperado que me dijera lo que ahora me ha dicho. Me siento llena y a la vez vacía... Como si mi mente se llenara con sus palabras, pero se vaciara pronto. No quiero olvidar este momento jamás.

—Y no lo harás, hija —respondió con absoluta comprensión—. Trataste de ser discreta, pero no hay secretos que aquí se puedan ocultar. Ahora, si vas a beber lo prohibido, asegúrate de no cometer un pecado peor: no mates.

—Pero... a veces no puedo dejarlos vivir. La sed se vuelve mortífera y bebo hasta la última gota.

—Ora. No seas presa de tu instinto: contrólalo. —Su voz se disolvió al interior de la celda—. ¡Vaya confesiones que he tenido el día de hoy! —murmuró en voz baja para sí mismo.

Enseguida se puso de pie, listo para abandonar el confesionario, mucho antes de que yo siquiera pensara en partir. Salió con paso presuroso, pero poco ágil debido a su edad. La luz de los candelabros penetró en el interior con un resplandor ámbar.

Contemplé largo rato la silla. ¡Se veía tan vacía! Entonces recordé mi estado; desde el principio supo que yo me encontraba sedienta, y aun así mantuvo la conversación conmigo. Confió en que yo no le haría daño. *Tuvo fe.*

Me reproché no haber venido en algún otro momento. Incluso me reclamé no haber recurrido a alguien como él —si es que lo había— antes de que los pecados llenaran mi lista. Desde hacía siglos me había juzgado a mí misma y, ahora, en aquel recinto, en medio de las penumbras, por fin hubo una débil luz que marcara mi camino: una esperanza.

ZGAR

OSCURIDAD

A menudo sufría de pesadillas, pues la culpa se vuelve infame con el paso del tiempo. Cuando estaba despierto me era fácil lidiar con los recuerdos. Pero al dormir, mi subconsciente se volvía un verdugo vengativo e infame.

Me desperté con la respiración agitada, cansado. Los latidos de mi corazón inundaban mis sentidos. Replicaban fuerte dentro de mi pecho. El sonido saturaba, sordo e incesante, aquel estrecho espacio rectangular que limitaba los movimientos de mi cuerpo. Abrí mis ojos, cansado de dormir sin descanso.

El silencio emanaba de todas partes. No había más sonido en aquel lugar que el de mi respiración precipitada y el latir de mi corazón. Sufría un ataque de ansiedad, como ya me era costumbre. Quise salir de esa caja cuanto antes, pues temía perder el control, pero estaba muy cansado y la sed quemaba mi garganta de forma grosera.

Temí que afuera siguiera el sol brillando con la intensidad del mediodía, y, tentado por la sed de sangre, no podía distinguir con claridad qué hora era. Palpé con mis manos la superficie de madera a los lados. Era dura y algo áspera; en partes, carcomida por la humedad. Tuve la sensación de que desgarraría las paredes con mis poderosas uñas, pero, en cambio, me quedé muy quieto e intenté controlar mi respiración.

A mi nariz llegó el fresco aroma a musgo y enredaderas. La madera del ataúd aún estaba impregnada con el olor del mausoleo derruido del que lo tomamos. En general, la caja estaba bien conservada y me agradaba su forma antigua. Tenía suficiente espacio para poner mis manos sobre el pecho, como en los ataúdes egipcios, y la tapa me aislaba bien del exterior. Había sido una buena elección. Diario salía de aquella prisión, pero no era mi completa voluntad. Yo ya no tendría por qué permanecer en ese sitio. No tendría por qué resguardarme del sol... ¡*Maldición!* ¿Por qué ella sí podía y yo no? ¡Por Dios! ¡Necesitaba una explicación, o me volvería loco! Me encontraba mal. Aun cuando la sangre fluía descontrolada en mis venas, una implacable sed me arrojaba a ir por más. Mi cuerpo consumía la sangre con rapidez; mucho más de lo que yo tardaba en restituirla.

Tenía muchas preguntas y quería respuestas, pero no las había. Solo había preguntas que jamás eran satisfechas. Y estaba seguro de que ella también sufría, por mi causa, y eso era lo peor, aunque no me decía nada; o quizá yo era demasiado torpe para escucharla.

Hacía muchos años que no veía la luz del día, y no la echaba de menos, pero sí me mantenía sometido a un estricto horario que no me hacía ninguna gracia. Un hombre encarcelado era más libre que yo, pues este al menos no tendría que sentir el mismo suplicio cada noche.

En aquellos instantes mis ojos brillaban con sutileza y eran la única fuente de luz que había en aquel lugar cerrado. El olor de la madera me envició y yo irrumpí con un ataque. Alebresté la calma y traté de ponerme de pie sin importar destruir el espacio que me mantenía con vida. Empujé con pies y manos la tapa del ataúd, y esta cayó al suelo. Rebotó con violencia. La claridad me cegó por segundos, y mis pupilas tardaron en habituarse a la abundancia de luz que para un humano solo eran penumbras.

El sonido de la madera se disolvió en un eco sepulcral mientras yo me ponía de pie y resucitaba de la muerte. El ambiente frío que permanecía en el interior de la antigua bóveda me devolvió el aliento. Partículas de polvo entraron a mis pulmones al ritmo de mi respiración. Me aclaré la garganta mientras mi rostro se ponía tenso;

un llanto doloroso amenazaba con hacerse presente si no me controlaba.

Di un gran paso fuera del ataúd, hacia el piso sólido. Mi cama eterna estaba colocada sobre una pequeña plataforma de aspecto clásico. Unos bordes de roca sólida con forma de guirnalda sobresalían por debajo de la caja de madera. Mis pasos irrumpieron en la calma mientras la tapa del ataúd se acomodaba y daba un último replicar contra la losa. Sentí el poder de su peso contra el suelo, y las ansias de tomarla y destrozarla se hizo presente. Necesitaba que mi energía se consumiera en el abrazo mortal hacia un humano antes de que terminara por destruir aquella habitación. *Necesitaba la sangre más que a mi propia alma.*

El sol iba muriendo en el ocaso tardío. Su luz irrumpía a través de los resquicios de la puerta abovedada. Se clavaba en el suelo con su color ámbar. Era una línea baja y horizontal que aguardaba por mi muerte. Pero yo ya notaba su ineficacia. Era claro que no me produciría más que una insignificante irritación cutánea. No se comparaba con el insoportable sol del mediodía.

Miré a todos lados, histérico. Podía distinguir los detalles de la bóveda; las pinturas descoloridas, descascaradas. Ya no quedaba mucho de ellas. Parecían estar muriendo, junto conmigo. Me llevé las manos a la cabeza y me di un masaje en el cabello y la frente. Traté de disminuir la presión de la sangre bajo mis sienes. Tuve el presentimiento de que aquella noche, como cada noche, conduciría mi vida hacia la muerte placentera.

Yelena y yo acabábamos de llegar a aquella ciudad hacía unos días. Ella no dormía en un sarcófago, como yo, y no era que no lo quisiera compartir con ella. No, yo era diferente, por desgracia. Se supondría que un vampiro tiene grandes cambios en su cuerpo, a veces casi imperceptibles, pero siempre de gran éxito.

La luz nos hace mal a todos al principio, cuando apenas hemos cambiado. Pero luego nos acostumbramos gradualmente a la luz del sol hasta que ya no nos hace daño. Eso no sucedió conmigo. El cambio en ella fue rápido y pudo dejar el «enclaustramiento de sombras» sin notoriedad. Sí, así es como le llamamos al tiempo en el que permanecemos lejos del sol, esperando que la debilidad de nuestra piel disminuya y entonces seamos más fuertes que nada en el mundo.

Ella era digna de mi admiración, y yo, tal vez, digno de sus cuidados. Sin embargo, no dejaba de imaginar lo felices que seríamos sin que yo tuviera que depender de un ataúd. Yo tenía todas las capacidades: la inmortalidad, la fuerza, la velocidad, pero en mí permaneció la debilidad hacia el sol, y eso mermaba mi ego cada día. Mientras ella podía salir y caminar sin más sospecha entre los humanos, yo debía esperar hasta el anochecer, cuando ya la ciudad estaba dormida.

Con el tiempo, a través de los años, que ya representaba una eternidad para mí, me había hecho un poco más tolerante al sol. En un principio no era capaz de soportar el mínimo rayo luminoso, como el del sol al atardecer —o del amanecer—, muy similar al que traspasaba la puerta abovedada de mi recinto en esos momentos. Pero no era muy alentador; quizá dentro de varios milenios por fin podría resistir la luz del medio día... ¡Vaya esperanza!

Y... ¿qué es lo que era yo? ¿Qué era? Sí, yo era un vampiro condenado. Una criatura maldita cuya tristeza y desgracia no lo dejaban vivir a pesar de tener el don de la inmortalidad. Solo había una bendición en mi vida: Yelena. Sí, ella sí que lo era.

Miles de preguntas se clavaban en mi cabeza, pero ya no quería pensar en nada más. Estaba agotado de fantasear con salir un día a buscar la solución final: despertar al medio día, avanzar hacia esa puerta, abrirla, dejar que los rayos de sol acariciaran mi rostro... y convertirme en cenizas. Pero era cobarde. ¡Hasta para suicidarse uno necesita valentía! Yo era simplemente miserable, pues me quejaba a cada instante y veía mi desgracia como lo peor de este mundo.

Necesitaba superarme, pero ¿cómo, si me la pasaba recluido en las tinieblas? Me senté junto al ataúd y me abracé con mis propios brazos en un intento por asfixiar esos pensamientos lastimeros. ¿Dónde estaba ella? Mi corazón solo tenía ojos para mi hermosa Yelena. Sí, siempre llena de vida; llena de su propia belleza.

Escuché, por primera vez hasta ese momento, el ruido de un ave que volaba cerca. Supuse que se trataba de un cuervo, pues reconocí su particular revoloteo cerca del alféizar de la ventana tapada. No tardó en confirmarme su presencia con varios graznidos. Pude trazar su silueta en mi mente. Lo capturé entre mis manos solo para admirar sus bellos rasgos, negros como el carbón. Lo recorrí imaginariamente con mis dedos para luego dejarlo ir.

Me encaminé a la ventana, en silencio, y puse mis manos encima de la madera rústica que la cubría. Arranqué las tablas de su marco y el haz de luz entró con fulgor a la bóveda y ahuyentó las tinieblas de cada rincón. Retrocedí con los ojos doloridos y la piel irritada. El cuervo se había marchado.

Apenas pude distinguir a lo lejos las siluetas de unas cruces. Yelena encontró aquella mansión abandonada en un lugar lejos de la ciudad. Como siempre, le dio prioridad a nuestra intimidad. No quería curiosos, así que nuestros vecinos más próximos eran los cadáveres del cementerio frente a la mansión. El gran mausoleo era la única construcción a la altura de mi ventana. Por yacer en una loma alta la ciudad quedaba lejos, a nuestros pies, en un descenso gradual de varios kilómetros.

Agucé el oído, aliviado de escuchar el rumor de algunas diligencias a la distancia. Transportaban servicialmente a la gente de un lugar a otro mientras caían en el cansancio de un día que moría cuando yo apenas despertaba. Me miré la mano y la piel estaba enrojecida. Me ardía un poco, no menos que el rostro. No debía permanecer mucho tiempo bajo la luz directa del sol, así que me arrinconé a un lado de la ventana, junto a una alta columna que se unía al techo de crucería.

Respiré hondo. Abrí mi boca y sentí las comisuras de mis labios resecas por la luz. Puse mis manos contra la roca caliza mientras contemplaba cómo la piel volvía a su color y textura original. Poco a poco el ardor desapareció. Mi recuperación fue fugaz, y aproveché que no había sido mucho el daño para volver a mirar por la ventana; solo para cerciorarme de que no hubiera nadie en la cercanía. En efecto, solo estaban las altas cruces frente al camino, con el mausoleo y sus ángeles alados haciendo guardia en el monumento pétreo. El lugar había sido abandonado a principios del siglo pasado.

El sol no me hizo tanto daño esta vez, así que avancé hacia la puerta de la bóveda. Sus bisagras chirriaron lastimeramente al abrirla. El corredor daba hacia una escalera ruinosa, pero maciza. Los escalones estaban llenos de telarañas, y allá, a lo lejos, se veía un pedazo de losa rota, así como trozos de madera carcomida. Descendí la escalera con pasos decisivos y llegué al vestíbulo, que en alguna otra época conformó la entrada de una de las más elegantes construcciones en aquellas tierras. No obstante, su estado actual no era más afortunado que el del resto del inmueble.

El lugar se sumió en una luz nebulosa gracias al polvo que, ligero, se levantó con mis veloces pasos. La luz del sol se alcanzaba a filtrar por los resquicios de las ventanas y proyectó su color anaranjado sobre algunas paredes, como llamaradas vivas que arañaban la superficie gris. Los altos techos y muros, las altas columnas y los muebles ruinosos permanecían en penumbras.

Abrí la puerta principal, y, entonces, la luz del exterior me volvió a deslumbrar, pero no con la intensidad de otras ocasiones. Descendí los escalones que llevaban al exterior. Los hierbajos frescos debajo de mis suelas despedían un olor amargo al ser flagelados por mis incesantes pasos, cuyo marcar solo era audible para mí. Dudo que algún otro ser pudiera haberse dado cuenta de mi presencia si yo no lo deseaba.

Brinqué el enrejado que rodeaba la mansión. Apenas me sujeté del borde, como impulsado por una catapulta. ¿Para qué detenerse a abrir una puerta cuando había maneras más ágiles de avanzar? Caí de pie y comencé la marcha sin más detenimiento.

No imaginaba cuándo había sido la última vez que algún curioso explorador se aventuró en aquel territorio de muerte y soledad, pero indudablemente debió haber sido hace mucho tiempo. Me dirigí al sendero que, aunque tapizado de hierbas parásitas, formaba una vereda bien definida hacia la ciudad. Estaba dispuesto a cazar lejos, tal como ella había sugerido, pues debíamos ser discretos. Que alguien descubriera un cadáver en las cercanías significaría un peligro inminente, y, sobre todo, innecesario para nosotros.

Contemplé el imponente mausoleo en lo alto de una loma que, como un director de orquesta, vigilaba la quietud del camposanto. Los ojos de aquellos ángeles de piedra parecían seguir mi caminar y me hicieron sentir extraño. Recordé el pavor de los humanos a los cementerios. Allí existía una extraña melancolía presa de recuerdos y tragedia, que no era la más cómoda para un ser que sabe que al final de sus días terminará en un lugar similar.

Me adentré en el camino y descendí hacia la ciudad. Festejé que el sol moría lentamente en lo alto de las montañas y apresuré el paso. No me pareció cosa del otro mundo; más bien me pareció el ciclo de la vida, que a todos rige, excepto a nosotros.

Los matorrales escaseaban desde hacía mucho cuando crucé la primera calle transitada, donde varias calesas avanzaban con excesiva lentitud. Mientras caminaba, me encontraba de vez en cuando con personas en sentido contrario al mío, quizá de regreso a sus hogares. Algunas no podían evitar observarme con asombro cuando la luz tibia, que aún quedaba en el horizonte, revelaba mi sospechoso perfil marmóreo. Pasé de largo una joven que caminaba junto a una anciana. Mientras me veía de soslayo murmuró algo al oído de la mujer, con seguridad, referente a mí.

Sus constantes miradas me provocaron molestia y decidí no prestar más atención que a lo que me había propuesto. Quería llegar al lugar de la noche pasada más temprano de lo acostumbrado, y allí aguardar hasta que la oscuridad me brindara la discreción que necesitaba. Y ese no era el único motivo. Aquella tarde, como muchas otras, debía disculparme con Dios de antemano, así que ir a la iglesia se estaba convirtiendo en un hábito. Me negaba a pecar sin antes traspasar las puertas, ver los monumentos, contemplar Su gloria y pedir perdón. Tenía la valentía para enfrentar mi destino, aunque siempre consciente de que Él no estaba contento conmigo.

Me adentré en una de las avenidas de gran tránsito y pasé junto a la larga hilera de casas de ventanas pequeñas y cristales poco luminosos. Estos cristales reflejaban la luz que aún brillaba en el horizonte y que, como un látigo al rojo vivo, se esparcía en tonalidades cálidas; una luz que dividía claramente la tierra del cielo.

Rebasé dos ancianos que caminaban pegados a la pared, librando la calle. Se detuvieron mientras yo pasaba junto a ellos. *¡Vaya, no pudieron ser más discretos!* No dijeron palabra alguna, pero sentí sus ojos clavados en mi nuca durante todo el trayecto, hasta que di vuelta en la esquina de una casa cuyo tejado me revelaba, debido a su estilo oriental, que se trataba de alguna construida por extranjeros.

Evitar directamente a los humanos era el único aspecto que me agradaba de vivir de noche, bajo el cobijo de las sombras. No todos los murmullos eran acerca de mí, pero me sentía acosado por la presencia de todas esas personas que, evidentemente, se veían atraídas hacia mi singular apariencia. Aquello fustigaba mi alma de forma hiriente.

Alcé la vista. A lo lejos, al final de la larga avenida, divisé un parque en el que distinguí algo que mi corazón reconoció como suyo. Sentí su presencia como si me sacudiera una poderosa corriente. *La vi*. Reconocí su delicada silueta ceñida con el mismo abrigo oscuro que llevaba la noche de nuestra llegada. Estaba allí, sentada en una banca. Contemplaba el paisaje citadino con inusual dedicación. Moría por ir hacia ella, tomarla de la cintura y robarle un beso apasionado, pero debía ahogar esos deseos por ahora. No era ni el lugar ni el momento adecuado, así que rodeé el parque y no le di más importancia, a pesar de que lo merecía. Me alejé, aún con su silueta dibujada en mi mente.

Lo que más amaba en este mundo era observarla como a una bella durmiente junto a mí, o, cuando, con sus ojos abiertos, me miraba como lo que era; como lo que éramos. No tenía derecho a exigirle lo que le exigía; ella era más importante para mí de lo que ambos podíamos aceptar.

Llegué a la avenida en el momento preciso en el que sonaban las primeras campanadas. El tiempo había pasado más rápido de lo que esperaba. Me parecía haber volado hasta allí, pero en realidad habían sido mis pensamientos que, con inusual facilidad, distrajeron mi atención.

La preocupación de sentir las miradas sobre mí, cuchicheando una y otra vez, fustigándome, ahora no significaban nada. Mi cuerpo, susceptible por la falta de alimento, me exigió beber cuanto antes. No soportaba la ausencia de sangre por más de un día, aunque al siguiente solo representara una incómoda resaca.

El hueco en mi abdomen creció. Mi garganta estaba reseca, y, en medio del tumulto de aromas humanos, mi voluntad se doblegaba peligrosamente. Quería volver a probar la carne humana y enjugarla entre mis labios, succionarla; desgarrar la herida con mis colmillos filosos como cuchillos. Me envicié ante la perfección de mi deseo.

Solía imaginar que aquellos seres frágiles y temerosos podían adivinar mis pensamientos, porque enseguida me cedían el paso, evitándome. Quizá se veían amenazados por mis ojos que se iluminaban ante la mínima emoción y me daban un aspecto sobrenatural. Era cauteloso, pero, aun con el mayor cuidado, sería casi imposible que pasaran como humanos. Eso podría ser peligroso; podría delatar mi naturaleza.

Ahora la luminiscencia era mínima, pero si desbocaba mis instintos, podían volverse tan intensos como para provocar el juicio de las personas y desatar una cacería de brujas. Debía tener cuidado y controlar mis emociones, mis instintos y mi comportamiento.

Estaba a punto de cruzar la calle cuando me percaté de que un elegante coche daba vuelta en la esquina. Observé su trayectoria y le permití ganarme el paso. Se bamboleaba sutilmente, y, el cochero, desde el pescante, me dirigió una fugaz mirada. Paró justo frente a la iglesia. Los caballos dieron un relincho y yo me sentí sobrecogido por su agudo sonido. El cochero no tardó en bajar del pescante para abrir la portezuela con la mejor atención hacia sus amos.

De pronto, el olor del vino añejo neutralizado con la saliva humana atrajo mis sentidos. Volví mi vista hacia atrás. Unos hombres elegantemente vestidos caminaban en mi dirección. Lo único que desentonaba con su apariencia eran sus despeinados y desaliñados cabellos. Caminaban bien, sin tambalearse, pero pude advertir, por la manera de hablar, que habían tomado más de una copa.

Embriagado por su esencia, quise detenerme a mirarlos y saborearlos, pues serían una presa fácil. Pero decidí continuar con mi trayectoria, pues aún había muchas personas en la calle. Lo mejor sería esperar algunas horas para no llamar la atención. *Ya encontraría a más caballeros de la misma calaña.*

Sus pasos replicaban en la acera. Estaban ensimismados en su conversación, entusiasmados con algún tema coloquial. Por la intensidad de sus voces, me pareció incluso que discutían. ¡Pero qué tentación la del olor de su piel combinada con el vino! Muy dulce y a la vez amargo. ¡Cómo me convendría capturar a alguno... o a ambos!

Escuché el sonido de la puerta del coche al abrirse. Un hombre salió con paso firme. Era elegante; algún noble, quizá. Entonces, en aquel momento en el que el hedor del alcohol aún no desaparecía del ambiente, como dotado de voluntad propia, la brisa del aire me arrojó un débil olor a sangre y rosas.

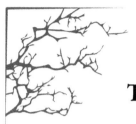

TENTACIÓN

Como un potente rayo que cimbra la tierra durante la tormenta, aquel aroma arremetió contra mi voluntad y me tornó violento. Retrocedí hacia la pared y me recargué mientras me recuperaba de aquel asalto de sensaciones que la sed de sangre producía en mí.

Intenté retroceder aún más, huir de la tentación, pero mi espalda golpeó de lleno con la pared. Me recordó que yo había ido hasta allí por mi propio pie y que debía afrontar las consecuencias. Y así lo hice. Aunque no había sido en un principio el propósito de esconderme tan grave, aquel muro frente a la iglesia con sus columnas creaba un escondrijo bastante sugestivo desde el cual podía contemplar todo cuanto sucedía.

Los hombres pasaron de largo frente a la iglesia. Se alejaban del peligro que era yo y que ni siquiera advirtieron. En aquel instante el viento acarició sus cabellos sebosos y me arrojó un hedor pestilente, intolerable. Ahora que había sentido la exquisitez del aroma a sangre y rosas, que como perfume vino débil y seductor hasta mi nariz, todo lo demás me pareció despreciable.

Mis músculos se tensaron al sentir nuevamente, ahora más intenso, aquel aroma de ensueño. Como una flecha, se clavaba en mi pecho y lo desgarraba. Moría interiormente con el deseo y la lujuria de la sangre. Deseaba tener ese delicioso líquido en mis labios. No quería que se derramara entre mis dedos; solo entre mis labios, sin desperdiciar una sola gota.

Mis ojos se habían vuelto luminosos, y, aunque en ese momento no había nadie a mi alrededor, intenté calmar la tempestad cuanto antes. No obstante, algo provocó que mi corazón se acelerara. Pude ver con claridad que una hermosa mujer salía del coche. Todo el mundo a mi alrededor desapareció. Fue como si el tiempo se detuviera. Incluso el hombre que la sujetaba de la mano para bajar del vehículo y el cochero que se apeaba para cerrar la portezuela, habían desaparecido. Al principio no le vi el rostro; solo su delgada silueta con sus exquisitas formas. Tomó del brazo al caballero al tiempo que el cochero volvía al pescante. Este agitó las riendas, y el golpeteo de los cascos de los animales contra el empedrado anunció la marcha. Aparcó finalmente a una prudente distancia del edificio, donde no obstaculizara el tránsito.

La chica ladeó el rostro y dirigió una curiosa mirada a aquellos caballeros que me habían enfermado con su hedor y que ahora desaparecían de mi mente, como el agua del riachuelo al deslizarse incontrolable, rodeando y brincando por sobre las rocas, escapando de la fuente. Casi de inmediato tuvo que volver la vista para encontrarse con la de él, que le reprendía por su distracción. Supuse que se trataba de alguien muy cercano. Quizá su esposo o prometido.

Ella llevaba un pañuelo, y noté que aquello era un punto clave en la seducción de la que era víctima. De pronto, una ráfaga de aire lo arrancó de sus manos níveas y la seda espolvoreó en el aire el aroma de mi vicio. La tela blanca, como si de las alas de una paloma se tratara, voló como impulsada por una fuerza divina en el suave viento del atardecer.

Entonces volvió la vista un momento hacia donde yo estaba. De todos los lugares a los que pudo haber dirigido su mirada, fue en aquel punto donde el destino la llevó a posarse. Nuestras miradas se cruzaron por unos segundos. Una sensación hilarante.

Estaba seguro de que ella no me podía ver con claridad debido a las sombras en las que me encontraba, y aun así, exhaló como sorprendida, consternada por mi mirada luminosa, o al menos eso creí. Ignoró a quién estaba sujeta y nos dejó a nosotros solos en un mundo perfecto. Pude adivinar la especie de trance en la que se encontraba. ¡Pobre hermosura, si tan solo hubiese adivinado lo que yo era!

La atracción femenina de la que ahora era víctima me hizo sentir celos profundos; envidia. Quería arrebatársela. La quería para mí solamente. Sentimientos muy humanos que solo podrían traducirse como sed de sangre, pues... ¿para qué quería a esa chica si no era para beberle la sangre? Mi corazón era solo de Yelena. Y, esa chica, a pesar de la imagen exquisita que me brindaba, no era ni un espejismo comparado con mi musa eterna.

Inválido, con los músculos paralizados por una sobrecogedora emoción y un presentimiento trascendental, distinguí el dolor de mis propios latidos al empujar la sangre que, como si hirviera, quemaba dentro de mis venas. Me sentí vivo otra vez, pero con un malestar que ni siquiera recuerdo haber sufrido alguna vez.

Ella debió sentir pánico, pero a la vez curiosidad; sospecho que ella se engolosinó conmigo igual que lo habían hecho tantas y tantos más. Ya podía imaginar, casi sentir, su sangre tibia en mis labios, como si se tratara de dulcísima miel. Y aquel momento, que en situaciones normales hubiera durado apenas unos segundos, para mí fue más que una eternidad.

Ella se dio la vuelta, aún del brazo de su compañero —prometido, esposo o futuro viudo—, y fue cuando pude verla totalmente, con su exquisita belleza de mortal. Su cabello castaño estaba delicadamente recogido en una cofia rica en volumen. Mechones de cabello serpenteaban y formaban una complicada flor para luego convertirse en sinuosos rizos que se extendían hasta reposar sobre la nuca y hombros. Su rostro era casi redondo, con unos pómulos que casi se perdían en las nutridas mejillas sonrosadas. La nariz, pequeña y respingada, pasaba desapercibida en comparación con la decente belleza de aquellos ojos color café claro remarcados por unas cejas abundantes. Los labios eran sencillos, pero sensuales.

Quizá no era de una belleza extraordinaria, pero a mí me pareció sublime. No era como Yelena, quien era estéticamente perfecta. Sin embargo, había algo especial en esta chica; una simpleza cautivadora, provocativa.

No pudo evitar devolver su mirada hacia mí, pero me anticipé a sus intenciones y me oculté detrás de una columna. Su mirada denotó una profunda decepción al no encontrarme. Entonces, ambos se dirigieron al interior de la iglesia, sin más interrupciones, y se perdieron en la oscuridad de aquella entrada abovedada, antesala de lo más sagrado.

La perdía y mi corazón retumbó con más fuerza; con la misma velocidad, pero imponente. Bombeaba incesantemente la sangre que mis labios habían tomado de un sin fin de víctimas. «Es peligroso que los humanos se den cuenta de lo que eres», recordé las palabras de advertencia de Yelena. Solo quería lo mejor para mí, pero una rebeldía interna me incitaba a desafiar las leyes terrenales que me habían sido impuestas. Quería correr hacia aquella chica de rostro angelical y abrirle la garganta con mis colmillos. Pude imaginarla muriendo entre mis brazos; las últimas gotas de sangre emanando de las minúsculas heridas en su cuello.

Sin duda, es la destrucción la que rige nuestra naturaleza inmortal, aunque en verdad lo que menos deseara fuera hacerle daño, pues quería tratarla como a una hermosa joven que solo tiene ojos para su amado. ¡Cómo deseé que Yelena algún día me mirara de esa forma! Pero Yelena siempre fue fría; prudente en reflejar sus sentimientos.

En mi mente volví a contemplar aquellos ojos color café mientras nuestras miradas se enlazaban por breves y memorables segundos. El entumecimiento salió de mi cuerpo gradualmente, a medida que mi voluntad me fustigaba y me exigía entrar a la iglesia y tomar a la chica. ¿Qué son los deseos si no pueden ser satisfechos?

Una energía punzante me impulsó a caminar hacia la entrada. Fue como si mil astillas fueran expulsadas del interior de mi piel; una sensación de alivio. El ardor interior de salir en su búsqueda sin mayor detenimiento no me producía más que una intensa angustia.

La amé sin siquiera intercambiar palabra alguna. Aunque, después de todo, sí habíamos iniciado una conversación; nuestras miradas se habían cruzado estrepitosamente, sin que mi frialdad disminuyera el efecto del enamoramiento. Esta vez no quería que me viera directamente, aunque la pasión me sugería presentarme frente a ella sin preámbulo.

La luz sobre la acera moría, así como sobre los tejados. La luz del ocaso alcanzaba a acariciar los altos vitrales de coloridos fragmentos, y la fachada de la iglesia ya se sumía en las penumbras. La noche pronto cubriría la ciudad, y yo reclamaría lo que mi cuerpo tanto ansiaba.

Me alejé del muro en el que me había resguardado. Alcé mi vista y pude contemplar el campanario con sus enormes cazuelas de bronce, como suspendidas en el aire. El brillo de sol refulgía sobre su superficie metálica. Estaban unidas por unas abrazaderas de hierro, y, la cuerda, oscurecida por la humedad, bajaba desde el centro y trazaba un péndulo.

Me embriagó una sensación de paz al recordar las noches que había pasado allá arriba mientras la oscuridad se agazapaba a mi lado y yo me refugiaba en las penumbras sagradas del recinto rehuyendo de mi propio ser. Recuerdo que pasado unos minutos ya me sentía tranquilo, pero nada lograba desaparecer la sed de mi garganta y el vacío en mi abdomen.

Debía de ser un hereje al entrar en aquel recinto sagrado con la sed de la muerte, pero ya no me importó. Me cegué ante la promesa de la sangre tibia. Atravesé la avenida y, con pasos cautelosos, me dirigí hacia la entrada. Agaché la cabeza, huyendo de todo mortal curioso que pudiese advertir lo sobrenatural de mi mirada. Así, me hice de insólito valor y traspasé el umbral.

El frío de afuera solo era diferente al del interior en su esencia. Adentro no había viento, solo una temperatura fresca muy similar a la de una cueva. Aquel lugar era una fuente de poder que no estaba seguro que los humanos pudieran entender. La cálida luz de las velas creó una sombra rastrera a mi alrededor, casi imperceptible, y se filtró en la unión de las losas. De lo alto, a través de los vitrales, bajaba el resplandor dorado de la tarde. La luz que cruzaba los vitrales moría lentamente. Imaginé que ahora mismo el horizonte debía ser un riachuelo de agonizantes llamaradas rosas y purpúreas.

Y, en medio de tal magnificencia, el perfume de la joven volvió a mi nariz mezclado con el olor de la cera. Un ambiente nauseabundo, que bien pudiera describir como una bocanada de aire seductor. Localicé a la joven con el rabillo del ojo. No quería que notase que yo la vigilaba... *No, aún no.*

Distinguí el refugio que las sombras me ofrecían con su grandeza. Había un alto muro, y, al lado de este, una gruesa columna que se elevaba hasta unirse con la bóveda. Crucé frente al sagrario y solo me detuve unos segundos para pedir perdón por mis pecados futuros. Dios no me perdonaría por semejante, déspota y egoísta intrusión en su iglesia, pero deseé que al menos supiera que era consciente de mis faltas.

Me dirigí a aquel abismo de oscuridad, allí donde las sombras me daban una fría bienvenida y me abrazaban con regocijo. Entonces, la chica me perdió de vista. Me quedé quieto, como si fuera una de las esculturas que allí abundaban en eterna contemplación a Dios. La observé con detenimiento desde mi cubil. Ella estaba radiante, aun en las penumbras, y debo confesar que la oscuridad le venía bastante bien; sus facciones me parecían más sobrias y siniestras. ¿Cuál sería su apariencia si ella fuera de mi misma naturaleza? Mi corazón dio un vuelco al pensarlo.

Cansada de no encontrar mi rostro, volvió su mirada a un lado y otro, y registró los rincones más próximos. Sus movimientos reflejaron gran nerviosismo. Tal vez estaba asustada, no lo sé. Llevó las manos a un librito de pasta dura y negra, y trató de leerlo en varias ocasiones, sin lograr concentrarse del todo. Al poco tiempo, dos mujeres mayores se pusieron de pie de una de las bancas cercanas al confesionario. Ella levantó la vista, atraída por semejante disturbio. Las mujeres se encaminaron hacia la salida y alzaron la voz con imprudencia antes de desaparecer en el exterior. No estoy muy consciente de ello, pero por un momento las mujeres dirigieron la mirada hacia mí: hacia las sombras de mi rincón. La luz de las velas bañó sus rostros viejos. Los cabellos parecían rastros de alguna enredadera seca.

No me importó si yo era la causa o no de su partida, pues yo tenía otras prioridades esa noche. Aquella chica seguía atrayéndome con el aroma de su piel, que como una devota rumoraba en el aire frío la oración del temor. Cerré los ojos y logré controlar mi instinto en espera de la recompensa futura. La obsesión de mis pensamientos era idílica. ¡Cómo me hubiera gustado salir de la oscuridad y acercarme hasta su banca!

Le detendría el mentón y ocultaría mi rostro en su cuello. Imaginé el preciso instante en que sus pupilas se ocultaban bajo sus finos párpados. El velo de sus largas pestañas filtraría el último resquicio de luz, antesala del sueño eterno. Sus mejillas palidecerían con la escasez de sangre. Y, entonces, la perdería para siempre.

Creí que me arrojaría en su búsqueda en ese mismo momento... Pero algo me hizo salir de trance. Una alta y delgada silueta de elegancia extraordinaria atravesó el umbral de la iglesia. Unos pasos calmados y provocativos a la vez. Su perfume, más puro que el de la rosa salvaje. Mi emoción sucumbió con su cercanía.

Mi hermosa Yelena.

No fui yo el único que la notó. Ella, la hermosa chica, la seguía con la mirada perpleja; con esa mezcla de temor y admiración que había percibido a menudo en las personas que la encontraban. La luz de las velas lambió los finos y sedosos cabellos de Yelena cuando se aproximó al sagrario. Dirigió una sigilosa mirada hacia las sombras en las que me ocultaba. No, no había forma de que yo me adelantara un paso. Ella siempre tenía la ventaja. Con los sentidos más agudos que había conocido hasta el momento en un vampiro de mi edad, daba gracias porque su corazón fuera tan noble y controlado. *¡Oh, de haber sido de la misma voluntad que la mía!* Indudablemente, heredó en vida los rasgos de su dinastía guerrera; y, de muerta, los poderes del vampiro antiguo que la convirtió.

Contempló el sagrario por algunos minutos antes de ir a sentarse en la banca más próxima. Ella sabía que yo estaba allí, y a pesar de que la escuché murmurar una o más oraciones, su propósito era claro: deseaba hablar conmigo. Hizo un discreto ademán con la mano, y, entonces, como atraído por un imán con apariencia de diamante, di un paso al frente y revelé mi rostro a través del pabellón de oscuridad. La chica humana abandonó a Yelena, a la que no había perdido de vista desde su llegada, y volvió su vista hacia mí.

Pude sentir cómo el ambiente cambiaba de un aspecto sombrío a uno más turbio; como si hubiera llegado la desgracia con su estandarte de invitado al infame festín. Y, ella, la chica, también era capaz de sentirlo. Aunque no sabía qué éramos, su instinto le advertía que había algo siniestro en nuestro ser.

Yelena se puso de pie y yo la alcancé. Le confesé lo que hacía allí, en la casa del Señor y ella me lo recriminó una y otra vez. ¡Y con toda razón! ¿A qué ser tan despreciable, maldito y perverso se le ocurría atravesar el umbral sagrado?

Estaba avergonzado, pero quería que me comprendiera, y así lo hizo, porque me dijo cosas que jamás, a pesar de los años que habíamos estado juntos, había tenido la convicción de decirme. Y no fue necesario confesarle la ocasión; ella ya se había dado cuenta del hedor de sangre que emanaba la fresca y reciente herida de la chica.

Al principio fue rígida ante mi petición de beber la sangre de la joven. Después, aceptó; pero proponiéndome un festín al final de la noche. La sola idea me provocó un escalofrío perturbador, pues me prometió algo que no sabía cómo tomar. ¡Cada noche deseaba su sangre de vampiro y ahora me la ofrecía, como agua al peregrino sediento! Me ordenó que volviera a la mansión antes del amanecer para que tomara el vital líquido de sus venas. Y me negué, pues no quería hacerle daño. Por más que deseara sucumbir mi deseo en su piel, yo sabía que no era digno. Para mí ella era simplemente superior; una musa, y yo, su lacayo sin título.

Al terminar nuestra discusión ella estaba irritada, pero firme en lo que me había propuesto. No aceptaría términos diferentes. Al igual que en la mayoría de las ocasiones, sus decisiones no eran para debatir.

La puerta del confesionario se abrió como tantas otras veces aquel día y salió una silueta de su interior que de inmediato reconocí. Yelena también lo notó, pero no le dio más importancia de la necesaria.

—Nos vemos en la mansión —murmuró al ver que yo tenía la mirada perdida en la joven—. Te amo, Zgar.

Se alejó de mí sin agregar nada más. La vi caminar con suma elegancia y movimientos felinos. Pasó en medio de las hileras de bancas. Entonces, intercambió una intensa mirada con la joven humana. Fue como una especie de despedida de este mundo. Imaginé la emoción que aquel encuentro desataría en el frágil corazón de la chica. Era como presenciar una maldición sobre uno mismo y ser incapaz de entender a profundidad lo oculto en un mensaje que bien pudiera significar la salvación.

El caballero se adelantó hasta sentarse al lado de la chica, que dio un respingo ante su repentina presencia. Yo aproveché la distracción para retornar a las penumbras de mi rincón.

En mi alma se propagó la satisfacción que solo la aprobación para tomar la sangre de la doncella me podía obsequiar. Sin embargo, en mi mente reverberaban las palabras de Yelena acerca de su ofrecimiento. El beber sangre de un vampiro es algo invasivo; reservado solo para ocasiones en las que la vida y la muerte lo justifican. Y más tratándose de su sangre; una sangre que despertaba en mí la sed más intensa y poderosa. Era peligroso, y lo que menos deseaba era desangrarla. ¡*No!* ¡Jamás me lo perdonaría! Moriría antes que permitir que algo malo le sucediera.

Además, matarla no era el único peligro. El vampiro debe reponer la sangre cuanto antes, y, aun así, el cuerpo toma tiempo en recobrar su fuerza. La debilidad también podía ser peligrosa. Y, aunque en aquel entonces no sabía lo que aquello implicaba, pronto lo averiguaría, quisiera o no quisiera.

El caballero se hincó a cumplir su penitencia, sin mayor atención hacia ella. Tuve la sensación de querer arrebatársela para ponerla sobre un pedestal de oro. Volví mi vista hacia donde Yelena había ido, y esta había entrado ya en el confesionario. Las dudas entraron como tenazas a mi cabeza... ¿Qué hacía ella en ese lugar? ¿Irrumpiría en la paz de aquel recinto, tal y como ella me lo había recriminado? Quise saber y a la vez no.

Me culpé por haberla obligado a venir hasta aquí con mi presencia. Pero si había alguien cuerdo, era ella. A diferencia mía, ella podía controlarse. No cometería un error, de eso estaba seguro. Y si lo cometía, estaba en todo su derecho.

En la banca, la chica volvió la vista hacia donde creía que me encontraría, pero se sorprendió nuevamente de mi desaparición. Palideció al dirigir sus ojos cristalinos hacia las sombras de donde ya previamente me había visto surgir como un fantasma. Aunque era incapaz de verme, presintió que yo seguía allí, sumergido en la oscuridad, aguardando el momento.

Entonces, un sonido grave me fustigó la cabeza y amenazó con hacer explotar cada una de mis terminaciones nerviosas. El sujeto hincado al lado de la chica se puso de pie junto con ella. La madera había rechinado con su repentino movimiento, y, en un principio él parecía comprensivo con la obsesión de la joven de mirar hacia donde yo estaba, pero pronto distinguí la cólera en sus ojos oscuros. ¡Qué orgulloso debía de estar de la belleza de su mujer! Sin embargo, no sentí que estuviera agradecido con Dios por aquel preciado obsequio.

Los pasos de ambos irrumpieron en la calma de aquel lugar. Se transportaron bajo las luces redondeadas que las velas proyectaban sobre las losas. Los cirios alzaban al techo sus lenguas de fuego e intentaban devorar las tinieblas de los rincones mientras la pareja buscaba la salida.

A ella, según pude notar, le faltaba el aliento; quizá conmocionada después de aquel mar de sensaciones que nuestra presencia sobrenatural había producido en un ser frágil y delicado como solo ella podía ser. O, quizá, era todo lo anterior, solo reafirmado por el intenso olor de las velas que en ocasiones vuelve confusos los pensamientos al ser respirado por largo tiempo.

Los vi desaparecer en la distancia, y el aire escupió hacia el interior de la iglesia aquel aroma que yo ya conocía. *Delicioso.* Yelena desapareció de mi mente, y también aquel caballero. Solo nosotros dos: ella con su belleza y yo con mi pasión.

Respiré hondo y di un paso fuera de las penumbras. *Ella sería mía.*

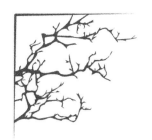

II

SIANIA

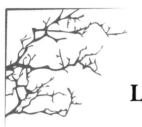

LA SOMBRA

No podía olvidar el brillo de aquellos ojos verdes a manera de joyas pulidas relumbrando bajo la luz de una fuente de naturaleza divina. ¿Cuál sería el origen de aquel fuego sublime que los alimentaba?

El tiempo que pasé en aquel lugar me dejó agotada, y a cada instante sentía que algo me oprimía el corazón. Salí sujeta del brazo de Leopold, pues él insistió en que me desvanecería si no lo hacía. En cuanto vi la luz artificial del exterior, me sentí un poco más aliviada.

Las altas casas se alzaban en medio de un cielo lúgubre, con el firmamento como lentejuelas, y pude ver la luna en lo alto. Su aureola luminosa absorbía las estrellas más cercanas, como un hermoso monstruo que va devorando luciérnagas; que absorbe su luz para sí mismo.

El viento era frío y él me puso su abrigo sobre los hombros. Las mangas vacías colgaron junto a mis brazos e imitaron el vaivén de mi caminar. El cochero tardó unos segundos en darse cuenta de nuestra presencia. Se había quedado dormido, quizá solo unos minutos. No pensó que tardaríamos tan poco tiempo dentro de la iglesia, aunque a mí me había parecido una eternidad.

Leopold se aclaró la garganta cerca de él. Afortunadamente tenía el sueño ligero y se puso de pie como tirado por un resorte. La mirada que ambos intercambiaron fue más intensa que una larga y agitada discusión. Apenado, se apresuró a abrir la puerta del coche. De verdad le había sentado mal su falta, y, a Leopold, advertí, le pareció lo justo.

—Entra, Siania, o te resfriarás —ordenó con una voz que apenas pude sostener en gravedad equitativa con mis pensamientos.

Ya en el interior del coche, me sentí a salvo. Acogida por el estrecho lugar solo podía desear algo más: que todos desaparecieran, y así quedarme sola y saber que, en consecuencia, nadie me haría daño.

Enseguida entró él y la puerta se cerró con un golpe seco. Escuché que el cochero se encaminaba al pescante. Sus pasos marcharon al ritmo de mi corazón; ni muy rápidos ni muy lentos, sino más bien exactos.

Leopold y yo permanecimos quietos y en silencio mientras el coche se bamboleaba ligeramente sobre el empedrado. Él veía su ventanilla y yo la mía; aunque no había mucho qué mirar, pues afuera el desfile de farolas se volvió monótono.

Y en el silencio mis remordimientos afloraban como una rosa espinosa que crecía y se abría paso entre las cavidades de mi corazón, hiriendo el músculo palpitante. Estaba segura de que quería casarme con él, permanecer a su lado, pero no sabía el por qué, y aunque en un principio lo ignoré, ahora no podía soportarlo.

La ira y el rencor aparecían intercalados, como una moneda que gira incesante. Al principio, con giros lentos, y, después, en una marcha continua que va flagelando a manera que se ve intercambiada por cada una de sus caras. Dos sensaciones diferentes. Indecisión. ¿Continuar o no continuar?

En verdad éramos afortunados, pues en aquella época eran escasos los matrimonios por amor. A nosotros no solo nos había beneficiado el conocernos con anterioridad, sino la relación que nuestras familias mantuvieron en su momento.

Debía aprender su idioma si quería casarme con él. ¡Vaya! Si él jamás me hubiera expuesto los motivos, yo me habría empeñado en aprenderlo, pero así no... ¡Ahora no! Me quedó muy claro que debía llevarle la contraria. Si tanto deseaba una chica que hablara ruso, que buscara una rusa, no una húngara. Sin embargo, era precisamente una húngara la que necesitaba para afianzar su posición en el reino. Era casi la mitad del camino. Alejé un poco la mirada de la ventanilla solo para mirarlo de soslayo, pero él ni siquiera lo notó. Estaba ausente, y aunque quería decirle todo lo que había pensado durante el trayecto; reclamarle, y, si se diera la ocasión, aclarar las cosas, yo no estaba de ánimo, y menos con la actitud que él había tomado.

Estaba preocupado por mí, podía verlo en su expresión, pero aun así no me ayudaba en nada saber de sus buenas intenciones. Después de todo, la vida no está hecha de buenos sentimientos y cosas por el estilo, sino por acciones.

Quería hacerle frente, como si hablara de futura esposa a futuro esposo, y me reacomodé en el asiento sin marcar mucho mis movimientos. Tragué saliva, y estaba a punto de hablar cuando un golpecillo contra el coche me hizo dar un respingo. Quizá la rueda había rozado algo por el camino. No obstante, no me sobresalté demasiado, o al menos no lo suficiente como para que él me dirigiera mirada alguna.

Él también pareció notarlo, porque enseguida giró los ojos hacia el techo, donde ahora se repetía el ruido —quizá el rozar de alguna rama—, aunque mucho más suave, como si algo se sujetara de la superficie lisa del exterior. Pienso que el cochero también lo sintió, porque volteó varias veces hacia atrás, pues pude notar su torpeza al hacerlo.

Continuamos el trayecto con la misma calma con la que había empezado. Abandoné mis intenciones de romper el silencio y volví mi vista hacia el exterior. Las luces de la ciudad pasaban como en un desfile fúnebre. Finalmente, el caminar jocoso de los caballos amainó y el coche se paró en seco frente al que yo de inmediato reconocí como mi hogar.

El coche se inclinó un poco con el peso del cochero al descender. Cayó pétreo sobre la acera y, luego, se encaminó hacia nuestra portezuela. La manija crujió y Leopold fue el primero en salir. Después se volvió y me ofreció su mano. Cuando llegamos a la entrada, él se detuvo, me tomó de la mano con suavidad y la llevó hasta su mentón, como si fuera a besarla, pero se quedó inmóvil.

No pude hacer mucho por fingir mi aceptación y bajé la mirada en una reacción que no pude controlar. Creo que los ojos me vidriaron, inundados por unas lágrimas más saladas que el mar. Duramos en silencio unos eternos segundos, hasta que el sonido de la portezuela al cerrarse nos hizo dar un respingo a los dos. Intentó disimular el sobresalto sin mucho éxito.

—Perdóname —exclamó con sinceridad al tiempo que depositaba un fino beso en mi mano.

—Hasta pronto —dije resentida.

Alejé mi mano de sus labios mucho antes de que él pudiera hacer un esfuerzo por retenerla, aunque mis intenciones estaban muy lejos de desear lastimarlo. Él no contestó, quizá resignado ante un rechazo poco usual en mí.

Me había visto muy digna con esa reacción, así que no titubeé en conservarla por lo que quedaba del momento. Me di media vuelta para entrar en la casa y dejé que él hiciera lo mismo; lo escuché dirigirse hacia el coche sin agregar palabra alguna.

Dentro, la chimenea estaba encendida y ardía cálidamente. El calor me llegó al rostro en oleadas delicadas que nutrían mis mejillas y dejaban atrás el rubor del exterior. No obstante, a pesar de aquella calidez, tuve la sensación de hallarme en una casa abandonada desde mi llegada.

El sonido de los caballos que se alejaban por el empedrado me hizo recordar que todo lo que había vivido aquella tarde era verdad. Y ahora estaba sola; sola en la casa, con las tinieblas como compañía.

El frío se filtraba sutilmente por los resquicios de una de las ventanas. Estaba mal cerrada y hacía morir con rapidez el calor del fuego. Avancé unos pasos hasta la ventana y descorrí parte del cortinaje para luego cerrarla herméticamente. Observé que el paisaje a través del cristal era lúgubre. La mansión al frente era tan solo una silueta de trazos grotescos y amorfos que resaltaba en la negrura; una oscuridad que contrastaba sutilmente con la torneada luz de los faroles. Mi vista se clavó en el empedrado y distinguí cómo la roca se humedecía con el sereno del ambiente. Imaginé las partículas de agua al descender sobre las lisas rocas de una forma muy similar a la manera en que mi aliento se impregnaba contra el cristal de la ventana.

Mi mente se encontraba bajo la influencia de un sopor hilarante del que no había sido víctima con anterioridad. ¿Qué me sucedía? Me estaba volviendo loca, al parecer. Me dispuse a correr el cortinaje, pero mientras retornaba mi mirada hacia el interior, algo llamó mi atención. Creo que solo fue una ilusión, un espejismo, una imagen irracional...

Mis sentidos se cimbraron y una punzada atravesó mi cuerpo en milésimas de segundo. Era la misma silueta que ya había presenciado aquella tarde en la iglesia. Acechaba, apenas visible, sumergida entre las sombras lejanas que la luz del farol no podía alcanzar. Tan solo un rostro de porcelana, como esfinge, incrustado en la solemne penumbra de muros y columnas del otro lado de la calle; con los ojos brillantes como esmeraldas alimentadas de un fuego eterno. Nuestras miradas se cruzaron como se encuentran dos flechas en el aire.

—¡Señorita Siania! —Una voz tintineante me llamó clara y concisa.

Di un respingo. Me alejé de la ventana y dejé que las cortinas ocultaran lo que mi curiosidad se había resistido a ignorar. Mi espalda se impactó con el respaldo de un sillón al tiempo que mi sombra, proyectada por el fuego de la chimenea, se dibujaba como espíritu errante entre los rincones de aquella estancia.

Una silueta mediana en lo alto de las escaleras sostenía una lamparilla de aceite que dirigía amenazante hacia mí. Vestía una larga manta blanca, cual fantasma. Bajó los escalones en una ligera carrera y colocó la lamparilla de luz temblorosa sobre una mesita.

—Señorita Siania, ¿está usted bien? —me preguntó alarmada.

Era una de las criadas. Sus cabellos estaban ligeramente despeinados y su túnica blanca me anunciaba que se disponía a ir a la cama después de un día agitado. Sus ojos me escudriñaron. Tenían una apariencia joven, pero un tanto cansada.

Permanecimos en silencio unos largos segundos. Mi garganta estaba seca, y cuando por fin intenté hablar, me costó trabajo articular el sonido más simple. Ella me dio la mano y yo la tomé sin pretexto alguno. Entonces, sin apartar su mirada un solo instante, me ayudó a sentarme entre los almohadones del sillón.

Respondí tardíamente a su pregunta y musité un débil «sí», pero mi respiración agitada transmitió otra cosa. No me creyó; miró a su alrededor, como si pretendiera sorprender a un asesino. Al no encontrar nada sospechoso, volvió su rostro hacia mí.

—Está muy agitada, señorita —me dijo, como si fuera más una pregunta que un enunciado.

—¿Dónde está mi madre? —la cuestioné sin atender a su verdadera preocupación.

Ella parpadeó rápido, al principio sin comprender muy bien la pregunta.

—Se ha ido a acostar ya... Yo me quedé despierta, atenta a su llegada —titubeó en la última parte sin querer, pues al parecer había sido incapaz de hacer frente al sueño inminente.

Asentí y recompuse mi respiración. Dejé que ella notara que me recuperaba satisfactoriamente.

—¿Pero qué es lo que la ha puesto así de tensa, señorita Siania? —preguntó. Trató de no ser indiscreta por si la ocasión lo justificaba.

Cerré los ojos. Me sentía descubierta sin tener algo que ocultar.

—Nada —dije y suspiré—. Nada... Solo que me pareció ver una sombra en el exterior... Como si alguien vigilara —le confesé por convicción propia.

—¿Un ladrón? —dio un gritillo desesperado, sofocándolo al instante con una mano sobre los labios.

Yo negué rotundamente con un movimiento de cabeza y le indiqué que se sentara a mi lado, en el sillón, a hacerme compañía unos minutos.

—Habrá sido algún vagabundo —dije restándole importancia.

Ella pareció calmarse.

—¡Oh, seguramente fueron los nuevos vecinos!

—¿Vecinos? ¿Qué vecinos? —No sabía de qué hablaba.

Me incliné para ver a través de sus pálidas pupilas, pero me rehuyó. Ahora era ella quien le restaba importancia. Discriminaba el hecho de haber escuchado alguna conversación que no le competía.

—Pues... dicen que la casa de enfrente fue comprada por una extranjera. No estoy muy enterada.

Se acarició el mentón y se llevó las manos al regazo, sin darle mayor acento del que justificaba.

La casa de enfrente, una verdadera joya arquitectónica, llevaba en venta desde mi infancia. Pedían una suma extraordinaria, a mi entender, y más de uno se vio desalentado al preguntar por los detalles del inmueble. Según tengo entendido, por aquella misma suma se podrían comprar tres residencias en ese mismo vecindario. Sin embargo, lo que contaba de aquella casa era su antigüedad y su historia; aspectos que a casi nadie interesaba últimamente.

«Habrán hecho alguna rebaja, ansiosos por deshacerse de una casa que el tiempo terminaría por desmoronar, y no faltó quien se interesara», pensé. Allí quedó el tema, sin trascendencia.

—Bueno, iré a la cama —anuncié y di por terminada la conversación.

Creo que notó que mi angustia no había desaparecido por completo, y aun así no quiso hacer un comentario adicional. Me alejé de ella y avancé hacia las escaleras. Cuando llegué al pasillo, la escuché correr los cortinajes. Los reacomodó, como si quisiera borrar las huellas de lo sucedido. Después subió las escaleras con pasos rápidos.

No merecía la pena que una mente como la mía perdiera tiempo en esas cosas, así que dejé que armara sus conclusiones por ella misma y me dirigí de puntitas a la puerta de mi recámara, sin hacer algún ruido que pudiera despertar a mi madre.

Dentro de la habitación había una calidez perfecta. El fuego había sido preparado para cuando yo estuviera de regreso, y bajo resguardo en mi habitación, me sentí como una tonta al pensar en cosas extraordinarias.

Esperé en el vestidor a la criada para que me ayudara a despojarme de mi ropa y ponerme la de dormir. Me sujetó el cabello y luego me acomodó la cama.

—Gracias —exclamé con sinceridad.

—De nada, señorita Siania —contestó y luego se dirigió a la puerta—. Estaré atenta por si necesita algo —manifestó antes de que la puerta se cerrara y yo me quedara sola en la habitación, como sentenciada por el destino.

Me acomodé en la cama y me cubrí con las cobijas hasta el mentón. Observé el techo, paralelo a mis ojos, con sus detalles insignificantes en la cálida penumbra. Poco a poco me fue invadiendo un sueño terrible a causa del cansancio acumulado. Y, aunque el ruidillo de la ventana al abrirse desde afuera me cautivó, no desistí de entregarme al inminente sopor nocturno.

Por un momento, el fuego se avivó. Lambió el borde de la chimenea hasta casi tocar la roca labrada de la moldura estilo clásica.

Tuve la sensación de que el fuego se apagaba, pues pude ver que la luz de las llamas proyectada contra la pared disminuía lentamente, como una lamparilla que pierde su fuerza tras la combustión del aceite. La oscuridad pronto inundaría la habitación bajo las más escalofriantes sombras que se pudieran advertir. Sin embargo, no me importó. Me sentía cómoda. Era verdad que también un tanto angustiada, pero no lo suficiente como para luchar contra la pesadez de mis párpados.

Una brisa fría me acarició. La sensación fue muy real, pues la ventana se había abierto. No, no había sido una alucinación el leve chirrido de las bisagras. Me encontré con los ojos entreabiertos una vez más. No obstante, solo recuerdo haber creído ver cómo las sombras bailaban a mi alrededor y dejaban que *él* entrase. Era él: la sombra.

Pestañeé. Traté de disipar la somnolencia, pero cada vez se me nublaba más la vista, y él parecía una mota de humo borrosa. Al principio, no pude ver su cuerpo, pero su sombra lo decía todo. Su cuerpo, pude advertir, era sólido, delgado, alto, y fuerte. Temí que fuera un fantasma de algún siglo pasado, pero todo en él me recordaba a algo muy humano, y a la vez no tanto, pero sí corpóreo: real.

Escuché unos pasos discretos. Él se acercaba y yo no podía hacer nada para detenerlo, ni deseaba que se detuviera... Creó una sensual atracción y, de pronto, se precipitó sobre mí.

Pude ver a detalle su hermoso rostro. Su mentón era sutil, pero fuerte; unos pómulos discretos; una nariz larga y delgada, pero bien marcada, como tallada en mármol; unos labios nutridos, pero sin mucho volumen y un tanto oscuros. A la luz de la lumbre moribunda pude notar su cabello de un color castaño oscuro, casi negro; aunque, temí, el fulgor del fuego distorsionara el tono verdadero.

Antes de que perdiera totalmente la consciencia, vi que él ponía su mano sobre la almohada y, entonces, sentí que algo me aprisionaba la garganta. No sentí dolor, o al menos no lo recuerdo... Solo sentí el movimiento de sus labios húmedos succionando mi sangre, que me pareció de un olor dulce y atrayente.

Poco a poco la frialdad en mi cuerpo aumentó y, a pesar de que el fuego perdía su fuerza, no lo añoré, pues el frío no me pareció del todo molesto. Mis sentidos se volvieron vagos y extraños, y una especie de velo negro cayó sobre mis ojos. Seducida por un misterioso efecto soporífero, me dejé dominar por un sueño casi divino que avanzaba con lentitud sobre mi cuerpo. Lentamente me sumí en las tinieblas, con mis pensamientos girando como en un torbellino mientras los dos desaparecíamos de este mundo.

Jamás podré olvidar aquel día, ni en lo que aconteció a partir de esa noche.

DESPERTAR

N o recuerdo haber tenido sueños que remarcar. Más que nada, solo eran sensaciones y una rara mezcla de sentimientos. No podría describirlos ahora ni con el mayor de los esfuerzos. Era como si todo estuviera cubierto por sombras. Enormes árboles secos flanqueaban el paisaje y sus hojas caídas volaban en el viento y susurraban a mi oído palabras ininteligibles.

En algún momento sentí como si estuviera en lo más profundo del mar, en una inmensa soledad, respirando agua gélida. No me asfixiaba, pero sufría el ardor de la sal en los pulmones. Y, aunque tenía miedo, sabía que no podía morir; *¡y el morir nunca me había parecido tan glorioso!* No obstante, en todas esas ilusiones fantasiosas había una especie de dolor permanente; pero la muerte no era ninguna amenaza, sino una especie de cómplice, de compañera.

En medio de aquellas apariciones que caían en lo irreal, en lo increíble, en lo que no clasificaré como un sueño sino como un delirio, mi respiración se había hecho tan angustiante que me desperté jadeando. No podía respirar fácilmente; lejanos recuerdos de algo aprisionándome la garganta volvían a mis sentidos, como punzadas agudas. Todo pasó rápido bajo el velo de mis ojos, como si dentro de mis párpados un desfile de figuras infernales se moviera. Mis sentidos seguían bajo el sopor del sueño; como en una fantasía abrumadora, y era difícil diferenciar entre delirios y recuerdos. ¿Qué era realmente lo que había pasado?

Me levanté al instante y me llevé las manos al pecho. Las deslicé enérgicamente hasta el cuello y recorrí mi piel en medio de un escalofrío. Tuve la sensación de querer comprobar si realmente seguía viva. Aunque no sentía latir mi corazón, noté el suave pulso de la vena.

A pesar de mi debilidad, mis músculos se tensaron en el momento en que aquella sombra ocupó mis pensamientos. Me fustigó como un verdugo; me aclamó que volviera horas atrás; que rebobinara la mente hasta llegar al punto exacto de mi trauma... Pero todo era negro, como la infinita oscuridad del abismo.

Tardé en reconocer el lugar en el que estaba, a pesar de que lo conocía íntimamente. Me di cuenta de que la habitación estaba iluminada por los cálidos rayos de un alba que despertaba después de una tempestuosa noche. Su luz tocaba la ventana con sutileza, resbalaba por los cristales y sobornaba las sinuosas cortinas claras.

La luz del sol anunciaba un tibio amanecer. Era una mañana tranquila, sin el canto de los pajarillos habituales. Más bien, era una mañana muerta, como un espectro soleado que avanza de puntitas sobre los tejados. La ventana entreabierta se meció delicadamente en el aire mientras los cortinajes formaban figuras fantasmales en pliegues voluptuosos. Era un aire frío, gélido, que entraba en ráfagas no muy fuertes.

Mi cuerpo tembló. Jalé con gran esfuerzo las cobijas hacia mí y me cubrí al tiempo que me encogía. Junté piernas y brazos, y encorvé la espalda. Traté de conservar el calor en aquella posición que me recordaba a la de un bebé. Me faltaba el aire y, temo que no pude hacer mucho por contenerme, pues empecé a toser. Me picaba la garganta. Por fortuna, no duró mucho el colapso. Cuando logré recuperarme, aparté las cobijas. Necesitaba ayuda y pensé en ir en busca de las criadas.

Con mucho esfuerzo me senté en el borde de la cama y logré introducir mis dos pies en el interior de unas zapatillas de casa. De pronto, un miedo irracional me asaltó; desconfié no encontrarme del todo sola. Me detuve a mirar a mi alrededor, como si esperara que aún hubiera alguien en las penumbras.

Vagos recuerdos de una silueta siniestra aparecieron en mi cabeza. «Debió tratarse de un sueño», me dije. La preocupación debía evaporarse rápido, como sucede tras una pesadilla. Sí, la sensación de terror se va tan pronto como uno se siente a salvo en la realidad, con la luz solar como testigo; pero la mía no parecía extinguirse. Miré a un lado y a otro, y confirmé la ausencia de aquella sombra.

Me puse de pie, y una sensación de mareo me llenó de malestar. Provocó que me desplomara. Hundí mis manos entre las cobijas mientras todo daba vueltas: la chimenea sin fuego alguno, el techo, los cuadros, la puerta... la ventana. Creí que me había levantado demasiado rápido y que esa había sido la causa, así que esperé durante unos instantes mientras un ligero ardor me llamaba la atención. Llevé mi mano hasta aquel punto y percibí una superficie ligeramente abultada en mi cuello, a la que no otorgué mayor atención.

Al tocarla, la sentí abierta, pero tan pequeña que pensé que sería alguna erupción o, quizá, alguna picadura de insecto sin mayor importancia. Entonces, retorné mis manos hacia la orilla de la cama. Las deslicé entre las cobijas para luego apoyarme del buró y ponerme de pie. Quería llegar hasta la puerta, pero supe que no sería fácil. Aunque logré levantarme, tenía mucha debilidad. No iba a lograrlo.

Creí que había enfermado y me senté en la cama a analizar las posibles causas, pero no encontré ninguna satisfactoria. Tuve una mejor idea: tomé la campanilla y la agité con toda la fuerza de la que era capaz en ese instante. El sonido me aturdió a sobremanera y de inmediato la dejé caer sobre la madera pulida del mueble. Sus tintineos desaparecieron abruptamente.

Esperaba que fuese suficiente para atraer a la servidumbre, y, si no, tras mi inusual ausencia ya vendrían tarde o temprano. Me dejé caer entre sábanas y cobijas, y oculté mi rostro debajo de la almohada, ahuyentando la luz del sol que tanto me deslumbraba. El mareo desapareció paulatinamente y la pesadez de mis ojos avanzó como un seductor reconfortante. Sujeté con las manos el borde de las cobijas y las arrastré hacia mí con torpeza. Me cubrieron hasta la barbilla.

En la lejanía, alguien tocó a la puerta. «Las criadas llegaron», pensé. Pero a pesar de eso, no fui capaz de distinguir que ellas estaban allí y no en otra dimensión inalcanzable. No respondí, y al cabo de unos momentos, abrieron la puerta con sigilo. Las escuché llegar hasta mí. Pude imaginar su sorpresa al verme introducida en mi cama aún. Una de ellas se quedó a mi lado y, creo, se colocó las manos en el rostro para decir algo mientras la otra se apresuraba a cerrar la puerta y evitar la entrada de alguna otra criada, o de mi madre.

—Señorita Siania... ¿Sucede algo? —preguntó en voz baja al verme con los ojos cerrados y apretados. Me dio así oportunidad para intervenir en mi favor—. Escuchamos la campanilla... ¿Se siente bien? —me interrogó incesantemente al ver que yo no hacía esfuerzo alguno para moverme.

Escuché a la otra mujer pasar al lado de la cama, dirigirse hacia la ventana y cerrarla con brusquedad.

—Me siento mal... —musité.

La mujer cerca de la ventana se paró en seco al escuchar mi queja, sorprendida de mi débil tono de voz.

—¿Voy por el médico? —me preguntó la chica a mi lado, observándome con detenimiento. Quizá esperaba que yo abriera los ojos y dialogáramos sobre el procedimiento a seguir.

—Por favor... —le supliqué.

Fui incapaz de pronunciar una sílaba más, por simple que esto pareciera, pues implicaría consumir las últimas fuerzas que me quedaban; lo cual, creí, comprometería gravemente mi lucidez.

Escuché los pasos de la mujer avanzar hacia mí y, segundos más tarde, aún bajo el efecto soporífero de la extrema debilidad, sentí una mano sobre mi frente. En ese momento advertí que transpiraba, pues sus dedos removieron pequeñas gotas de sudor. Eran los claros síntomas de una fiebre.

—Ve por un médico, ¡ya! —ordenó el ama de llaves.

Entonces la criada salió como galopando. Abrió y cerró la puerta de la habitación con singular gravedad y sus pasos resonaron con fuerza de titán en los pisos. Descendió agresivamente por las escaleras, donde luego desapareció. Se alejó sin dejar más rastro que el de su voz al llamar a alguien.

Recobré la vista poco a poco. Miré a través de la rendija de mis párpados entrecerrados y vislumbré a la mujer de pelo blanco que yacía a mi lado. Se inclinó hacia mí para observarme con más detenimiento; más por deber que por caridad, pues si algo me sucedía, el ama de llaves sería la responsable por no haber reaccionado a tiempo.

Pude ver la expresión egocéntrica en su rostro. Tenía un carácter difícil; el tipo de persona autoritaria que maneja todo y a todos con precisión, pero sin un mínimo toque de amabilidad.

—Debió ser el frío de la noche... Se durmió con la ventana abierta y el viento le hizo daño —exclamó. Trató de que no sonara a reproche, a pesar de que así era.

Conocía el tono insistente en que ella hablaba; siempre denotando que tenía la razón absoluta de todo cuanto suponía. Sin mirarla, pude advertir todos y cada uno de sus movimientos.

—No dejé la ventana abierta —me justifiqué en un hilillo de voz.

Las palabras fluyeron cansadas y rasposas mientras su silueta se desplazaba hacia la chimenea, marcando cada paso con frialdad. Ella negó una y otra vez con la cabeza, como si creyera que mi comentario no era más que el de una niña caprichosa e ignorante.

—El viento debió apagar la chimenea, porque aún tiene leños en buen estado —asumió con un tono calculador mientras tomaba uno de los leños solo para contemplar su entereza y reafirmar su teoría.

Recordaba haber visto decaer los leños. La última vez que los vi todavía eran unas rojas brazas que ardían en un fuego chispeante, y ahora, esta mañana, se habían convertido en pedazos de madera chamuscada, pero íntegra. Se apresuró a encender la chimenea. La lumbre pronto volvió a invadir la fracturada superficie de los leños y una oleada de aire caliente llegó hasta mí e invadió el lugar lentamente.

La mujer avanzó mientras yo cerraba mis ojos y ella se introducía en un espacio y otro de la habitación, como si revisara cada rincón en busca de algo que pudiera denunciar ante mi madre; como tantas veces había hecho durante mi niñez. Eso, sin duda, lo agradecería ahora, ya que desde hacía mucho tiempo no era capaz de obtener su atención por nada.

Pronto la somnolencia me hizo caer en las garras de la oscuridad, y me volví a dormir. Esta vez no hubo pesadillas. No escuché nada, ni siquiera cuando la mujer se fue y la otra criada llegó con el médico. A este tampoco lo vi. Me había sumido en el sopor una vez más.

Cuando volví a abrir los ojos, la intensa luz del sol atravesaba los cristales de la ventana. Había un calor delicioso y un ambiente ajeno a mi anterior adormecimiento. La continua oleada de calor era de vez en cuando interrumpida y acentuada por el llameo del fuego al interior de la chimenea. El seco murmullo de la leña era una canción de cuna, aunque chispeó abruptamente en diversas ocasiones.

—Despertó —afirmó en voz baja la joven criada que me cuidaba.

Se levantó con brusquedad y acudió a mi lado, con sus zapatos acariciando duelas y alfombras. Se plantó a mi lado, tomó una jarra y vertió agua pura sobre un vaso de cristal.

—¿Ya despertó? —inquirió la voz queda de otra de las criadas en el marco de la puerta, y a la que no había visto desde el día anterior. Sí, aquella que me había encontrado temblando de miedo en el recibidor.

La criada asintió triunfal. Afortunadamente, el ama de llaves ya se había retirado y no tuve que enfrentarme a su arrugado rostro otra vez.

—Ofrécele el agua —le ordenó la joven que apenas se acercaba.

Yo apenas recobraba la noción de lo que significaban las palabras.
—¿Desea un poco de agua fresca? —me preguntó con delicadeza mientras me ofrecía el vaso.

Musité un leve «sí» para comunicarme sin mayor esfuerzo, y al mover mis manos sufrí un terrible escalofrío que recorrió músculos y huesos; me dejó una mueca en los labios. Como pude, me erguí para poder tomar el vaso, pues me negué a que ella me diera de beber. Con lentos y torpes movimientos tomé la superficie de vidrio entre mis endebles manos. Pesaba tanto como un tonel.

Engarroté mis labios contra la orilla del vaso. Al inclinarlo levemente, el agua se vertió en mi boca con facilidad. Brilló delante de mí y amenazaba con desbordar por las comisuras. El líquido fresco que entraba a mi cuerpo me revitalizó velozmente e impregnó mi interior con una nueva esencia de frescor y pureza.

Ambas criadas se miraron satisfechas. Una de ellas se adelantó y me quitó un peso de encima al recibir el vaso de mis manos. Saboreé con la punta de la lengua las últimas gotas de agua.

—El médico vino a verla, señorita Siania, pero estaba dormida, así que nos dejó algunas instrucciones para que cuidemos de usted... Vendrá mañana para ver cómo sigue —rompió el silencio la joven que parecía más autoritaria.

Aquellas palabras levantaron rápidamente mi apetito de saber más, y quise hablar, pero ella se adelantó abruptamente. De sus labios fluyó una voz aguda pero concisa:

—Dijo que está débil... No sabe por qué. Dice que será mejor que la alimentemos bien y que no salga hasta que se sienta mejor: reposo absoluto —murmuró, y, al cabo de unos instantes, la otra chica había aparecido como por arte de magia con una fuente de plata, que al destaparla reveló un platillo exquisito: una mezcla de vegetales y carne—. Te dije que iba a despertar pronto —le musitó discretamente a la otra joven. Supuso que yo me hallaba tan débil como para no escucharla—. Debiste traer también el vino.

El olor de la comida me provocó un hambre garrafal, como si una bestia se hubiera adueñado de mi estómago vacío. Pronto olvidé la debilidad y, con ayuda de ambas, me acomodé con la almohada detrás de mí. Columpié varias veces la espalda en contra de la cabecera y, así, pude sentarme cómodamente a disfrutar de la comida. Entonces, el sonido del cristal me anticipó la aparición de una copa de vino tinto que ahora era colocada en un extremo de la bandeja. El olor de las especias y el de aquella bebida fermentada influyeron positivamente en mi apetito.

Tomé con mis manos los cubiertos de plata —parecían hechos de pesadísimo acero— y los dirigí hacia la jugosa carne, a la que yo, aunque torpe y sin precisión, me esforcé por ensartar y cortar. Alcé un pedazo hacia mi boca para después devorarla con mi hambre infinita. Aquel platillo era un manjar.

—Se ve hambrienta, señorita Siania. —Sonrió una de ellas, satisfecha con verme comer lo que ellas mismas habían preparado al saber de mi estado, o, tal vez, por instrucción del médico.

—¿Cómo no quieres que esté hambrienta si se la ha pasado dormida todo el día? —le reprendió la otra criada en un tono sarcástico pero amable, sin dejar de ser cortés en todo momento.

Ella le devolvió la sonrisa, y yo no pude evitar desconcertarme y abandonar el nuevo trozo de carne que estaba a punto de introducir a mi boca.

—¿Qué hora es? —inquirí preocupada.

Me dejé llevar por la impresión anaranjada que se revelaba a través de las cortinas. Era bastante tarde... *¿El ocaso?* ¿Podía ser eso posible? Yo jamás dormía tanto como para perderme todo un día. Si había algo en lo que destacaba, era que no era perezosa. Y, aún ante la enfermedad, al menos permanecía despierta. Jamás fui de sueño pesado.

—Es tarde. Ha dormido todo el día... —empleó el tono que usaba mi madre para mencionar las cosas—. Y siga comiendo porque necesita nutrirse. Eso dijo el médico.

Me quedé pensando en aquellas palabras por un momento. Miré de soslayo a las mujeres y a la comida. Estaba impresionada. Y, sin así desearlo, me concentré en la chimenea que ardía melancólicamente debajo de la placa de roca labrada. Las chispas acariciaban la piedra bruta del interior. El relieve tiznado parpadeaba al ritmo de las llamas mientras la madera negra se convertía en cenizas.

Escuché cómo ambas intercambiaban murmullos sobre mí, pero no presté atención. Me encontré a mí misma navegando a vela desplegada en el mar de mis pensamientos. De pronto, no tuve más deseos de comer. Al contrario, el olor de la comida me provocó ligeras náuseas. Aparté el tenedor de mis manos y lo coloqué en la orilla del plato. Lo abandoné con cierta repulsión.

Entonces, como desatado por el repentino malestar, recordé lo que había pasado la noche anterior. Pude verme a mí misma mientras conversaba con el sacerdote. ¡Había dicho cosas que siquiera me atrevería a decir ahora! ¿Cómo podían ser mías esas palabras? No lo sé. El verdadero asunto era que yo estaba allí, en la iglesia, y le temía a un rostro que surgía de las penumbras... Sus pupilas verdosas no tenían explicación ni justificaban una conveniente alucinación. Pero nada había sido tan traumático hasta que la vi a ella, con ese hermoso cabello largo y lacio y su abrigo negro. Sus ojos azules brillaban como el mar iluminado por la luz de una luna poderosa. Sospeché, la intensidad de su mirada manifestaba un claro interés hacia mí.

Me sentí abrumada y sacudí, sin querer, la charola de plata. Las mujeres se acercaron con rapidez para retirarla, pero yo lo evité. Las ignoré y tomé la copa de vino. La llevé hasta mis labios y bebí del líquido rojo, como si intentara apagar el fuego azul de unos ojos de exquisita belleza imantados a mi mente.

Volví a colocar la copa sobre la superficie platina y, entonces, habiendo olvidado el malestar, tomé el tenedor con la carne ensartada. La comí sin masticar más que dos o tres veces. Al ver que mi ritmo volvía a la normalidad, las criadas parecieron descansar y regresaron a sus lugares, no sin antes verter más bebida en la copa. Pero ya habían notado mi pesadumbre, como si ellas mismas hubiesen sido testigo de mis memorias.

No quise aventurarme y volver a ahondar en mi mente; no al menos hasta que terminara de comer, pues no quería sufrir otro escalofrío al recordar a ambos personajes. Y necesitaba recuperarme, ahora más que nunca. Evitar sus memorias no fue tarea fácil, pues aquellos desataban en mí la más absoluta curiosidad. En verdad necesitaba saber quiénes eran ellos, aunque la respuesta me condenara a muerte.

«¿Para qué?», me repetía esa pregunta para calmarme e intenté convencerme de que era una pérdida de tiempo. ¿Qué relación podían tener conmigo y con mis circunstancias? «Ninguna», me dije. La noche anterior seguramente ya me encontraba enferma y, por consecuencia, todo lo que había visto y presenciado había sido alterado por mis distorsionados sentidos. Pero la imagen de ambos no me abandonó.

Pronto, el sabor de las especias en mi boca se volvió del gusto y textura de las cenizas. Me abrumó de tal manera que me provocó náusea y la charola tembló con mis torpes movimientos. Contemplé la copa de vino... de un rojo turbio y de un olor embriagante; *como la sangre que fluía de mi garganta la noche anterior*. ¡Aquello era sangre! Había sentido sus colmillos penetrar en mi piel... ¡La sombra siniestra había bebido de mí!

¿Qué clase de alucinación era aquella y qué enfermedad era capaz de producirla? ¿Habría la mínima posibilidad de que *ellos* fuesen reales? Si me aventuraba a contarlo... ¿cuáles serían las consecuencias? Ya no estábamos en la Edad Media; ahora los avances médicos ofrecían supuestas curas a la demencia a través de procedimientos cercanos a la tortura.

Retiraron la charola mientras mi mundo daba vueltas y yo intentaba alejar la copa. La aparté de la misma forma en que me hubiese gustado protegerme de aquella mordedura. Y, entonces, accidentalmente, derramé el vino sobre la cama, sobre las cobijas. La copa giró varias veces sobre la tela y se vació por completo.

La criada hizo una mueca, decepcionada de no haber sido tan ágil como para retirarla a tiempo.

—Lo siento... Lo siento... —se disculpó mecánicamente mientras se apresuraba a tomar la copa de cristal.

Yo debía sentirlo, no ella; pero desde luego asumió la culpa voluntariamente.

Percibió mis facciones severas y mi palidez al instante, porque con celeridad apartó la charola y la colocó en un rincón de la habitación.

—Gracias —musité debilitada por aquel malestar que hacía girar paredes y muebles.

Asintió al tiempo que me ayudaba a recostarme en la cama. Apartó las cobijas donde el vino había caído, pues el líquido había dejado una mancha oscura en la superficie acolchonada. Luego, al acomodarme entre las cobijas, pudo advertir algo que yo no era capaz de ver desde mi posición e hizo una mueca.

—¿Qué sucede? —le pregunté sin abrir bien los ojos. Noté que ella miraba la almohada bajo mi cabeza. Me apartó con gentileza y por momentos mi nuca estuvo sobre el lecho de sábanas y cobijas mal acomodadas.

—El vino... El vino... —dijo agotada—. Enseguida cambiaré la almohada, señorita.

«Pero el vino no tocó la almohada», pensé. La copa había caído lejos.

Escuché que la otra criada abría una de las cómodas y volvía de inmediato con otra almohada para reemplazarla. Acomodé mi cabeza en esa nueva superficie blanda y suave que tenía el olor del mueble en el que había permanecido guardada largo tiempo.

Después de cambiar las cobijas entre ambas, una se marchó y la otra se fue a sentar en una silla, junto a una mesita. Permanecería alerta en caso de que yo la necesitara, y esto, ciertamente, me hizo sentir más tranquila.

Cerré mis ojos con ansias de descansar mi debilitado cuerpo y mi abrumada mente, pero me mantuve despierta. Después de haber dormido toda la noche y luego todo el día, no había más que el cansancio de una misteriosa enfermedad que se incubaba dentro de mí, según sospeché. No obstante, la comida debió inyectar nuevas fuerzas, porque conforme mi cuerpo asimilaba el alimento, noté que el esfuerzo para moverme era cada vez menor.

La luz del sol proyectó la textura de los cortinajes contra el suelo, y más tarde contra las paredes. Escuché cómo una carreta cruzaba de largo la calle. La chimenea ardía en un fuego moribundo y, en algún momento, una de las criadas entró a la habitación para reponer la leña consumida. Arrojó grandes pedazos de madera seca al interior y esperó a que las llamas los contagiaran de ese rojo vivo amenazante y destructivo. Removió el interior con el atizador, como quien intenta mezclar un brebaje dentro de un gran caldero. La luz lambió su rostro y le dio un color rojizo que la abandonó al erguirse y mirarme de soslayo.

Le dio instrucciones a la otra criada que me había cuidado durante toda la tarde, o, al menos durante el tiempo que yo estuve despierta. Esta se levantó de la silla y descorrió las cortinas para revelar un ocaso nebuloso y grisáceo. La cálida luz del sol había sido reemplazada por un resplandor plateado. Divisé unos gordos nubarrones de lluvia en la lejanía.

El aire se volvió cálido con la nueva leña que nutría la hoguera. Pero en el exterior no era de esa manera. El paisaje era frío y se había ennegrecido rápidamente. Pronto ya no había nada qué mirar a través del cristal de la ventana aparte de una suave y blanquecina neblina que avanzaba sobre las calles, como suspendida, y que pronto llegó a mi ventana.

Me di la vuelta en la cama, para cambiar de posición. Entonces, miré de soslayo la superficie nívea de la almohada junto a mi rostro. Recordé el vino que supuestamente había manchado la almohada anterior. Antes, el tema no me había llamado la atención, pero ahora me sentía algo atraída hacia aquello, como si mi subconsciente tratara de abrir una ventana para que yo relacionara lo sucedido. Pero me negué y traté de ocultar mis preocupaciones. Volví mis pensamientos hacia Leopold...

Me surgió la duda de si él había venido durante el día; si había preguntado por mí. Pero no quería interrogar a la servidumbre. No quería que ellas me lo dijeran, aunque tuvieran la respuesta. Quería preguntárselo a él, o, al menos, escuchar los motivos que tuvo para haber o no venido... ¿Estaría informado de mi situación? No lo sabía, y lo más probable es que, después de lo de anoche, ambos necesitáramos un tiempo para pensar y tranquilizarnos.

Imaginé sus pensamientos al sugerirle que me dejara sola para que pensara y reflexionara las cosas en su ausencia. Ya lo había hecho antes, pero no por algo que le molestara, sino cuando quería que yo meditara sobre alguna decisión; como cuando me pidió que nos casáramos... ¡Eso sí que lo justificaba!

Los síntomas de la fiebre cedían, pero no desaparecían, advertí. Eso me preocupó, pues no quería pasar otro día sumida en esa cama mientras trataba de averiguar de dónde provenían mis últimos delirios. De pronto, quería recuperarme y pasar a la grandeza de la boda, tan solo por experimentar algo diferente. Y en un arranque de frustración, asida a ese lecho inútil en que me encontraba, estaba dispuesta a aprender a hablar ruso.

Reí con ingenuidad. Aquella situación me hizo darme cuenta de que podía ser un bien en lugar de una humillación para mí. Creo que, en el fondo, había rechazado el idioma por prejuicio. Quise correr a la biblioteca y empezar a estudiar... ¡Ah!, pero antes debía recuperarme.

Y, conforme avanzaba la noche, la energía de mi cuerpo se reponía a grandes pasos. Desconocía la verdadera causa de aquella debilidad, pero poco a poco me convencí de que pasaría más rápido de lo que creía. Debía de haber sido el frío de la noche, tal y como dijo el ama de llaves. Una vez cerrada la ventana, y con el calor del fuego en la habitación, no habría más peligro. La noche me serviría para descansar *en paz*.

YELENA

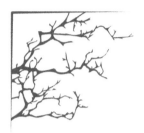

PÚRPURA

Mi corazón se había acelerado al límite y todavía escuchaba el resonar de aquellas palabras en mis oídos. Busqué la salida. Pasé de largo hacia la puerta de la iglesia y miré de soslayo el lugar donde Zgar se había ocultado mientras vigilaba a la chica.

Supe que la había seguido, aunque no sabía qué es lo que haría realmente. Él era débil, y había ocasiones en que salía dos o más noches seguidas a vigilar la misma presa, sabiendo que igualmente moriría en sus manos, pues él no era muy hábil para controlar su instinto: su sed de muerte.

La pasión por la sangre era algo que se debía entrenar y perfeccionar. Y, aun así, desconocía si era posible un completo dominio sobre esta. De cualquier manera, él no tenía el don de la paciencia. Tenía una personalidad apasionada; sincera y muy noble, pero sus emociones brotaban como una fuente desbordante, y no había manera de que controlara lo que sentía.

Y a todo esto se añade que los humanos, a menudo —la mayoría de las veces—, no nos dejaban más opción que la muerte. Muy pocos humanos soportaban que una criatura de la noche los atacara. Si queríamos verlos vivir debíamos tratarlos como amantes, o alcanzarlos dormidos. De otra manera, intentaban atacarnos o, incluso, suicidarse ante la amenaza de nuestra presencia.

A mí no me gustaba la directa interacción con las personas. Hablar con ellos, pretender ser su amiga o fingir empatía solo me provocaba pereza infinita; una total pérdida de tiempo. Podría ser divertido de vez en cuando pero, igualmente, temo decir, no había tanta maldad dentro de mí. No, definitivamente no era mi estilo.

A mí me gustaba entrar en las alcobas cuando divisaba a alguien durmiendo pacíficamente, sin sospechas de lo que se avecinaba. Entonces, bebía un poco; solo lo suficiente para no provocar la muerte.

Eso era excelente, y, así, sin culpa alguna podía continuar con mi camino. Pero lo que realmente prefería, sobre todas las cosas, era sacrificar a personas sin provecho. Algo que era superfluo y debatible, pero que me permitía satisfacer la necesidad de sangre que correspondía a varias noches.

Es algo complicado de soportar al principio, pero después uno se acostumbra, y hace uno de la sangre el pan de cada día. Al cabo de los años, uno olvida los rostros de los que le dieron de beber; de los que cedieron su vida por la nuestra.

Me encontraba subyugada por esos pensamientos cuando salí de la iglesia. Traspasé el umbral y me dirigí a paso constante a cualquier parte lejos de allí. Rodeé el edificio y caminé junto a la pared de piedra cuya superficie irradiaba un frío sólido. Noté, entonces, que la ciudad se había quedado quieta. Una que otra diligencia transitaba vespertina cerca de la plaza y escuché el lejano murmullo propio de alguna taberna en cuyo interior apenas empezaba la vida; imaginé que no me sería difícil encontrar alimento.

El viento silbó. Acarició los filosos techos del caserío y el edificio monumental a mi lado. Un rozar metálico, casi imperceptible, me recordó algo. Dirigí la mirada hacia lo alto de la iglesia. Allí estaba el campanario en todo su esplendor. Llamaba mi atención y me incitaba a subir. Quise estar allí, aunque fuera solo para recordar las palabras que me había dicho el sacerdote.

Debía ir, así que di media vuelta para regresar y subir como mortal a través de las escalinatas que yacían en algún lugar recóndito de la iglesia, pero algo me detuvo: el sonido de unas voces cristalinas que se escurrían de algún punto de la ciudad hasta mis oídos. Transmitían un profundo sufrimiento: dolor.

Me quedé paralizada, sin identificar de dónde venía ese sonido. Lo noté filtrado; como si viniera de muchas partes, rebotando, deslizándose entre callejones, esparciéndose por el aire lóbrego de muchos sitios antes de llegar a mí. De pronto, un golpe se hizo presente. Impactó sobre una superficie blanda... ¿*Carne?* No sé si pude sentir el olor de la sangre fresca, o solo lo imaginé. Hubo gemidos de dolor infinito.

Todo en derredor parecía tan apacible. ¿De dónde provenía esa blasfemia de violencia? La noche era sublime. En lo alto de una bóveda celeste de hermosos puntos luminosos, en el lejano horizonte, la esfera lunar avanzaba a paso lento. Con su luz plateada iluminaba los tejados y el hermoso campanario. Entonces, volví a oír el gemido, y un golpe que se repitió al menos tres veces antes de que yo supiera de lo que se trataba.

Como por instinto, miré a ambos lados de la avenida: soledad absoluta.

Salté a la pared de la hermosa iglesia y olvidé mis planes de subir por las viejas escaleras como la gente común. Escalé por sobre las rocas lisas. Clavé el borde de la suela de mis botas y los dedos de mis manos entre las minúsculas hendiduras. Ascendí rápidamente hacia el campanario, reptando como un animal de gran agilidad.

Al llegar a la cima, me sujeté con fuerza del borde y me impulsé como lo hace una catapulta, para finalmente caer en cuclillas junto a la gran campana. Su superficie lucía hilos de plata que brotaban aquí y allá; líquidos, desbordantes del agua que se condensaba y caía a cuentagotas hacia el suelo. La luz de luna los iluminaba y les daba la apariencia acuosa del mercurio.

Vi la cuerda que colgaba de la campana. Se hundía en el vacío hasta perderse en la densa oscuridad. Me asomé con sigilo solo para comprobar que nadie aguardara en algún rincón de la escalera. Varios murciélagos salieron disparados del interior. Revolotearon en pánico convulso y me rozaron con sus alas mientras ascendían emitiendo un chillido agudo y penetrante. Se alejaron en grandes espirales hasta perderse en el cielo estrellado. Era extraño que tan tarde se encontraran en aquel sitio; quizá había influenciado la proximidad del invierno.

Había olvidado por lo que había ido hasta allí. La panorámica era excepcional. Se podía ver toda Buda desde allí, Obuda, el Danubio y gran parte de Pest. Cientos de puntos luminosos, como lámparas de ámbar suspendidas en el tiempo, iluminaban minúsculas partes de la ciudad. El caserío, las avenidas, la plaza, el ancho río... Todo sumergido en las infinitas tonalidades platinas de la luna.

Una oleada de viento vino a golpearme la cara y me restregó con su suave aroma sanguinolento. Las aletillas de mi nariz se dilataron al percibir semejante dulzura. Una vez más me sentí mareada por el deseo. Mis ojos se volvían más luminosos conforme mi corazón se aceleraba.

Miré hacia todos lados, como una lechuza que trata de encontrar al ratón entre los matorrales. No había nada. Esperé un poco. Me concentré y analicé cada resquicio de la ciudad. Y, finalmente, el aire me devolvió unos ruidos funestos. De nuevo aquel llanto de ángel; y también noté el rozar de la ropa áspera y los pasos grotescos sobre el suelo enmohecido. Algo se movía en el interior de un callejón, y yo parecía ser la única que lo advertía... Pero, ¿y qué si era la única que podía ponerle fin?

Avancé hacia el borde del campanario y me sujeté de una columna para poder asomarme al vacío y ver la avenida, que con su fino empedrado rodeaba la iglesia. Las casas estaban a un lado y a otro, con sus marquesinas, sus pequeñas ventanas y sus hermosas chimeneas brillando plateadas bajo la luz serena de la luna. Pude distinguir cómo el brillo se esparcía gradualmente en la solemne superficie, como si se tratara de un degradado.

A lo lejos una alta chimenea escupía un humo cenizo que iba en decadencia. En esa dirección volví a escuchar un gemido que me pareció cada vez más doloroso. La misma voz, pero con las cuerdas vocales desgarradas de tanto gritar.

¿Y cómo pueden pasar desapercibidos los gritos en una ciudad? No lo sé, pero he deducido que entre más personas haya en un solo lugar, menos atención pondrán en derredor. La ciudad es un paraíso de crímenes y violencia. Además, las personas reponen a los suyos con rapidez, y, para lo que tienen de vida, el sufrimiento pasa rápido... Aunque todo esto es relativo.

Y, en esa mezcla de silencio y dolor, una voz grave y masculina exclamó una y otra vez palabras ininteligibles y soberbias. El sonido brotó de algún punto distante en uno de los barrios pobres, allí donde la gente común, literalmente, sobrevive. La ira se retorció dentro de mí, y un sentimiento insaciable me corroyó sin que yo tuviera oportunidad para reaccionar. Ya no era la impotencia de no hacer nada. Ahora todo estaba en mí. Yo era la responsable; la heroína demente, la villana, el Ángel de la Muerte. Esa noche me había confesado para matar... Y cumpliría con el designio de ser necesario, sin importar la penitencia.

Subí al borde del campanario y me cercioré una vez más en qué dirección debía ir y di un gran salto. Caí sobre la cúpula y resbalé hasta alcanzar una de las marquesinas, donde mis dos manos se sujetaron de forma triunfal. Me detuve unos segundos antes de aventarme al precipicio. Por momentos recordé el miedo humano que algunas veces llegué a sentir. La lógica me decía que si lo hacía me lastimaría y podría morir, pero ya no era así desde hacía tanto tiempo...

Disfruté de aquel momento en el que era libre en el viento frío de la noche. Trató de arrancarme el abrigo y logró que mis vestimentas se agitaran como una bandera. Caí con las rodillas flexionadas tan solo para aligerar el impacto.

No había nadie alrededor que notara mi hazaña, así que dejé de mirar a un lado y a otro para ponerme de nuevo en sintonía con el olor de la sangre fresca que ahora el aire atraía con mayor abundancia. Me erguí rápidamente y corrí hasta dejar atrás la iglesia. La avenida se curvaba en una pronunciada vuelta que daba espacio para los recodos de las callejuelas, cuyo empedrado, entre sombras y claridad, semejaba la escamosa piel de algún reptil.

Se me fue la razón, debo confesarlo. Perdí la noción de lo que hacía, y me divertía. Salté una y otra vez. Tomé atajos con gran prisa. Corrí de un lado a otro de las calles hasta que, por fin, encontré lo que buscaba: en lo más profundo de uno de los callejones más alejados había dos figuras, protagonistas del altercado más oscuro que hubiese presenciado en los últimos tiempos.

Una de ellas, la mujer que ahora yacía derribada en el suelo, con la espalda contra la pared, se cubría la cara en un último intento por defenderse, mientras un hombre corpulento, erguido frente a ella, de largos cabellos y amplia barba, le gritaba y le ponía el puño a unos centímetros del mentón.

Mis pulmones se llenaron del aire envenenado con su sangre, pues le manaba abundante de la nariz y boca. Él la había golpeado con violencia y ahora agonizaba. Sus ojos estaban hinchados; no sabía si por llorar más que por los golpes, y en sus manos había marcas del forcejeo.

Pude percatarme de que debajo de aquella masa de cabellos despeinados y sucios de sangre sobrevivían los rasgos de una mujer de mediana edad. No recuerdo más detalles relevantes. En mí solo estaba esa ira ciega creada por la tentación del líquido prohibido. La sed me corroía y me relamí los labios y colmillos. Saboreé la recompensa de la noche. Estaba allí, a mitad del callejón. Los observé extasiada.

Él se dio cuenta de que había alguien más y se dio vuelta. Sus ojos iban de un lugar a otro, pero sus sentidos no eran buenos en la oscuridad. Advertí la pesadez del ambiente bajo su influencia mientras confirmaba el aspecto demencial de los ojos iracundos de un infame humano. Era digno de mi crueldad... *¡Sí que lo era!*

—Malditos espíritus... Seguro vienen por ti. Ya olieron tu muerte, estúpida —le secreteó al inclinarse hacia ella de forma provocativa. Le escupió en el rostro su aliento caliente y desagradable.

Las venas en su frente estaban hinchadas y rojas; tensas. De sus duras facciones se traslucía la ira. No sé si él supo lo que realmente había esa noche en el callejón, pero había escogido las palabras indicadas.

La mujer movió su rostro, como si entendiera. Yo había llegado muy tarde, para su mala suerte, pues ella estaba en muy malas condiciones. Sus ojos caían en una muerte lenta, pero certera. Pude ver que la sangre fluía densa de sus labios y nariz. Degradaba la blancura de su piel bajo una mancha groseramente oscura. Su pecho se inflaba y desinflaba en una respiración lastimera. Me atreví a suponer que tenía, además de los órganos dañados, las costillas rotas. Quizá alguna le había atravesado un pulmón.

Lo único que podía hacer por ella era permitirle el goce de la venganza en un fino espectáculo para nosotras dos, en el que me aseguraría del sufrimiento más intenso para su agresor. Y, sí; en ese instante me olvidé de aquellos momentos en la iglesia, de las palabras del sacerdote, incluso de Zgar... *Sí, los vampiros perdemos la razón con facilidad.* Tenemos muchas habilidades y pocos defectos, pero los pocos que tenemos son extraordinariamente difíciles de controlar.

Hasta entonces yo solo era un fantasma que se resguardaba en las tinieblas. Observé intensamente a aquel hombre y lo saboreé en preámbulo del éxtasis que me esperaba. Disponía de todo el tiempo del mundo, y tenía la sensación de que lo disfrutaría a sobremanera.

El hombre sonrió al ver que no había movimiento alguno que me delatara. Creyó que quizá había sido un juego de su mente, y que estaban completamente solos en esa noche fatal. Él encogió el brazo derecho y lo impulsó hacia atrás con toda la fuerza de la que era capaz, listo para ejercer su voluntad sobre ella.

La rabia me asaltó, y, mucho antes de que él lo advirtiera; e incluso de que yo lo advirtiera, estuve detrás de él. Pero su movimiento se detuvo en seco cuando intentó hundir su puño en el rostro moribundo. No pudo concretar su golpe, pues mi mano rodeaba su muñeca, y su fuerza parecía la de un niño. El hombre se tambaleó en sus dos piernas, como si todo hubiese dependido, efectivamente, de aquel movimiento errado.

La mujer había cerrado los ojos con fuerza y las arrugas aparecieron en su piel en forma de minúsculas grietas. En ella había resignación. Alcancé a distinguir, ahora de cerca, su dentadura ensangrentada; unos dientes apretados tras los labios temblorosos. Suplicaba piedad con una voz tan baja, que estaba segura ningún mortal hubiese sido capaz de descifrar. Y tardó en abrir los ojos, sorprendida de esperar largamente un golpe que ya no habría de producirse.

El puño quedó suspendido en el aire, a tan solo unos milímetros de ella; como una lanza detenida mágicamente antes de llegar a su objetivo. Sus súplicas se ahogaron al encontrarse con mi mirada. El cuanto al hombre, este sufrió un ataque de ira al no entender lo que sucedía. Divisó una mano, unos dedos blancos cerrados sobre su gruesa muñeca. Siguió el contorno de mi brazo hasta que se dio cuenta de que era una mujer de ojos luminosos la que lo había detenido. Dio un alarido de terror al ver mi pálido rostro convertido en el de la Muerte misma.

Sufrió un sobresalto que lo dejó inmóvil unos segundos; solo un momento para luego empezar una lucha desenfrenada por liberarse de mi mano que, como una amagadura helada, le sujetaba la muñeca y le inmovilizaba. Vi la desesperación más profunda en su mirada ponzoñosa, y, al descubrir que no podía escapar, intentó golpearme con la mano que le quedaba libre, pero le esquivé con facilidad. Los puñetazos zumbaron junto a mi rostro. No podía competir contra mí, y al cabo de unos instantes se detuvo cansado, mirándome con poco más que terror.

Cerré la mano sobre su muñeca y sus huesos crujieron entre mis dedos, haciéndose añicos. Un rasposo alarido brotó de su garganta. El sonido se extendió por todo el laberinto del callejón y reverberó una y otra vez por entre los escondrijos más inauditos.

Y, entonces, con tan solo el cambio de orientación de mi mano —un movimiento rápido y certero— le doblé el brazo en el sentido contrario que permite el codo, y esta vez rugió como nunca. Cayó al suelo y se revolcó víctima de un dolor descomunal. Parecía un gusano retorciéndose. Gemía y lloraba. Era tan frágil...

La contemplé a ella. Quizá, en mi delirio de grandeza, esperaba que sus ojos tuvieran el brillo febril de la satisfacción por la venganza, o, quizá, de la justicia. Pero en sus ojos había terror puro. Quizá me lo agradecía de cierta forma; el que la liberara de ese último golpe, pero no disfrutaba de la tortura que ahora ejercía sobre su victimario; o, quizá, otra de las razones podría ser que tuviera miedo de ser la siguiente en cuanto terminara con él.

En el rostro del hombre había intenso dolor. Sus facciones se habían descompuesto en un grito ahogado. El pecho se alzaba una y otra vez mientras sus ojos me veían como a un verdugo que se aproxima dispuesto a consumar la sentencia. Tenía ganas de insultarme, pero su temor era tanto que las palabras se borraron de su mente.

Me quedé allí, parada, viéndolo caer en la demencia de un terror que lo hizo arrastrarse por el suelo. Raspó sus ropas contra la superficie de roca lisa y dejó su brazo frente a su pecho. Las dos partes ahora flotaban completamente separadas dentro de la piel, con el hueso ligeramente expuesto en la coyuntura. Se notaba la protuberancia bajo la tela de la manga.

Era él un espectáculo que ya me parecía aburrido, y yo tenía muchas ideas para renovar la diversión. Di un salto que me colocó frente a él. Mis dedos se cerraron entre los cabellos. Los atrapé de tajo para entonces levantarlo y colocar su rostro frente al mío, a tan poca distancia que pude sentir que su respiración rozaba mi piel. Ni siquiera se resistió. Estaba demasiado trastornado por el dolor que no intentó alcanzarme.

Respiré y me inundé de su hedor; analicé y descifré su esencia combinada con la de las sales. Era agrio y desagradable. Corrían dentro de su cuerpo, por su torrente sanguíneo, varias sustancias que su organismo producía y liberaba ante el peligro. *Esa noche bebería una sangre muy condimentada.* Prefería la simpleza, particularmente, pero aquella delicia no era para despreciarse.

Dejé que cayera de rodillas. Se rezagó y abrazó el brazo colgante. Protegía lo que quedaba de él. Las gordas lágrimas brotaban de entre unos párpados arrugados mientras babeaba sobre sus barbas y balbuceaba palabras ininteligibles. Hizo un intento por arrastrarse fuera de mi alcance. Trató de reconciliar los nervios y el cuerpo. El sonido de su voz ahogada al pedir la ayuda que nunca llegaría me hizo recordar lo infame que yo podía ser bajo el influjo de la sangre cercana.

Lo observé con curiosidad. La herida de su codo no emanaba lo suficiente y tuve la necesidad de hacerle competencia a las heridas de la mujer, cuya sangre abundante se entrometía constantemente en mis sentidos. Entonces, avancé hacia él, lo tomé del cuello y lo aventé contra el muro, como a un muñeco de trapo. Impactó y luego cayó en un rebote grotesco, sobre el suelo. Se quejó aturdido, pero no percibí sangre nueva. Las heridas eran en su mayoría internas, a excepción de la leve exposición de hueso en el codo, que ya había dejado una amplia mancha carmesí en la tela.

Debía esmerarme si quería buenos resultados, así que lo atenacé por debajo de la nuca y lo azoté una y otra vez contra el muro pétreo mientras disfrutaba del crujir de huesos. Pronto aquella masa deforme fue una mezcla de materia ósea, sangre y carne que me resultó repugnante.

Retrocedí, algo aturdida por la imagen. Apenas era capaz de adivinar dónde había estado la nariz, pues en alguna parte aún se escuchaba el entrar y salir del aire a un ritmo enfermizo. Sí, seguía vivo. *No, no quise hacerle tanto daño.* Me decepcioné, pues ahora me producía disgusto su apariencia. Y enfurecí. Le di una patada entre las costillas que lo levantó del suelo varios centímetros.

Me llevé las manos a la cabeza y me froté la cabellera mientras avanzaba en pasos erráticos. Intenté que, con ello, mis pensamientos se acomodaran con mayor facilidad. Recordé las palabras del sacerdote. Se repetían mecánicamente. Me aconsejaban controlar mis instintos. Y esa noche había fallado, aunque no del todo para mí, pues le había dado su merecido a un criminal.

Aquello me elevó la autoestima, y salté. Caí a unos centímetros de él, dispuesta a por fin saborear lo que quedaba del festín. La sangre, que había salpicado aquí y allá, reflejaba la tenue luz lunar. Me hinqué junto a su cuerpo inmóvil, que yacía de espaldas. Me incliné y lo tomé de la ropa para luego levantarlo y detenerlo a mi altura. Deslicé mi mano sobre su clavícula para romperle de un jirón el ropaje y dejar al descubierto la piel del cuello hasta el hombro.

Olvidé todo lo que había ocurrido en el confesionario; todo lo que me había rodeado hasta ese momento. El mal se apoderó de mí nuevamente, y era un mal exquisito. Era incontrolable, y me dejé caer en la seducción de la sangre. Hundí mi boca en la piel rosada. Aquello era un paraíso sangriento y, el líquido vital que ahora manaba sobre mis labios, un manjar divino.

Gimió al sentir mis colmillos. Con la mano que le quedaba aún buena, me intentó alcanzar para liberarse. Evidentemente, era una persona fuerte. Por un instante me pasó la mano por la cabeza e intentó tirar de mi pelo, pero su precisión no fue suficiente para ensartarme la cabellera.

Separé mis labios de su cuello y le azoté la cabeza contra el empedrado una última vez. Esperaba que se quedara quieto y me dejara beber en paz. Salpicó la sangre e inundó las piedras. Las delineó por sus uniones, como un riachuelo que brota de entre las montañas. Hundí de nuevo mi rostro en su cuello palpitante, con los latidos de su corazón en taquicardia. Y aún intentaba respirar, con un ritmo que me molestaba en exceso. Lo giré hacia mí y le desgarré la tráquea con mis colmillos.

Él se había resistido hasta el último momento, pero el destino ya había sido edicto. El hombre murió con un grito ahogado mientras la sangre manaba catastróficamente al interior de mi boca, proveniente de muchas y vastas heridas.

Su cuerpo quedó flácido entre mis brazos; colgaba como un costal de huesos y carne desnutrida. Sus manos, sin fuerza alguna, caían a ambos lados, ya sin tratar de defenderse. Su mirada se había perdido para siempre en aquel rostro destrozado.

Fue un momento de placer. Había saciado mi sed y disfrutado de una violencia que no se tiene todos los días. Uno no siempre se encuentra con asesinos en potencia. En efecto, no me sentía culpable por haber matado a alguien que lo merecía, al menos a mi parecer. *Aunque quizá no debí haberlo torturado tanto.*

El líquido llegó directamente a mis venas casi vacías y me llenó de vida. Me erguí y permití que el cuerpo resbalara de mis brazos e impactara en el suelo. La herida en el cráneo se abrió aún más y dejó que el cabello, sucio de sangre, le cubriera el desastroso rostro.

Todo había sido muy rápido, como un carrusel que no se detiene y que, de pronto, sale disparado y rompe contra la multitud. Así me sentí, presa del desenfreno. Entonces, escuché el gemido femenino que me trajo de vuelta a la realidad. Se sujetaba fuertemente de la pared, como si buscara refugio en aquella fría y áspera superficie.

Sus uñas trataban de aferrarse a las hendiduras mientras su pecho se hinchaba y deshinchaba en un jadeo despreciable.

Sus ojos me miraban y casi salían de las órbitas, enfermos y nebulosos; una mezcla espantosa de emociones, como si no me demostrara gratitud alguna. Y, en realidad, no me la debía. Un inmortal se había cruzado en su camino; un inmortal que intentó alejarla de la muerte sin éxito alguno. Era verdad, había fracasado. Llegué muy tarde y no pude salvarla. *No obstante, el fin de la vida muchas veces es un verdadero descanso.*

Estaba malherida y no le daba mayor probabilidad de sobrevivir, pero no retrocedí para aliviarla con el veneno de mis venas, pues no quería condenarla a los augurios de la noche. No, ella sabría avanzar en la oscuridad por sí sola... Deambularía por el valle de la muerte una vez que sus funciones corporales se extinguieran. Convertirla en vampira no era uno de mis planes, ni para con ella ni para con nadie.

La sangre corría por sus labios y nariz, pero su olor no me provocaba. Yo estaba complacida; satisfecha con lo que había obtenido esa noche. Y tenía lástima por ella. Quizá debía aprovechar su sangre, pero desistí. Me di la vuelta, huyendo de aquella espantosa mirada que me sumía en lo más bajo de mi ser; que me mostraba en lo que me había convertido.

En absoluto me preocupaba que a la mañana siguiente encontraran el cadáver de aquel hombre sobre la acera, con la garganta desgarrada y el cráneo destrozado. Ni tampoco me importaba mucho ella, a pesar de que me miraba como una niña asustada que busca a su madre para que la acoja en sus brazos y le dé el elixir de la vida eterna... No, yo no era quién para tomar esa responsabilidad.

De pronto, en el silencio de una noche fría como aquella, el llanto de la mujer se volvió convulso; grotesco. Creí que el verme partir le habría hecho comprender su cercanía a la muerte inminente y no le presté atención hasta que se calló en un último resoplido al tratar de reconciliar la vida en medio del estrujar de huesos.

Mis pasos se detuvieron, paralizados; *algo estaba peligrosamente mal.* No quería voltear. En verdad, no deseaba afrontar aquel sonido que me recriminaba no ser la única asesina en ese lugar. Una frialdad de muerte azotó mi cuerpo.

Volteé y miré el cuerpo de la mujer, a lo lejos, junto a la pared. Tenía la cabeza recargada, inerte, sobre el hombro derecho. El cabello le cubría parcialmente el rostro. Sus ojos abiertos yacían con la última impresión de terror. Su pecho ya no se movía, y, la sangre, sin un corazón vivo que la impulsara, dejó de manar caudalosa por su nariz y boca. Las últimas gotas cayeron desde la barbilla y humedecieron sus vestimentas. Junto al cadáver quedó un charco color púrpura.

Estaba muerta, con el cuello roto...

PATRICIUS

Intenté comprender lo que había sucedido, pero no encontré respuesta alguna. Un escalofrío recorrió mi cuerpo con apego. Algo —o alguien— la había asesinado. Miré a todos lados. Observé cada rincón y escondrijo en el que alguien pudiera ocultarse, pero no había nada ni nadie.

Rompí la inmovilidad decididamente. Me acerqué en pasos mortíferos hacia los cadáveres y me incliné ligeramente hacia el de la mujer. En su cuello se habían marcado, con su propia sangre, los dedos de alguien más. Podría jurar que ella misma no se generó la ruptura de cuello... *¡Imposible!*

Bajé la vista, y, en efecto, allí, sobre las piedras lisas, había huellas de calzado. Habían pasado sobre el charco de sangre y luego se alejaban hacia las sombras más densas del muro. Contemplé las gotas purpúreas brillar por doquier. Alguien acechaba desde las tinieblas; de eso estaba segura, y debía encontrarse en ese momento tan cerca y tan invisible a mis ojos que solo podía apostar por alguien de mi misma naturaleza.

Algo se movió en las sombras con movimientos felinos. Escuché el suave rozar de la tela en distintos puntos del callejón. Un mortal no podría transportarse de un lugar a otro a esa velocidad. No, aquellos no eran movimientos humanos. Sin embargo, eso no me asustó. Lo que realmente me impactó fue el hecho de que con mis sentidos sobrehumanos no había sido hasta ahora capaz de divisar a la criatura.

Percibí la frescura de la piel extraña, y era diferente. Poseía mil y un esencias. Todas ellas, exquisitas. Nada de esto era normal. Me sentí frágil, como si me enfrentara a un espíritu descarnado superpoderoso, o a la mismísima Muerte. Observé y traté de descifrar el indicio, advertir su peligrosa cercanía; pero no fui capaz de anticiparme a sus movimientos.

Escuché el breve agitar de una tela sedosa, cuyo sonido duró escasos fragmentos de segundo en mis oídos. Y hubo aquí y allá un suspiro, luego un murmullo que no alcancé a descifrar. Retrocedí hasta impactar mi espalda contra la rocosa pared. Mi respiración se había vuelto muy fuerte —casi jadeaba—, y en mis ojos conmocionados la luminiscencia era extraordinaria.

El terror me devolvía mi naturaleza humana, perdida desde hace siglos. Mis manos temblaban y mis extremidades se quedaron inmóviles. Me sentí incapaz de reaccionar ante una amenaza demoniaca; pues desconocía qué clase de ser podía ser tan ágil y tan superior.

¡Tenía que salir de ese lugar lo antes posible!

Corrí con toda mi fuerza. Tuve la impresión de que jamás había corrido tan rápido. Y, sin embargo, no fue suficiente. Sin advertirlo, y, como si hubiera salido de la nada, una silueta oscura se plantó frente a mí, tan rápido que apenas pude advertir su presencia. Su mano abierta me impactó el pecho y detuvo mi loca carrera al instante. Caí al suelo, a varios metros de distancia. Di varias vueltas sobre el empedrado hasta por fin detenerme en algún punto del callejón, con la roca húmeda bajo mi mejilla.

Jadeé intentando respirar, pues el sólido impacto contra mi pecho me había expulsado todo el aire. Recobré la normalidad al cabo de unos momentos y me levanté. Temí algún otro golpe, pero no hubo nada. Miré a mi alrededor y estaba sola; únicamente los cadáveres y yo.

El suelo estaba húmedo debido al sereno nocturno y, en lo alto, las dos paredes que ceñían el callejón me parecieron murallas colosales. Todo parecía tan insólitamente normal. ¿Acaso era una alucinación? ¿Era la locura de la que muchos me habían advertido? Y, entonces, distinguí una silueta erguida en lo alto del muro. Su capa flotaba en pliegues sinuosos ante la fina brisa fría. Todo él estaba envuelto en oscuridad. Eclipsó la luna y solo pude advertir sus ojos grises posados en mí, luminosos, como alimentados por las llamas del inframundo. Se inclinó para escudriñarme y se puso en cuclillas. La silueta de la luna, justo detrás de su cabeza, formó un contorno platino sobre su cabellera. Entrecerré los ojos, deslumbrada por la luz directa del astro celeste. Él se llevó los dedos a los labios y me incitó a que guardara el secreto de su existencia al tiempo que me miraba con insano placer.

De sus labios tensos brotó una cancioncilla que se dispersó en el aire como si poseyera vida propia. Era tan solo un eco fantasmal. Me sentí débil ante su presencia; había sido testigo de su inmenso poder, y ni siquiera sabía lo que era; pues reconocí sus ojos vampíricos, pero sus habilidades eran superiores. Quizá era muy pronto para aventurarme a sacar conclusiones.

Se irguió y yo retrocedí, como si advirtiera que eso no podría significar nada bueno. Ante la proximidad del muro, mis movimientos amainaron y me recargué. Mi espalda quedó recta contra la áspera superficie. Pronto, la luz tibia de la luna me reveló el perfil de un rostro alabastrino. Sus labios enjugaron una lasciva sonrisa que me consumió en pavor. Puse mis manos contra la rocosa pared y me sujeté, tal y como lo hizo aquella mujer antes de que él le rompiera el cuello.

Al cabo de algunos segundos, él se inclinó desde lo alto. Entonces, pude ver con gran claridad el resto de sus facciones vampíricas. Sus abundantes cejas ocultaban unos ojos grandes, de párpados ligeramente oscuros. La cabeza estaba cubierta por un cabello lustroso y abundante, muy negro y algo largo. Caía alrededor del rostro en unos mechones disparejos, pero elegantes. Era hermoso, pero en esa belleza suprema también existía algo perturbador; como si la maldad fuese la fuente de esa luz que dominaba sus ojos.

Dejó que el aire revolviera su larga capa negra y revelara en el interior un traje de elegancia sublime puesto a la perfección sobre el cuerpo marmóreo y musculoso. Me miró con superioridad. Trataba de demostrarme que no debía haberme aventurado a llegar sola hasta aquel lugar en el que él era amo y señor.

Dio un paso y se dejó caer en la base de una de las gárgolas que sobresalían de la ennegrecida marquesina. Se quedó allí, parado por algunos segundos en perfecto equilibrio. Dejó que sus movimientos marcaran los latidos de mi corazón mucho antes de que la desesperación de su salto a tierra me dejara sin aliento. Y, en medio del vaporoso callejón, él se volvió a erguir. Me observó con una cortesía y encanto caballeresco que me hizo temblar.

—Debería presentarme... —declaró con voz clara como el cristal y muy varonil—. Me llamo Patricius. —Hizo una elegante reverencia. Había algo extraño en sus modales y en su acento—. Dime tu nombre, vampira. —Sí, justo como lo había sospechado, un intenso acento francés se lograba distinguir en cada una de sus palabras. Y no intentaba disimularlo; al contrario, lo remarcaba con orgullo. Había sido cortés conmigo, pero, intuí, solo era un truco. Me contempló inmensamente decepcionado al no recibir respuesta—: ¡¡Dime tu nombre!! —me exigió esta vez.

En tan solo un parpadeo, y sin que pudiera prevenirlo, él ya estaba a mi lado y me aprisionaba contra la pared. Su cuerpo de hierro atrapó el mío contra el muro. Dio un puñetazo de rabia que hizo que la pared se agrietara ante su descomunal fuerza. «Su poder es el de un dragón», pensé. Escupió contra mi mejilla un aliento gélido; tan frío como el aire polar.

No dijo una palabra más. Esperaba mi respuesta con la paciencia que no le corresponde a nuestra naturaleza. Pero él, en realidad, quería algo más; pues de no ser así me habría matado en el primer momento en que me descubrió. Sus ojos, fijos en los míos, me transmitían su insano placer al verme sometida de aquella manera; de la misma forma en que yo obtuve placer con el humano al que torturé y desangré tan solo minutos antes de que él apareciera.

Al principio creí que había sido atraído por el olor de la sangre fresca que hedía de los dos humanos —ahora cadáveres— que reposaban a unos cuantos metros de nosotros. Pero después supe que no era más que egocentrismo: la idolatría propia y la soberbia. Se deleitaba de tener el mundo a sus pies. *Mi miedo era su inspiración.*

Hice un gran esfuerzo por respirar bajo su peso monumental. Intenté estirar mi cuello para inhalar fuera de su abrazo sofocante, y, al no conseguirlo, me sujeté de sus brazos de hierro e intenté apartarlo, pero era como intentar mover una columna de granito.

Su rostro se fue acercando al mío hasta el punto en que su nariz tocó mi mejilla. Apreté mis ojos, pues me negaba a aceptar su cercanía. Él aspiró el aroma de vampiro que emanaba sutilmente de mi piel. Sí, se tomó su tiempo para disfrutar del aspecto desolado de su futura víctima, con la atracción sanguínea dibujada en sus pupilas ardientes.

Arremetí de nuevo. En aquel instante vi cómo cerraba los ojos desbordantes de una lujuria letal; como si en aquel preámbulo ya pudiera imaginar el sabor de mi sangre. Mi mente se disparó en la más abrupta desesperación. Le puse las manos encima y apreté mis dedos sobre los poderosos brazos musculosos. Mis uñas se clavaron en su traje, y, entonces, me llegó el suave olor de su sangre al fluir de las minúsculas heridas.

Al menos no era inmune a mi agresión.

No obstante, su mirada no sufrió cambio alguno. Quizá poseía el control absoluto de sus emociones. Eso pensé hasta que alejó uno de sus brazos de la pared y rompió la prisión solo para poner su mano en mi hombro. Me clavó a la roca con su peso.

Su agresión me infringió un dolor insoportable. Mis huesos crujían, y él no se detenía. Me empujó, como si quisiera hundirme en el muro. Di un alarido que me desgarró la garganta. Debía detenerlo de alguna manera, y allí, en su redil, solo algo, imaginaba, podría distraerlo por ahora:

—¡Yelena! ¡Yelena! ¡Mi nombre es Yelena...! —exclamé al recordar su insistente pregunta.

Tuve razón. Tal parece que aquello sació su curiosidad, porque enseguida se separó un poco de mí. Dejó entre su cuerpo y el mío unos centímetros de distancia y aproveché para alejar mi hombro herido de la pared. Afortunadamente, mis huesos se regeneraban con rapidez; mi capacidad de recuperación era extraordinaria cuando había bebido lo suficiente.

Su aliento frío se alejó de mí de la misma manera en que lo hacía el tamboreo de su corazón. Sonrió y me mostró sus largos colmillos de marfil enmarcados por unos oscuros y voluptuosos labios. Lucía su belleza vampírica como un trofeo, y su efecto era evidente: al mismo tiempo que mi mente intentaba rechazarlo, una misteriosa atracción me llevaba a desear su presencia; una sensación deliberadamente terrorífica y sensual, como si de pronto su lejanía fortaleciera el deseo de tomar su cuello entre mis manos y degustar de lo que manaba de sus venas en un fino caudal rojo.

—Yelena... —susurró galante, y cerró sus ojos como si saboreara el sonido al pronunciarlo. Aspiró también el aire impregnado del aroma de la sangre humana que resbalaba de mi mentón—. Entonces ese es el nombre que yace grabado en tu lápida...

Enseguida soltó una grotesca carcajada. Y, súbitamente, se me echó encima. Me rodeó con sus brazos de titán y me separó de la pared para luego aprisionarme contra su duro pecho. Sus manos me inmovilizaron con facilidad. Intentaba acercar su mandíbula a mi garganta, pese a mi continua resistencia.

—Mi lápida no tenía nombre. —Jadeé, agotada por el forcejeo—. Sé que he cometido un error al cazar en tu territorio... Discúlpame... —grité desesperada. Estaba tan cerca de la muerte que, juraba, la podía ver allí mismo, personificada en él.

—¿Territorio? —se detuvo, como analizando la palabra. Noté el súbito interés—. Oh, sí. El mundo entero es mi territorio. Habrás notado que ya no quedan vampiros en esta ciudad... —se regocijó al confesarlo.

¿Podría ser esa la razón por la que hasta ahora no nos habíamos encontrado a un inmortal? Y, de pronto, algo más se me insertó en la cabeza: Kov. ¿Era acaso esa la razón por la que me había mandado a Hungría? De ser así, ¿por qué no habérmelo advertido antes? Pero eran solo suposiciones que se anteponían a una muerte inminente. Las respuestas no me serían de mucha ayuda si no sobrevivía.

Su rostro terminó por hundirse en mi cuello. La herida se abrió ominosa, pues no se conformaba con solo chupar la sangre; quería avanzar dentro de la carne, como si eso le permitiera obtener el preciado líquido con más rapidez. Me había parecido muy paciente, pero su forma de beber me revelaba que era, quizá, igual a mí y a todos los demás vampiros.

Me moví violentamente en ciegos esfuerzos por liberarme, y él ni siquiera hizo un intento por detenerse. Y mientras bebía, me rompió parte del abrigo y vestido para exponer mi cuello y hombros. Descendió. Clavó aquí y allá sus colmillos con toda su fuerza. Me desgarró la piel, y, cuando llegó a la clavícula, el ardor al morder el hueso me pareció el de un ácido que quemaba. Lancé un grito que la oscuridad me devolvió en un eco desolado y lastimero.

El sonido del fluir de mi sangre a sus labios, que la degustaban como si fuera humana, me hizo sentir la culpa de todas las muertes que había causado. Así se sentía un ser bajo la voluntad de un vampiro... Y pensé que me merecía la muerte; incluso la deseé. Pero recordé a Zgar. *No, no estaba lista para morir.* Tenía algo por lo cual luchar. No me daría por vencida tan fácil. Al menos lo intentaría todo para sobrevivir. Me juré que así sería.

Pateé. Intenté alcanzarle las extremidades, pero golpeaba ciegamente, pues lo único que podía ver eran sus cabellos, que me caían sobre la cara; y parte del cielo estrellado a sus espaldas. Él se molestó y se retiró un poco de mi piel. Dejó que el líquido escurriera de sus labios y manchara mi traje en una abundante mancha purpúrea.

Paré de gritar al sentir que se alejaba, y, poco a poco, el aire volvió a entrar libremente a mis pulmones. Él había hecho una pausa y eso significaba mucho. Intenté levantarme y correr; usar toda la velocidad sobrenatural de la que era capaz, pero él me arrebató del intento con un tirón que me devolvió a sus brazos como tenazas. Esta vez me apretaron como si quisiera reventarme en mil pedazos.

Puse mis manos en sus hombros y traté de alejarlo mientras él infringía una fuerza opresiva hacia mí. Recorrí sus brazos en un esfuerzo por apartarlo, pero lo único que sentí bajo las yemas de mis dedos fueron unos músculos sólidos, ocultos debajo de la tela fina. Y le clavé las uñas sobre brazos, hombros y espalda... Pero eso no representó nada para él.

—Déjame ir, maldito —supliqué a mi manera, con la voz entrecortada y la rabia impregnada en cada palabra. Tuvo el efecto contrario. Mis palabras eran combustible para su insana pasión—. Déjame ir... ¡¡Patricius!! —exclamé su nombre con deliberada ostentación.

Se detuvo sorprendido.

—Has pronunciado mi nombre —afirmó con orgullo.

Una sonrisa me reveló sus dientes ensangrentados. Fue una pausa que me hizo recobrar esperanzas. Pero no fue por mucho, pues se volvió de nuevo contra mí. Clavó sus colmillos dentro de mi carne con inaudita violencia. Aunque le atrapé el cabello de la coronilla y tiré de él como queriendo arrancarlo, él ni siquiera intentó detenerme. Al contrario, llevó su mano hasta mi mentón y acarició la piel sucia de sangre. Luego, siguió el contorno de mi rostro con sus dedos de hielo. Recorrió mis pómulos y acarició la circunferencia de mis ojos hasta las sienes, donde los enterró entre mi lacio y abundante cabello para finalmente detenerme la cabeza e inmovilizarme. La marca sangrienta había sido trazada en mi piel.

Entonces se levantó para contemplarme y sonrió nuevamente. Gotas de sangre brotaban de entre sus labios e irrigaban las comisuras hasta el cuello. Su imagen empezó a parecerme distante. Se convertía en una silueta espectral. Mi debilidad se volvía en mi contra. La sangre que había tomado de aquel humano ya había sido servida en los labios del vampiro, a quien el beber de mis venas era solo una distracción placentera, y, quizá, repetitiva.

Cerró sus dedos detrás de mi cabeza y sujetó mi cuello como si lo fuera a retorcer, tal y como lo había hecho con la mujer; pero al percatarse de mi pecho cada vez más calmado y mis miembros quietos, sin patear o manotear, se detuvo y me observó con detenimiento. Ya no tenía mucha resistencia para él y empecé a aceptar mi derrota.

Acercó lentamente su rostro al mío. Pude ver sus ojos grandes y grises, luminosos, como solo los de un vampiro pueden ser. Vi en ellos el poder y la antigüedad. Pero también vi algo que no me esperaba en absoluto: en su mirada también había ternura y tristeza. Por unos segundos sus ojos se posaron en mí, como si contemplara a su eterna amada.

Cuando se dio cuenta de su arrebato, intentó forzar su mirada para demostrarme que seguía siendo el ser cruel que hasta ahora había ostentado ser. Pero ahora me parecía falso. Aunque la lumbre de la maldad retornó a sus ojos, pude notar que en algún rincón de su ser había ternura. ¿Qué melancolía ocultaba? Las interrogantes ensartaron mi alma, pero no me quedaba mucho tiempo para analizarlas.

Y el tiempo se suspendía lentamente. Su silueta pareció multiplicarse delante de mis ojos cada vez más nublados. Me había dejado casi vacía de sangre. Recorrió mi cuello con sus dedos y llegó hasta la herida en la clavícula, donde extendió el líquido rojo sobre mi piel, como si quisiera descubrir el desgarre. Mis heridas intentaban sanar, pero sin el líquido vital que las nutriera, era imposible reparar piel, tejidos y huesos con la velocidad suficiente para poder huir de sus garras.

Dejó caer su aliento contra mis mejillas, cerca de mis labios y nariz. Entonces, percibí el olor de mi propia sangre; me envició y me despertó la sed. Caí en la desgracia de la alucinación, y mi vista se nubló bajo la sombra mortífera de su silueta al eclipsar la esfera lunar. Me sujetó la barbilla con su dedo pulgar e índice para evitar que yo tratara de escapar de sus labios. Así, dejó caer sobre mí un beso despreciable y sensual, cuyos suaves movimientos me deleitaron con el sabor que tanto deseaba. Y le respondí el beso que despertó la pasión.

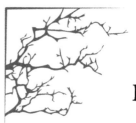

DEBILIDAD

El deseo por la sangre me arrebató la cordura y me incitó a continuar con el beso. Llevé mis manos hacia él en un abrazo que no era propio para el enemigo. Su olor me pareció delicioso y seductor, y en lo único que podía pensar era en arrebatarle la sangre que había tomado de mí, sin importar el método.

Con mis delgados brazos rodeé su cuerpo frío y macizo, como esculpido en roca, y me abrí paso hacia su cuello. Sentí la piel suave y, bajo esta, el flujo de la sangre con un ritmo palpitante y lleno de vida. Dejó de besarme al sentir que le tocaba el cuello con tanta atención. Intuyó que en mí había una sed peligrosa. Quise arrancarle otro beso, pero me rechazó, pues la lógica y el instinto de supervivencia le advertían que no debía.

Me volvió a amagar con sus brazos y me dejó indefensa con su fuerza hercúlea. No obstante, le clavé las uñas en la piel del cuello, sobre la superficie abultada de la vena. Lo rasgué profundamente y el líquido rojizo avanzó sobre su traje. Pero, en cuanto me arrebató las manos y desenterró mis uñas de entre su piel, las pequeñas heridas se cerraron con rapidez; a una velocidad inaudita, incluso para un vampiro. Su mirada se volvió colérica, desenfrenada, pero distinguí cierto temor.

Ni siquiera recuerdo la silueta de su puño contra mi rostro, pero sí el impacto. Me había propinado un golpe para hacerme salir de trance. Esta vez me sentí embriagada por la ira, no por la sangre. Se puso de pie y se llevó la mano al cuello, como cerciorándose de que las heridas se hubiesen cerrado. Yo estaba tendida en el suelo, casi sin fuerza. Lo seguí con la mirada aún crispada por el deseo de beber de él.

—Nadie puede lastimarme... Nadie puede beber mi sangre —afirmó mientras me miraba de soslayo.

Me pareció que más que decírmelo a mí, intentaba convencerse a sí mismo. Me llevé los dedos ensangrentados a los labios y los lambí. Intentaba no desperdiciar el vital líquido. Y su sangre era infinitamente deliciosa. *Un manjar.* Nada de lo que había probado anteriormente podía comparársele. Solo fue un poco, pero me pareció que me había devuelto un poco la razón. Él, rígido y sombrío, contemplaba cómo trataba de saciarme la sed con las gotas que le había arrancado.

Mis dedos temblaban incesantemente, y, cuando terminé de lamer hasta la última gota, tuve la sensación de que me lanzaría contra él, pero mi cuerpo no me respondió. Mis piernas apenas se movieron. Entonces, por primera vez, él me vio con piedad, y me negó con un leve movimiento de cabeza, sumido en una especie de conversación interior. Se mostró cauteloso. Era como si dentro de su mente maquinara algo, y yo quería saber qué era, aunque la verdad me aterrorizara.

Me retiré los dedos de los labios con lentitud y, muy a mi pesar, abandoné el ponzoñoso hedor que me daba las últimas fuerzas para enfrentar su mirada maligna. En mi cuello, la herida se cerraba con debilidad. Mi abrigo y piel brillaban purpúreos bajo la luz platina.

Me dio la espalda y avanzó hacia algún punto del callejón. Se adentró en las penumbras sin que yo le pudiera ver más y sentí alivio al ver que me abandonaba. Aunque era extraño... ¿Por qué me dejaba con vida, habiéndome desangrado y sentenciado a muerte, cuando bien podría haberlo terminado todo con facilidad?

Intenté levantarme, pero me fue imposible. Imaginé que podría arrastrarme hacia los cadáveres y beber algo de lo que quedaba; pero antes de que pudiera hacer el primer movimiento, mi vista se distorsionó y me pareció que todo daba vueltas. Mi cuerpo era como de goma. Creí que caería en un sueño eterno y no sé cuánto tiempo pasó, pero, de pronto, un sonido me puso alerta. En un parpadeo pude ver que él había regresado. Aunque no lo veía claramente, reconocí su silueta distorsionada. Se acercó a los cadáveres...

Lo único de lo que estaba segura era de escuchar cómo arrastraba los cuerpos de aquellos humanos por el empedrado. Trataba de llevarlos a algún lugar; como si quisiera limpiar y fingir que no había pasado nada en aquel funesto callejón. Percibí el sonido seco al dejarlos caer, apilándolos. Luego, escuché el agitar de un líquido dentro de una botella y el frotar de una cerilla... El olor del alcohol me alcanzó la nariz antes de que el fuego, con sus lenguas transparentes, fuera el protagonista.

Gemí de terror e hice un esfuerzo sobrehumano por abrir los ojos. Distinguí a través de mi nublada vista que, lejos, en un rincón del callejón, el fuego ardía sobre un montículo; una masa amorfa. Me llegó el olor de la tela y carne consumiéndose. El vampiro estaba frente a ellos, y los observaba como quien contempla el amanecer. Un humo casi imperceptible se elevaba y se arremolinaba hacia un cielo antes cristalino. Y el fuego amarillento creció. Se hizo más intenso. Transformó su corpulenta silueta en un remedo de oscuridad que arañaba el empedrado.

Pude ver sus facciones con más detenimiento mientras él sonreía bajo la fría luz lunar que contrastaba con la calidez del fuego. Sus ojos estaban embelesados. No supe con qué exactamente. Fuese lo que fuese, era algo macabro. La sangre fría con que hacía las cosas me impresionaba. Era una rara mezcla de admiración y temor. Entendía su naturaleza y sabía que, quizá, éramos más parecidos de lo que quisiera reconocer.

Mi única esperanza ahora se había convertido en una pila de carne quemada y huesos tiznados. Quizá, y solo si él me dejaba con vida, podría beber la sangre de algún mortal que descubriese por la mañana lo sucedido en el callejón.

Los dos cadáveres pronto estuvieron lo suficientemente consumidos como para que él pudiera volver su atención hacia mí; y, entonces, un nuevo escalofrío recorrió mi cuerpo. Parpadeé, debilitada, consciente de que todo había llegado a su fin. Me desvanecí unos segundos, y cuando volví a parpadear, él estaba frente a mí. Me estremecí, pues me contemplaba como lo había hecho con los cadáveres bajo el fuego.

Un aire delicado hizo ondear sus negros cabellos antes de agacharse a mi lado. Tensó los labios en una sonrisa discreta, pero maligna. Del interior de su abrigo tomó algo que, de inmediato, expuso en un gesto de sutil advertencia; un cuchillo que, pude adivinar, era de plata y estaba muy afilado.

Un gemido intentó salir de mis labios, pero se quebró en mi inmensa debilidad. Con su mano me levantó del suelo y me hizo caer de espaldas tras una voltereta que me impactó la nuca contra el empedrado. Mi cráneo rebotó en la superficie sin que yo pudiera oponerme. Él era muy fuerte y antiguo. Los siglos lo habían llenado de virtud. ¡Cómo ansié tener su fuerza!

Se precipitó sobre mí y clavó el cuchillo sin piedad alguna contra mi cuello. Abrió una vasta herida y derramó la poca sangre que me quedaba. No se conformaba con el mínimo desgarrar de sus dientes y quería una fuente más abundante. Mis venas se vaciaban a una velocidad descomunal, sin que yo pudiera hacer algo para detenerlo.

Desenterró el cuchillo y sentí que la herida se ensanchaba en un ardor despreciable. El líquido manó y cayó al suelo en un desperdicio espantoso mientras él acercaba sus labios a mi piel sin mayor prisa. Intenté hacer uso de la escasa energía que quedaba en mi cuerpo y alcé mis manos en un intento ciego por apartarlo de mí, pero a diferencia de la primera vez, solo parecieron caricias en vez de provocar algún daño. Él no se quejó. Ni siquiera pareció darse cuenta. Mis dedos se deslizaron sobre la tela para, finalmente, caer inanimados a los lados.

Lo único que podía ver ahora era el cielo y la inmensa luna; un público amodorrado, sin más interés que el del vampiro al tomar mi sangre sin sed, por la pura satisfacción de hacerme daño y consumar la muerte prometida. Chupaba mi sangre sin que sus dientes penetraran en mi carne, y tomó lo que de mí manaba a cuentagotas mientras mis venas se vaciaban y mi corazón en taquicardia colapsaba.

Se detuvo solo para volver a enterrarme el cuchillo. Esta vez, al otro lado del cuello, como si quisiera terminar de exprimirme. Sentí el dolor agudo de la hoja al abrir mi piel y dejar que la sangre resbalara desde el interior. Él parecía cansado, pero se sintió obligado a seguir bebiendo, por lo que me volvió a tomar entre sus brazos y colocó mi cabeza en su hombro. Dejó la herida abierta frente a su rostro y la contempló con grandeza.

—No te voy a matar, hermosa Yelena —exclamó mientras me señalaba con el cuchillo teñido de rojo—. Te desangraré y te dejaré al borde de la muerte... Todo dependerá de ti... ¿Vida o muerte? —pronunció orgulloso mientras yo trataba de enfocarlo a través de mis moribundas pupilas.

Mis pensamientos se hundieron en la negrura de su sombra. Sin embargo, aún podía sentirlo a él. Era lo único que evitaba que me perdiera en la locura del sueño eterno. De vez en cuando creí sentir que la hoja se volvía contra mí para acentuar las profundas lesiones.

Aquello era un verdadero infierno; sentir cómo la vida escapa del cuerpo para fortalecer el de alguien más... Decaí hasta el punto de rendirme a la muerte y todo a mi alrededor desapareció al cabo de unos segundos. Finalmente, tendida en sus brazos de hierro, cerré los ojos, cansada.

Pronto me quedé sumida en un sueño profundo, mucho más ameno que la realidad, y del que dudé despertar algún día. No obstante, él lo supo: *en ocasiones, el deseo de venganza es mucho más poderoso que incluso la muerte.*

ZGAR

CALIDEZ

Me oculté en un rincón de densa oscuridad mientras la contemplaba cortejada por aquel individuo de porte elegante y autoritario. La llevaba solo para él, como si fuera de su propiedad. Y noté que ella no era feliz. No, no lo era. De eso estaba seguro.

No pude evitar el deseo de seguirlos. Surgí de las tinieblas, dejé atrás la melancólica luz de los cirios y corrí fuera de la iglesia. Reconocí el coche con sus finos caballos, y, sin que ellos ni nadie se dieran cuenta, salté sobre el vehículo y me quedé muy quieto hasta que este amainó la velocidad y el cochero aparcó. Aproveché para descender y refugiarme en las sombras de los muros de una fachada. Pude ver a ambos bajo la tenue luz de los faroles que alumbraban la calle.

Las mejillas de la hermosa chica estaban ruborizadas por el frío y su semblante era uno tristísimo. Él intentó hablarle, pero ella permaneció distante; algo sucedía entre ambos. La conversación concluyó con palabras secas. Ella entró a la casa y él se marchó sin más. Y, mientras la vigilaba, me di cuenta de dónde me encontraba. Reconocí la antigua mansión que tenía a mis espaldas, y no me importó. Con suerte, nadie se enteraría de nada. Ni siquiera Yelena. Después me arrepentiría de haber deseado esto último.

Me reconcilié con mis pensamientos mientras veía cómo ella se asomaba por la ventana del recibidor. Descorrió los cortinajes en una rendija, hasta que alguien la sorprendió y, entonces, la perdí; la vi hundirse en las penumbras del interior.

Me ardía la garganta, ansiosa de sangre joven. Tuve la impresión de que los latidos desenfrenados de mi corazón me murmuraban al oído que fuera a por ella en ese mismo instante. Me provocaban. Me incitaban con su siniestra voluntad. Se extendían en el silencio de la noche, como un augurio del mal. Y tuve un mal presentimiento, aunque no supe exactamente sobre qué o el por qué.

Abandoné mi guarida de penumbras en cuanto vi la sombra de la joven proyectarse contra los cortinajes de la que, imaginé, era su habitación. No pude resistirlo más y avancé con los hombros encogidos de la emoción. Nadie estaba cerca. Solo el silbido del aire lejano destacaba una que otra vez que yo podía estar en un lugar real, tangible, y no en un sueño.

Frente a mí tenía la pared, con su vasta superficie rocosa tapizada de enredaderas secas; vestigios de una primavera muerta tiempo atrás. Colgaban inertes por doquier. Puse mis manos sobre la roca y comencé a reptar, sin detenerme. Me alejé de un suelo que amenazaba con devorarme si caía. El aire me agitó el abrigo con suavidad, acariciándome por encima de la tela. Y allí, en lo alto, me llamó la atención que mi sombra se proyectaba definida sobre la superficie porosa. Descubrí que en el horizonte ya brotaba una esfera plateada y brillante.

Alcancé el alféizar de la ventana. Por fortuna, aquélla no tenía los seguros puestos. De haber sido así, hubiese roto uno de los cristales, pero no fue necesario. Esperé unos minutos y luego la abrí con sumo cuidado. Traté de no despertarla; ni a ella ni a nadie más en la casa.

La habitación estaba sumida en la cálida luz que el fuego en la chimenea propagaba por el lugar. Todo era muy hermoso, con los detalles apropiados para una joven del respectivo siglo. Era como una casa de muñecas. Había objetos de porcelana, flores en jarrones sobre las mesitas cubiertas de encaje y cuadros de colores vivos que pendían de las paredes.

Nada tendría de parecido a cualquier recinto que Yelena hubiera pedido o mandado a hacer. A ella le gustaba más la sobriedad y lo clásico. Prefería la madera rústica y las paredes sin decoración.

Además, tenía una evidente predilección hacia los lugares abandonados y solitarios.

El olor a sándalo combinado con el del jazmín me hizo titubear. Vi a la bella joven en una cama elegantísima y caí presa de su encanto. Yacía cobijada, con el rostro hundido en la almohada, con sus cabellos nadando entre las cremosas sábanas blancas. Respiraba tranquila, lenta y pausadamente. No estaba dormida aún, sino a punto. Reconocí ese preámbulo que separa la vigilia del sueño. Sus ojos aún parpadeaban, e hizo un enorme esfuerzo por observarme, pues se había percatado de mi entrada. No obstante, al día siguiente —si lograba despertar— yo sería solo un delirio y nada más.

El aire frío entró a través de la ventana abierta y reavivó por un instante la lumbre en la chimenea, que con sus lenguas de fuego intentaba devorar uno de los leños de espeso corazón. Este rechinaba, como dotado de vida propia. Noté los grabados al interior del hogar; unas guirnaldas ligeramente ennegrecidas por el hollín. El aire agitó las llamas una vez más y creó un remolino de chispas que se elevó, junto con el humo, por el conducto que llevaba hacia el exterior. La habitación se iluminó en su integridad antes de que el fuego cediera gradualmente, sofocado por las corrientes.

El deseo se apartó de mí para dejarme débil frente a ella. Me quedé unos instantes admirándola. Me senté a su lado y acaricié sus cabellos de seda. El sueño amenazaba con dormirla para siempre. Poco a poco la pasión reapareció y supe diferenciar entre el olor de las flores y el de su piel. Aparté las sábanas de su cuello y dejé que mi rostro la tocara con una fina caricia que me puso los cabellos de punta al sentir su calidez; tibia y llena de vida. Humana; imperfecta y frágil, pero de una belleza encantadora.

El recuerdo de Yelena y el presentimiento de que no me controlaría me hicieron retroceder con desagrado. Me decepcioné conmigo mismo por no disfrutar de aquel momento sublime. ¡No me daba cuenta de cuánto perdía la concentración por ponerme a pensar en ella! Pero esa era la verdad; toda mi vida giraba en torno a Yelena y a mis vanos intentos de protegerla de mí mismo. Jamás habría nada que prefiriera sobre mi amada y bella Yelena; ni aun su propio bienestar lejos de mí. E inevitablemente, eso era un devoto egoísmo que podía arrancarla de mi lado de una forma u otra.

La chica parpadeó cansada. Trataba de apartar el denso velo de sus ojos, y fue entonces cuando la crueldad brotó del fondo de mi corazón y rompió abruptamente con mi estoicismo. Su rostro se eclipsó bajo mi sombra mientras ella se sumía en un sueño aletargado que pronto se convertiría en una fantasmagórica pesadilla. Mis colmillos penetraron con excesiva facilidad en su piel de durazno. Mis labios se movieron; la besaron delicadamente en busca del líquido de la vida. La sangre brotó en un dulce y abundante caudal.

Se hizo una calma total mientras bebía de aquella fuente pura y tuve miedo de no detenerme. No quería matarla, pero mi instinto me hacía caer en el desenfreno de beber hasta que la sed se saciara por completo; factor que en mí era casi imposible. Perdía el control rápidamente, y yo debía alejarme... Debía salir de aquella habitación donde el sándalo se convertía en un aroma fúnebre y el jazmín me recordaba la tragedia de un edén prohibido. No obstante, al mismo tiempo, el dulce de su piel se combinaba con el aroma de las flores y me recordaba que aún estaba a tiempo de salvarla.

Entonces apareció ella en mi mente: Yelena, cuyas palabras de reproche aún replicaban en mi cabeza. La imaginé, con sus ojos azules como el profundo mar y su piel blanca y tersa que me seducía hasta el punto del tormento. No sé cómo había podido evitar que ella cayera en mis brazos fatales si la deseaba tanto...

«Tú puedes, Zgar. Creo en ti»; su voz imaginaria vino a socorrerme de un inminente naufragio. Y en mi cabeza imaginé lo feliz que estaría cuando le contara que la chica había sobrevivido; que al fin yo podía hacer uso del control y la paciencia que por siglos me habían sido inalcanzables.

Cerré los ojos. Imaginé que estaba en aquel bosque, cuando la vi por primera vez; cuando ella me salvó la vida; cuando aún éramos humanos. ¿Y si nuestros caminos jamás se hubiesen cruzado? Y en ese bosque no había olor a sangre. El viento mecía las ramas de los árboles y los pajarillos trinaban alegres. Era una mañana soleada y apacible; una de las últimas que llegué a ver... El sol brotaba en el horizonte como una llamarada amarillenta y anaranjada que pronto cubriría de luz el paisaje boscoso y resaltaría el verde oscuro de las hojas.

No supe cuánto tiempo pasó. Las memorias habían sido tan vívidas que me tentaban a continuar con los recuerdos hasta enloquecer por completo; cuando la única forma de salir fuese con la luz del amanecer al traspasar la ventana de la pequeña habitación. Luego, me encontraría vulnerable: descubierto por los humanos y herido por el sol.

Abrí los ojos. La alevosía de beber se había detenido y me sentí libre. Eso para mí era la gloria; el control absoluto que me insistía Yelena algún día encontraría. Y esa noche ella me había inspirado. Retrocedí satisfecho, sin atender el olor reminiscente de la sangre. Con la mano me limpié algunas gotas rojas que corrían desde la comisura de mi boca. Me pareció que se trataba de agua cristalina solamente. Sí, agua de rocío que había tomado de los pétalos de aquella flor prohibida.

Al pasar junto a la chimenea percibí el leve brillo de las brasas. Las llamas se habían extinguido. Imaginé, no tardarían en resurgir en cuanto el aire cediera. Mi cuerpo estaba caliente, y el viento que entraba por la ventana me provocó un escalofrío muy humano. Volví la vista hacia ella para contemplarla, quizá por última vez. Sonreí al verla, adormilada como una niña pequeña. Imaginé se sentiría un poco débil al amanecer, pero no moriría. Ella estaría bien. *Eso esperaba.*

La ventana no podía cerrarse por fuera, así que tuve que dejarla sobrepuesta. Remonté hacia el exterior y caí de pie en el suelo. Flexioné ligeramente las rodillas para hacer de aquel certero golpe uno no tan severo. Alcé la vista hacia su ventana y noté que el viento la mecía sobre sus bisagras y, adentro, las cortinas izadas se batían con suavidad.

Ya no tenía sed. Estaba satisfecho y lleno de vida; feliz, como hacía mucho no me sentía. ¡Y ella viviría! No pude ocultar una sonrisa de triunfo. Y, sin pensarlo, hice una reverencia hacia su ventana. Quien me mirara supondría que yo había enloquecido; una afirmación no del todo incorrecta. Creo que me hubiera puesto a bailar en medio de la calle si tan solo Yelena estuviera a mi lado.

Todo pasó tan rápido a mi alrededor, como si flotara en la ilusión que los nuevos tiempos me obsequiaban. Me sentía revitalizado, no lo podía negar. No era por el sabor de la sangre, sino por el triunfo propio. Me encontraba satisfecho de no haberla llevado a la muerte, y era una lástima que ella no me recordaría como algo real, y tampoco sabría del esfuerzo del que fui capaz para que pudiera seguir con vida. No obstante, sentí una extraña conexión entre ambos; algo que se siente pocas veces en la vida. «Si hubiera otra vida después de esta, desearía que nos encontráramos», me dije.

En derredor todo estaba tan calmado como el cementerio frente a la mansión en que Yelena y yo vivíamos. Debía regresar. Quería hablar con ella antes del amanecer; contarle a detalle los sucesos extraordinarios que ese día habían acontecido. Recordé, además, su sentencia en la iglesia. Me sentí acongojado por su petición de hacerme beber su sangre, y yo esperaba que reaccionara de otra manera y no me retara con semejante responsabilidad. Aunque, después del autocontrol que había mostrado al beber de la joven, parecía que cualquier prueba podía ser superada.

Me encontraba enérgico, triunfal. Era la primera vez en mucho tiempo que me sentía tan bien. Había ganado una batalla interna, y dejarla viva fue mi galardón.

La luz de los pequeños farolillos se extendía como un baño de oro sobre la acera. Me desplacé por las calles desoladas, sin mayor tensión, despreocupado, y pronto me encontré tarareando una cancioncilla con mis labios tensos por una melodía soprano. Mis manos se movían en ademanes teatrales mientras yo entonaba una canción que recordaba vívidamente de hace siglos. Sus letras eran anticuadas; medievales. Nunca llegué a saber quién era su creador. Estaba en los viejos territorios germanos cuando el juglar la cantó y bailó al son de la gaita. Contemplé desde lejos a la gente que se reunía a su alrededor, ansiosa por conocer al aventurado que anunciaba las novedades de un mundo inquieto.

Dejé atrás la ciudad para adentrarme en un sendero que, bajo la templada luz de la luna, se asemejaba a un túnel de muerte, y empecé a escuchar ese silencio —si así se le puede llamar— característico del aire al frotar con suavidad las hojas. Los árboles no eran muy grandes, pero sus ramajes eran abundantes. Divisé en la lejanía el mantón blanco que se elevaba por sobre el cementerio, con sus altas paredes rocosas y enmohecidas. Gran variedad de arbustos rodeaban la mansión. Resguardaban los vestigios de su grandeza pasada. Un séquito de cruces y monumentos sepulcrales advertía que aquel era un territorio de muerte. De haber sido mortal, jamás me hubiera acercado a aquel edificio embrujado, como muchos le llamaban. Pero allí no encontraría espectros, sino a mí mismo... ¿Qué podía ser más aterrador?

Debían faltar al menos tres o cuatro horas para el amanecer. Sí, se me había hecho temprano. Embargado de tanta felicidad no me di cuenta de que había caminado tan rápido hasta allí. Ella aún no había llegado. «No tardará mucho en regresar», imaginé. Me quedé sentado en una roca enorme, junto al arbusto que custodiaba la entrada, y de cuando en cuando miraba el sendero, atento, por si la veía. Pero los únicos movimientos de los que podía percatarme eran los de algún pájaro que se resguardaba entre los árboles. Admiré el paisaje un largo rato. En el cementerio las lápidas eran acariciadas por el viento gélido de vez en cuando. Silbaba al filtrarse entre los recovecos a manera de lamentos. Transcurrieron varias horas, y pronto todo estuvo tan excesivamente quieto que me hizo pensar en la calma que precede a la tempestad. Tuve el presentimiento de que estaría solo hasta el fin del mundo y mi corazón dio un vuelco. Muy a menudo era presa de esas crisis de ansiedad y desaliento.

Entonces, distinguí una débil columna de neblina que descendía de los bosques y lentamente se filtraba entre las tumbas, como una mano enorme que avanza y trata de dominar todo cuanto cree poseer. En poco tiempo rodeó la mansión y todo quedó tapizado por su blancura que, sin embargo, no era densa, sino muy transparente y fina. Me puse de pie y me acerqué a la entrada. Las aldabas estaban teñidas de óxido y carcomidas... ¡Cuánta soledad! ¡Cuánto olvido! Penetré en el vestíbulo de la mansión. Las puertas crujieron cansadamente sobre los goznes y se cerraron detrás de mí, aislándome.

Me sentí incómodamente solo. Los rincones, dominados por el reino de las tinieblas, eran brevemente interrumpidos por arañazos de luz lunar que, a manera de un sutil claroscuro, se introducía oblicua a través de las ventanas rotas. La luna pronto descendería en el horizonte, y antes de que aparecieran los primeros rayos de sol, la mansión adoptaría una negrura monstruosa e inquietante.

Fui hacia una de las habitaciones. La puerta se había desprendido y la única forma de entrar era alzar y arrastrar la puerta. Adentro había una figura clara y amorfa que a primera vista podía ser un fantasma ataviado con el sudario mortuorio. Me acerqué y tomé la tela amarillenta por uno de sus bordes y la arranqué, agitándola. Se reveló bajo esta un sillón viejo y mullido. El polvo acumulado se levantó por todas partes, alcanzado por la escasa luz del exterior. Miles de partículas danzaron suspendidas en el aire mientras la sábana caía al suelo. Me senté y puse mi mano sobre el descanso. El sillón estaba recubierto de una tela fina. Sus colores vivos habrían sido un deleite en otros tiempos, pero ahora poseía un aspecto cenizo y áspero, con rupturas aquí y allá. «Es lo que deja el tiempo cuando pasa sobre los mortales y sobre las cosas de este mundo perecedero», recordé.

Me dispuse a esperarla allí. Esperar; sí, esa había sido mi consigna toda la vida. ¡Pero por ella esperaría toda la eternidad si fuese necesario! Recliné mi cabeza en el respaldo y cerré mis ojos al tiempo que las siluetas de los escasos muebles desaparecían. La puerta y las ventanas se inundaron de negrura mientras yo me sumía en una tensa duermevela.

De vez en cuando abría los ojos angustiado por la soledad. Las partículas de polvo, antes suspendidas, desaparecieron lentamente en la quietud de la habitación. Se volvían a depositar en las superficies, sobre el piso, sobre el mismo sillón, sobre mí... El tiempo pasaba a la velocidad de un caracol y la luna iba trazando su trayectoria en decadencia inminente. Pronto perdí la noción del tiempo y me sumí en las tinieblas de mis sueños. Todo se hizo borroso. No sé cuánto tiempo dormí, pero sin duda no fue mucho. Recuerdo que me desperté al sentir la luminiscencia que traspasaba los ventanales.

Al principio no reconocí la habitación, como suele suceder cuando uno duerme en un lugar que no es usual. El recinto ahora estaba bien iluminado y pude ver con claridad el color grisáceo de las paredes descascaradas y tapizadas de telarañas polvorientas. Mi primera reacción fue mirar a mi alrededor; soledad y nada más que soledad.

Poco a poco volvieron los recuerdos; la razón por la que me encontraba allí, recostado en un sillón enmohecido. No sé qué me asustó más: si la luz del alba, o saber que ella aún no había regresado; quizá una combinación de ambas. Me erguí. Mi cabeza se separó del respaldo, como si resucitara de la muerte. Me azotó el remordimiento de la noche anterior y la preocupación de que indudablemente algo malo había pasado.

El vestíbulo estaba ya muy iluminado, así que no pude detenerme por mucho tiempo, pero observé con alarma mis huellas sobre las losas, sin rastros de las de ella. Sí, no había cumplido su palabra de regresar antes del amanecer, y fuera cual fuera la razón, no era buena.

El exterior estaba muy quieto. Las tumbas se erguían al frente del camino, con sus altas cruces y sus bajos muros blancos inundados de raíces y enredaderas. En el cielo, una que otra nube de tejido de algodón se enlazaba con los nubarrones que rondaban como ovejas negras. El sol pegaba sobre ellos con su luz cálida y transformaba sus siluetas en flores veraniegas y exóticas.

Me sentí peligrosamente atraído hacia la grandeza del día al que estaba condenado a no pertenecer. ¡Cuántas veces había deseado salir y caminar por los valles, como tantas ocasiones en vida lo había hecho, con mis cabellos y mejillas acariciados por un sol agradable; con el viento susurrando la misma canción que tan solo una noche antes había entonado con mis labios sucios de sangre!

Subí rápido las escaleras y me encontré a mí mismo irrumpiendo en aquella bóveda. Allí estaba mi ataúd. Recuerdo que retrocedí, temeroso por la cercanía de mi muerte. ¡Yo mismo había arrancado las maderas el día anterior! Había dejado al descubierto aquella ventana, en total disposición para que el sol despertara y se encontrara con la caja mortuoria.

Avancé sin que me importara mucho la irritación en la piel. Entrecerré los ojos, y me sometí al esfuerzo de ver a través de mis pestañas en un parpadeo agitado que evitó que la luz penetrara de lleno en mis frágiles pupilas. Sujeté las tablas de madera con fuerza y las llevé conmigo, a manera de un escudo, hasta eclipsar el hueco. La luz del sol naciente se filtraba con suavidad por las grietas, pero ya no podría lastimarme... *Por ahora.*

La luz que penetraba por los resquicios de aquella ventana y por la puerta, crecería al ritmo que el sol avanza por el cielo; pero una vez que me encontrara bajo resguardo, en mi ataúd, no me harían daño alguno. Sí, tarde o temprano me vería obligado a volver a mi eterno refugio.

Debía salir de la mansión; ir a buscarla, pero no podía. Yo estaba condenado a permanecer en ese lugar, bajo las sombras, al menos hasta que la luz disminuyera al atardecer. Y no faltaba mucho para que realmente ya no pudiera soportar tanta luminosidad.

Me tallé las manos. En mi pecho el corazón latía imparable, cada vez más fuerte. Parecía hincharse, impaciente por verla traspasar el umbral, con la luz solar sobre su cabeza formando un halo divino. Recorrí la distancia que me separaba de mi ataúd, indeciso en si debía introducirme o no... Por Dios, ¿qué otra opción tenía?

Embargado por la necesidad de entrar en ese ataúd y dibujar de aquel día solo una pesadilla irreal, tomé la tapa que yacía en el suelo. La toqué con las palmas de mis manos, con tal suavidad que ni siquiera crujió al levantarla e inclinarla sobre el ataúd; escupí mi aliento gélido contra la madera vieja antes de introducirme con cuidado.

Mi cuerpo se acostumbró paulatinamente al nuevo frío que sobrevivía en el interior. Sentí el rozar de mi traje contra la madera rígida mientras mis brazos preparaban la tapa y la escasa luz exterior se eliminaba por completo y dejaba mis ojos en la total negrura a la que pronto tendrían que acostumbrarse.

Parpadeé cansado, hasta el punto de la somnolencia, contemplando las nerviosas alucinaciones provocadas por mi mente atormentada. Creo que no pude dormir hasta mucho después del mediodía. Recuerdo haber escuchado aún por varias horas el cantar de los pajarillos en el exterior. Transmitían sus cantos alegres a través de ondas vibratorias que traspasaban los muros rocosos y la madera de mi ataúd. Una melodía tan dulce como una canción de cuna.

Estuve muy inquieto. Me movía todo el tiempo, insatisfecho en cualquier postura, hasta que bajo el torrente de preguntas y respuestas pude acomodarme al fin. Me dejé convencer por mi voz interior. Me sedujo con la idea de que ella estaría bien, a pesar de que mis pensamientos me sugerían lo contrario. Intenté pensar en la joven a la que había visitado en su cálida habitación, como si dentro de mí supiera que ella estaría disponible cada noche que yo necesitara de sus venas para alimentarme.

Mis párpados se pusieron pesados y me hundí en aquella oscuridad que me resguardaba de una muerte segura bajo el resplandor solar. El sueño me embriagó. No me hizo descansar mentalmente, pero sí corporalmente. Perdí la noción del tiempo que había pasado. Me dejé consentir por el desasosiego de mi alma al caer presa de mí mismo. Creo que no dormí hasta muy entrada la noche, porque no recuerdo cuando los pajarillos dejaron de cantar.

Y, entonces, hubo un fuerte sonido en la habitación, como el rayo que fustiga la tierra durante la tormenta. Retumbó en las paredes. Cimbró cada rincón. Abrí los ojos y me di cuenta de que podía ver la bóveda. La luz de luna revelaba los detalles del techo sobre mí... Alguien había arrebatado la tapa del ataúd y la había proyectado contra el suelo.

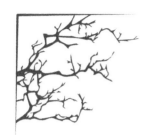

III

YELENA

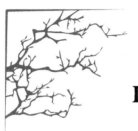

IN LUMINO

En mi mente vi el fuego infernal arder a mi alrededor, sin quemarme. Las llamas no eran una amenaza para mí, pero tenía miedo. Y vislumbré que entre las lenguas de fuego casi transparentes, ligeramente rojizas y amarillentas, yacían dos cuerpos humanos desbaratándose, consumiéndose. Eran ellos: los dos humanos del callejón. Habían sido quemados por el vampiro.

Traté de apartar aquella visión demoniaca y huir de los escondrijos del mal. Los recuerdos de la noche anterior me parecieron disparatados, y, de no ser por la debilidad y el dolor que me consumía, quizá hubiese pensado que solo se trató de una vívida pesadilla. No obstante, la realidad en la que me encontraba no era nada alentadora.

Un sonido tintineante me hizo recuperar razón sobre el presente. Gotas de agua brotaban de algún punto para impactarse sobre roca y fragmentarse en minúsculas gotitas que, finalmente, se esparcían por doquier. Quería salir corriendo de ese lugar cuanto antes, ¿pero qué era aquel tétrico lugar?

Bajo mi mejilla percibí la frialdad de agua y roca. Las palmas de mi mano distinguieron una superficie agreste y húmeda. Azotada por el pánico, quise levantarme, pero mi cuerpo apenas se movió. Los huesos y la piel me dolían. Estaba vacía y herida; desangrada, y mi garganta ardía con una punzada permanente. Me quejé, y el gutural sonido de mi voz fue traído otra vez a mí con la simpatía burlesca de un eco cavernoso.

Traté de abrir los ojos, pero me fue imposible. Era como tratar de descorrer los nubarrones del cielo con las manos. Pude escuchar el correr del agua en la cercanía, y, aunque el viento silbaba funesto, no era capaz de sentirlo. Era como estar muerta y viva a la vez.

Al cabo de una eternidad, pude descorrer mis pesados párpados para descubrir, a través de mi nublada vista, la negrura del suelo en el que me encontraba. Mis manos se empaparon y sentí la hendidura de los pedazos de roca que conformaba una especie de piso lamoso: una superficie lisa, pulida por la corriente del agua y recubierta de denso moho.

Una prisión subterránea.

Estaba recostada en un charco de agua cristalina, al interior de una especie de calabozo, y el olor de mi propia sangre inundaba el ambiente. A mi alrededor el agua estancada se había pintado ligeramente de rojo. Sin mover mucho mi cabeza, miré y traté de visualizar cada detalle, pero solo había humedad; gotas cristalinas que resbalaban por las paredes, corrientes delicadas que recorrían los conductos encharcados en el silencio de sus aguas frías.

Sentí que había pasado mucho tiempo desde aquella aparición en el callejón, pero no estaba segura, a pesar de que sobre la superficie del agua se reflejaban las primeras estrellas después del ocaso. Me di cuenta de que aquello era más serio de lo que había supuesto en un principio... ¿Cuánto tiempo había pasado desde aquel infortunado encuentro?

Me di vuelta sobre la espalda y un alarido de dolor intentó brotar de mi garganta, pero solo hubo un gemido ronco. Jadeé, cansada por el esfuerzo. Por sobre mi cabeza miré aquel hueco dejado por el derrumbe del techo y que dejaba ver el cielo moribundo, con los rayos claros de la luna que avanzaba en el horizonte. Imaginé que, desde aquel borde ruinoso que enmarcaba una pequeña porción de la bóveda celeste, él me habría arrojado para deshacerse de mí, o tras haberme creído muerta.

Las heridas seguían abiertas, aunque no había sangre que manara de ellas. En verdad, mi cuerpo era un desastre. Me llevé las manos a la garganta y aquello no me pudo sorprender más. En el cuello, atravesándolo casi completamente, estaba el cuchillo con el que el vampiro me había herido. Aquella era la razón por la que mi garganta estaba casi cerrada. Afortunadamente no me había decapitado. Fue un esfuerzo inaudito mover mi mano, pues era como si estuviera hecha de hierro. Cuando al fin logré tener un poco de control sobre ella, aún engarrotada, la dirigí hacia donde creí que estaba el mango de aquel filoso cuchillo y lo rodeé con mis temblorosos dedos. Tardé unos segundos antes de poder cerrarlos y retirar el cuchillo de tajo. El rojizo filo emergió del interior y liberó la carne herida. No vi ni escuché nada más mientras brotaba un ronco grito de mi garganta ardiente.

Dejé escapar el cuchillo. Resbaló por el suelo inclinado y reflejó, por instantes, la luz lunar antes de hundirse en el agua. Quise gritar nuevamente, pero en cambio sentí que me ahogaba. Y, cuando por fin pudo entrar aire a mis pulmones, un súbito ataque de tos me hizo expulsar sangre coagulada. Inmediatamente traté de liberar mis vías respiratorias y escupí.

El dolor de la hoja al salir de mi garganta aún me hacía gemir, y me pareció que el rumor de mi queja tardaba mucho tiempo en desaparecer; como un eco al esparcirse en los recovecos de una cordillera infinita. Recorrió cada roca hasta disiparse en los pacíficos valles de la soledad.

¿Qué error había cometido para ser torturada por un vampiro? No sabía qué pensar. Lo único que tenía claro era la esencia misma de la destrucción corporal de la que era víctima en ese mismo momento.

No pude mover mis manos por un largo rato, pues mis huesos estaban totalmente doloridos. Todavía no comprendo cómo no morí ante la falta de sangre. No sé de dónde pude sacar energía para sobrevivir. En efecto, mis manos me parecían pesadas, como si fueran rocas. A pesar de eso, traté de arrastrar la derecha de nuevo hacia mi cuello. Mis dedos se encontraron con un borde sólido, como de madera, que brotaba de mi pecho. Recorrí la superficie cilíndrica que traspasaba ropa, piel y músculos. Advertí la textura y la forma. Un escalofrío me recorrió el cuerpo al advertir de lo que se trataba: una estaca.

El vampiro tenía un humor negro e insolente; tanto como para haber clavado una estaca cerca de mi corazón. *¡Simplemente infame!* Sin embargo, no perforó nada que no pudiera ser reparado por mis fuerzas sobrenaturales una vez que bebiera sangre... Y ese era uno de mis mayores problemas ahora: obtener sangre.

Tomé el borde con fuerza para desenterrarlo de un tirón. Fue un delirio de tremendo dolor. La punta brotó ensangrentada. Escurrieron gordas gotas rojas, densas como cera. Aliviada, dejé caer la estaca. Se hundió en la superficie ondeante. Dentro del agua, las gotas de sangre se abrieron como el botón de una flor.

Quedé tendida en aquel lugar, agotada, aturdida por el dolor e incapaz de pensar con claridad. Estaba exhausta. Podía sentir la herida de los colmillos del vampiro en mi garganta. La carne estaba rebosante del color púrpura de la sangre coagulada, y no había muchas señales de que mi situación pudiera cambiar, pues no había suficiente líquido vital para reparar mis lesiones.

El continuo gotear de la pared cóncava y húmeda contra el piso inclinado me devolvió a la realidad lentamente. Cada gota marcaba un eterno segundo. Con esfuerzo pude darme vuelta sobre mi costado izquierdo. Así, quedé de frente a donde la gota de agua se precipitaba, repitiendo su caída sin cesar, y cuyo tintineo me parecía de cristal. Incluso el viento lejano, creía, susurraba palabras en algún idioma perdido en el tiempo. Aunque dentro de mi alma había una sensación espantosa que me sugería yacer en ese lugar para siempre, no podía permitirlo; no sin antes haber luchado un poco más.

Jadeé del esfuerzo. Me dejé caer en el agua estancada. Percibí la frialdad que no era ajena a mi cuerpo, pero sí lastimeramente diferente. Moví mis manos en la superficie y sentí con los dedos el fondo escabroso. Me incliné y traté de gatear hacia donde estaba seco, pero mis extremidades no me respondieron de inmediato. Estaban tiesas, como piernas de muñeca de trapo. El dolor me hizo dar un grito sordo que se extendió por el lugar con la intensidad de un susurro.

Pero no pasó mucho tiempo para recobrar poco a poco la movilidad de unos músculos limitados y doloridos. Lentamente, mis piernas empezaron a moverse. Con ambas manos me arrastré y llegué temblorosa hasta una alta columna donde se apoyaba el techo abovedado. Me sujeté y traté de recuperar el aliento.

Estando allí, descansando tras el esfuerzo extraordinario del que había sido capaz bajo esas circunstancias, me percaté de que la herida en mi cuello intentaba regenerarse. Mi naturaleza de vampiro luchaba por reparar mi cuerpo, pero no tenía con qué. Y no iba a haber un cambio notable hasta que consumiera sangre.

Hasta la visión en la oscuridad se me dificultaba. Era como tratar de ver a través de un velo opaco que difuminaba los detalles. Solo podía distinguir el halo de luz lunar que comenzaba a aparecer por encima de mi cabeza. Se filtraba hasta el agua rojiza y dibujaba sus ondas reflejantes en la pared rocosa. Las grietas en el muro eran como telarañas oscuras ante mi vista debilitada, muy aproximada a la de un humano.

Aposté a que estaba sola, pues de lo contrario aquel vampiro me hubiera propuesto la muerte de inmediato; no sin antes continuar con la tortura obligada. Su nombre apareció en mi mente: Patricius. Yo solo sabía que todo esto lo había hecho él para deleite propio.

Un vampiro cazador de vampiros.

Era un miserable y yo ansiaba vengarme en cuanto la ocasión lo permitiera. ¡Qué hermoso sería cobrarle cada sensación de dolor y sugerirle añorar su propia muerte, de igual manera que lo había hecho conmigo! Pero, para vengarme primero tenía que sobrevivir...

El olor de mi propia sangre al interior de aquella especie de calabozo me envició. La sangre diluida en una gran cantidad de agua no me daría beneficio alguno aunque tomara todo un acuífero. No. Necesitaba una fuente pura, que fuese fácil de abordar y que me revitalizara de una forma rápida y eficaz.

Observé y analicé cada centímetro del lugar en busca de una salida. Allí, en un rincón cubierto de herrumbre había una especie de escalinata que ascendía a intervalos irregulares hacia donde, hasta aquel momento, solo me había parecido un techo desbaratado.

Logré ponerme de pie, me sostuve de la columna e intenté seguir la pared mohosa, en la que recargaba a veces parte de mi cuerpo en afán de no perder el equilibrio. Cuando alcancé el primer escalón, mi pie resbaló entre los despojos que la soledad y el abandono del lugar había acumulado con el paso de los años.

Escalé a gatas cada trecho y dejé que mi piel se dañara con lo rasposo de las rocas. Conforme avanzaba hacia el exterior, mi fuerza decaía. Mis sentidos se alentaban, pero el deseo de respirar aire fresco me hacía emerger con más ímpetu. Finalmente, una oleada de aire frío silbó al pasar entre las comisuras del techo, disipándose sobre mi coronilla, rozando mis cabellos mojados y tiesos.

La claridad me hizo entrecerrar los ojos. La capacidad de reacción de mis pupilas no era muy buena y tardé en adaptarme al directo resplandor de la luna. Avancé con la mirada baja hasta que estuve en el exterior. Me arrastré por la orilla hasta asegurarme de no caer de nuevo a la celda subterránea de la que con tanto esfuerzo había conseguido salir.

No pude evitar sorprenderme al encontrarme con el paisaje pantanoso del río, con las luces de la ciudad allá a lo lejos, como luciérnagas fijas en un ambiente húmedo y frío. Estaba agotada. Me recosté en el suelo y tomé aire fresco a grandes bocanadas. En mi espalda y brazos sentí punzadas, como de espinas. Me levanté lo suficiente para que no lograran penetrar dentro de mi piel. Eran varias astillas de madera.

Algunas estaban amontonadas, de manera que un mal ángulo podía convertirlas en un pincho. Al borde de aquel pozo había varios pedazos más grandes. Probablemente, el vampiro había confeccionado la estaca en aquel mismo lugar. Y entre aquellas astillas había algo que me llamó la atención: una especie de pelusa chamuscada que se movía al ritmo de la suave brisa.

Al principio no pude adivinar lo que era, pero el viento, al elevar la pelusa unos instantes, reveló que aquello no era sino cabellos ennegrecidos. Un escalofrío me recorrió el cuerpo entero y me paralicé. Contemplé a mi alrededor y pude ver que había rastros de ceniza aquí y allá. El viento la había dispersado. Noté algunos jirones de tela quemada... Me asaltó el pánico al saber que no había quedado huella de los cuerpos. ¿Qué había hecho con los huesos? ¿Acaso enterrarlos? ¡No me importaba! ¡Solo quería salir de ese infierno sin encontrármelo nuevamente! Había sobrevivido una vez a él, y, seguramente, no superaría una segunda.

Por fin pude apartar mi vista de aquel panorama desolador. Todo en derredor estaba vacío, igual que la noche anterior, antes de encontrar a los dos humanos, antes de encontrarlo a él. *Demasiada calma.* Fui desplazada a lo más primitivo de mi ser, dominada por la ira y el terror en su más mísera forma. Deseé salvarme. Deseé vengarme. Deseé ser peor que él.

Gateé tratando de alejarme, con la consigna de ponerme de pie, pero sin conseguirlo. El pánico me había aturdido bastante. Me arrastré hacia unos matorrales lejos de la orilla del río. Allí había una enorme roca que relucía grisácea bajo la luz lunar. Me recargué en ella e intenté levantarme. Y fue difícil, pero pronto logré sostenerme con mis piernas temblorosas. Sin embargo, al dar el primer paso, trastabillé y caí al suelo. Me llené de tierra manos y mentón.

Con gran esfuerzo me puse de pie nuevamente, y esta vez me di cuenta de que una de mis rodillas estaba rota; probablemente fracturada tras caer de lo alto al interior de aquel pozo. No obstante, no sentía dolor alguno. Mis sentidos se encontraban adormecidos y lo único que no desaparecía era el reciente dolor que me había dejado la salida del cuchillo en la garganta y la estaca en el pecho.

Me recargué en la enorme roca y palpé la región de la rodilla. Por ahora no podía hacer nada más que reacomodar los huesos para poder caminar más rápido. En realidad, ahora que sabía lo que era, deseaba no recuperar la sensación en mis piernas hasta que la lesión fuera reparada.

Avancé y me abrí paso entre matorrales y árboles sin saber dónde estaba exactamente. Por las luces, al menos sabía hacia donde estaba la ciudad, y, según mis cálculos, no pasaría más de media hora hasta descubrir el sendero que llevaba hacia la mansión abandonada.

Pronto descubrí un camino. Varias casas brotaban en las orillas y supe que podría haber alguien allí; algún transeúnte o diligencia. Para mi mala suerte no hubo nadie. Tal vez fue lo mejor. Divisé las luces de los faroles. Iluminaban con delicadeza en la lejanía y confundían aquella masa negra de construcciones con el cielo plagado de lentejuela.

Pasó por lo menos una hora antes de que pudiera descubrir el sendero. Pensé que llegaría más rápido, pero con la rodilla rota caminar era una tortura. De pronto me doblé. Era víctima de un fuerte ataque de tos. Me recargué en uno de los árboles que se erguían allí, al borde del camino y escupí sangre coagulada. Me llevé las manos al pecho herido e intenté contener los espasmos de la caja torácica. Mi estómago se contrajo y tuve náuseas. No pude evitar recordar el desagradable malestar humano. Mis rodillas se flexionaron y caí hincada. Escupí la sangre enfermiza sobre el suelo.

Mi cuerpo se esforzaba por expulsar lo que obstruía mi garganta durante mi acaecimiento en el pozo. Pronto quedé temblorosa, vacía y exhausta. Era buena señal; mi cuerpo se ocupaba de los daños. Respiré a grandes bocanadas, y, con esto, me recuperé ligeramente. Luego, me aclaré la garganta, aunque más tarde volví a escupir coágulos de sangre. Era preciso ayudar a terminar de limpiar el interior de mi cuerpo. Sobre las piedras del camino quedaron las manchas carmesí. Brillaban húmedas bajo la tenue luz de luna que se abría paso entre las ramas de los árboles para arañar el sendero.

En la lejanía me pareció escuchar alguna diligencia que se transportaba por alguna callejuela. Si en la ciudad me vieran en esta condición, sería una sentencia de muerte, tanto para mí como para ellos. Ante su pánico atraerían con sus gritos a más personas, y yo, incapaz de moverme con la agilidad propia de mi naturaleza, podría acabar con uno o dos humanos antes de que la multitud me lograra capturar. Eso creí que podría pasar, y no tenía la mínima intensión de comprobarlo.

Vulnerable, sedienta de sangre, solo añoraba estar en casa. Sí, en aquella mansión abandonada en la que Zgar estaría esperándome con la mirada triste de siempre y acongojado por mi súbita desaparición, pero con esos ojos verdes, brillantes como esmeraldas, que me recibirían sin falta con el amor más puro sin importar la gravedad de la situación.

De pronto, me fallaron las fuerzas. Sentí que el mundo daba vueltas antes de desplomarme sobre el sendero. Mi frente se abrió con el filo de una roca puntiaguda, y, quizá, brotó alguna gota de sangre, porque sentí que la herida se humedecía ligeramente. Me quedé en el suelo un tiempo, con la brisa del viento acariciándome los cabellos, ya casi secos. Mi traje estaba rígido. Sangre y agua se secaban en la tela y la volvían tiesa.

Mi respiración agitada terminó por ceder a un gemido doloroso que anunciaba el esfuerzo con el que yo me había propuesto levantarme. Mi cuerpo tembló, inestable y rígido. Lo único que me recordaba que aún podía seguir viva era el ardor que permanecía en las heridas abiertas.

Sentía con detalle el olor de la tierra cerca de mi nariz. Las piedras estaban frías, y, de vez en cuando, mis cabellos enmarañados se terminaban atorando en las irregularidades escabrosas de su superficie pétrea. Mis manos se arrastraban hacia delante y trataban de tirar de un cuerpo casi sin movimiento, en un afán por volver a ponerme de pie. En alguna de las caídas, una piedra me fracturó el pómulo izquierdo, pero no me dolió. Estaba sedada por la debilidad.

Y algunas veces más volví a sentir las piedras del camino y la tierra contra mi pálido rostro. No recuerdo cuántas veces caí, pues no era muy consciente de lo que sucedía. Era como estar en una pesadilla en la que uno no sabe diferenciar la irrealidad de la realidad.

Cuando me era posible, trataba de anteponer mis manos al golpe contra el suelo, pero mis movimientos eran retardados; como si me moviera en un espacio y tiempo equivocados. ¡Ojalá fuera como perder el conocimiento y no saber si uno ha muerto o no! No era nada parecido, sino una infame pesadilla sin fin.

Me sujeté de uno de los troncos de un árbol al lado del camino y me puse de pie. Los hierbajos arañaron mis ropas y dejaron los rastros de la savia de sus tallos. El olor que vertían en el aire era amargo y fresco. Mis manos, antes teñidas de sangre, yacían cada vez más sucias de la tierra del sendero.

Me quedé allí unos momentos. Cerré los ojos para poder olvidar tan siquiera lo que a mi vista representaba ese misterioso halo de luz que bajaba desde lo alto del cielo y caía con recelo sobre la tierra boscosa; puro, como un manto celestial. Con mis debilitados ojos, de no ser por la magnífica luna, habría sido incapaz de continuar mi camino aquella noche.

El viento gélido golpeó mi rostro y me atrajo de nuevo el olor de todo lo que me rodeaba: el hedor de mi sangre, los árboles, la tierra, las piedras, el viento... Todo confirmaba que estaba sola en aquel sendero que parecía no llevar a ningún lugar. Recuerdo haber pensado que aquella mansión se había esfumado de la faz terrestre junto con el cementerio, como si hubiesen sido solo un espejismo producto de mi fantasía.

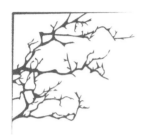

DELIRIO

Me dejé caer entre las raíces del árbol y me recargué sobre la corteza resquebrajada. Me eché a sollozar con una pena infame. Las lágrimas brotaron gigantescas de mis ojos. Se derramaron entre las marcas sangrientas y se deslizaron hasta las comisuras de los labios. Pintaron líneas verticales por las mejillas hasta el mentón y cuello.

Mi barbilla temblaba y un grito sordo salió de mi garganta. Era una tristeza espantosa que me consumía poco a poco... ¿Qué es lo que estaba haciendo allí? ¡No lo sabía! ¡Aquello solo podía ser el infierno! Y podría maldecir todo lo que quisiera; toda la noche si así lo decidía, pero no habría nadie que me pudiera salvar, más que Él: Dios. Pero yo estaba más lejos de Él a cada instante.

Quizá era yo demasiado ingenua para discernir la verdad por mí misma. Criaturas como nosotros no podían ser buenas. Nuestra naturaleza misma nos pedía entregarnos al mal, y yo me aferraba ciegamente a la bondad, como si fuera una condición específica del estado humano; como si esto último fuera lo correcto, lo natural. ¿Pero qué es el mal si no un punto de vista relativo, ajeno a cualquier neutralidad?

La prueba era que me había complacido tomar al hombre que intentaba asesinar a la mujer, tanto como a él le había complacido el sufrimiento de su víctima. Y disfruté torturarlo de igual manera que Patricius lo había hecho conmigo. Nuestra naturaleza era cruel y maniática. ¿Cuál era la diferencia entre el humano, Patricius y yo? Un humano agrediendo a su semejante; ambos vampiros deleitándose con el dolor ajeno...

Recordé las palabras del sacerdote y me parecieron vagas e inconsistentes; lejanas, como si hubieran pasado años desde aquel momento. Ni siquiera sabía si había sido tan solo mi imaginación o si había estado allí. ¿Quién lo sabía en realidad? Tal vez yo estaba más loca de lo que realmente creía estar. Quería saber la verdad y a la vez no... ¿Pero cuál verdad? Sabía que existía alguna, pero no sabía cómo empezar a buscar... O si realmente necesitaba buscarla.

¡Oh, por Dios! Me estaba consumiendo en el fuego que nadie veía, y que solo el dolor externo delataba ahora sobre alma y cuerpo. Me sentía estropeada por los siglos, despreciada por todos y con la pena capital sobre mí. Si mi alma tenía algún destino, ese era el infierno.

No estaba contenta por ello, pero era justo. ¿Qué mejor castigo para un ser infame como yo que ser condenado al infierno? Pero, ¿y Patricius?... ¿Acaso él estaría esperándome allí, entre las llamas? De eso estaba segura. Pero, por ahora, ya tenía suficiente con mi realidad. Sí, me estaba volviendo loca, y el enemigo estaría feliz por eso.

Demente.

Patricius era infame. ¡Era un ser perverso! ¿Qué clase de vampiro podía cometer atrocidades como estas? Quizá había aceptado y abrazado su naturaleza con regocijo, sin negación. De hecho, tal como lo haría yo a partir de ese momento definitivo...

A mí me había tocado vivir tiempos oscuros, pero jamás presencié algo así. Siempre hubo guerra tras guerra; perdedor y ganador; esclavo y amo, pero jamás alguien semejante a mí cuyo único anhelo fuese el sufrimiento, sin obtener algún beneficio directo... No del que yo fuera testigo.

No quería verlo de nuevo. Al menos no hasta que pudiera estar segura de que me devolvería toda la sangre hurtada de mis venas; tan solo un breve placer antes de asegurarle la muerte con la misma frialdad que él mostró conmigo.

Arrebatarle la vida a Patricius con mis propias manos; sí, eso me volvería loca de placer. Escuchar sus huesos crujir bajo mis dedos, contemplar la sangre derramarse de sus venas a mis labios, y sus ojos cristalinos dejar de brillar como si de pronto se marchara a la tierra de los sueños... a un territorio de pesadilla.

«Debo levantarme», me repetí a mí misma, pero mi cuerpo se resistía a escuchar. Mis ojos se posaron en la esfera de plata que se erguía en el cielo y la siguieron en su perezoso andar. Y mi vista se hizo borrosa bajo el velo luminoso de la luna que me dictaba sus poesías medievales, con sus estrellas trovadoras llorando a mi lado, y la oscuridad meciéndome en su regazo, abrigándome, socorriéndome a cambio de que no escapara al coro celestial que conformaba el séquito de la muerte. No me aceptarían sin antes contemplar mi sufrimiento... ¡Deseaban verme consumida en cenizas!

Permanecí en trance mucho tiempo. Pero me sirvió para acumular un poco de fuerza. Cuando por fin la tempestad de pensamientos se disipó, noté que seguía bajo aquel magnífico claro de luna. Distinguí las hojas movedizas en lo alto, sujetas a las ramas de los árboles que brotaban de sus fornidos troncos; unas espesas siluetas que plagaban el paisaje. Las hojas se movieron con la brisa del aire frío; se balanceaban y susurraban como si quisieran atraer las perturbadas almas hacia las entrañas del bosque.

Bajo la piel de mis manos noté la superficie áspera y cuarteada del tronco de un árbol centenario. Cada grumo en la corteza me recordó que hasta los árboles envejecen y mueren... Todo en el mundo estaba condenado al ciclo de la vida y la muerte, menos los vampiros. No envejecíamos, no enfermábamos, no moríamos...

Pero éramos sumisos a nuestros instintos y obsesiones, y eso podía volvernos incluso más frágiles que los mortales. Después de todo, no conocía a muchos vampiros milenarios. Aunque, tras mi breve pero intenso encuentro con Patricius, presentí que su sangre podría ser de muchos milenios... Quizá más de los que pudiese imaginar.

Hasta entonces mi mirada había estado fija en un horizonte muy humano. Había negado mi naturaleza, sin tomar la ventaja que me había sido otorgada el día en que morí. Y tuve la sensación de que habría un millón de cosas extraordinarias ocultas por doquier esperando a que las descubriera. Aún podía dar un paso adelante y continuar, no solo por mí, sino por Zgar.

Me puse de pie con toda la fuerza con que mis piernas me podían sostener, y sentí que me desvanecía. La fuerza que aplicaba en mis extremidades hizo que todo en mí se desgastara. Esta vez, el ardor de la rodilla rota se extendió dentro de los huesos e hizo estragos en mi estabilidad. Mis sentidos ya no estaban tan adormecidos como antes. Si no tomaba sangre pronto, mis sentidos despertarían por completo y el dolor se volvería supremo.

Escuché el canto lúgubre del ave nocturna que daba vueltas sobre las colinas. Pasó cerca de lo que me parecía una lejana mancha blanca. La luz lunar iluminaba un costado de la mansión abandonada; la piedra caliza reflejaba el pálido resplandor. La fachada, rasgada por enormes sombras de su mismo relieve, la sumían en un claroscuro muy peculiar.

Había olvidado lo imponente que esa mansión podía ser bajo el claro de luna. Me conquistó la vista y me advirtió que me encontraba en un territorio plagado de muerte. Las cruces parecían brotar de la tierra conforme me acercaba. Con el paisaje funesto que se develaba ante mí —que confirmaba mi verdadera naturaleza—, deseé algo más que el líquido de la vida humana: la sangre pura de vampiro.

Me percaté de las esencias que mis agudos sentidos me brindaban como un magnífico regalo a mi inmortalidad. Distinguí el aroma de las lejanas flores marchitas, y sentí la fina brisa que mecía las ramas de los árboles mientras eran bañados con el sereno más refrescante del que pudiera haber tenido razón.

No sé cómo pude dar un paso adelante. Y ni siquiera me percaté de cuando aquella enorme masa blanca empezó a dominar el paisaje. Solo sé que miré y ya estaba allí. La funesta fachada se acercaba más y más a mí... Como si yo no me moviera y, en cambio, fuera ella la que se aproximara; como un fantasma que surge de entre las tumbas del cementerio y aguarda el momento apropiado para abordar a su asustadiza víctima.

Ni siquiera recuerdo haber visto algo más que no fuera el sendero. Ya Patricius había desaparecido de mi mente... La luna y la sangre ya se habían marchado de mis sentidos; solo quedábamos la meta y yo.

Perdí la consciencia de la realidad. Era solo un cuerpo que vagaba sin voluntad, con el rumbo que la mente fijó no hacía mucho tiempo. Recordé pocas cosas antes de que pudiera entrar totalmente en aquel territorio de muerte y cruzar el cerco de la mansión.

La superficie de las lápidas, de un blanco inmaculado, solo era interrumpida por enredaderas que se entretejían a la manera de un encaje. Las telarañas en los mausoleos parecían moverse con el viento, y en el aire había un silbido fantasmal que me recordaba que allí el único amo y señor era la soledad absoluta.

Puse una mano contra la puerta de madera claveteada de hierro y la empujé. Los goznes emitieron un chirrido agudo mientras esta cedía paulatinamente. La luz de luna reveló el desolado interior de la mansión y provocó un mural de luces y sombras. Tardé unos segundos en reconocer el espacio y recordar el por qué estaba allí. Mi lógica se volvía un delirio salvaje y sin razón.

Avancé unos pasos al interior. La puerta volvió a cerrarse, como si una mano invisible la hubiera movido. La luz exterior desapareció del suelo en forma de cuarto menguante y el silbido del viento se volvió sordo. Dentro de la monumental construcción todos los sonidos eran opacos; reverberaba hasta el sonido más insignificante. Ese sonido sepulcral me aceleró el corazón. Me recordó a aquel maldito pozo junto al río. La verdad me golpeó con todo el terror del mundo. La furia del viento aquella noche solo podía ser el presagio de mi regreso.

De vez en cuando divisaba la sombra escurridiza de mis cabellos lacios sobre mi hombro, como si se tratara de algo inadvertido y peligroso. Mi débil sombra en el suelo, el brillo de algún punto alcanzado por la luna... Todo me hacía temer que él estuviera allí, anticipándose a mis pasos, invadiendo al que consideraba «mi territorio».

Avancé hacia las escaleras. Mis pasos resonaron en las losas, torpes y sin cuidado alguno. Cuando avancé sobre los escalones me pareció escalar una montaña; aquella era una odisea digna del más apto. Me recargué en la baranda; esperaba que esta llevara la carga que mi alma rechazaba.

Entrecerré los ojos, cansada y fastidiada por aquella pesadilla, pero cuando los abrí, me encontré con mi reflejo en la plata detrás del cristal señorial. Este pendía de la pared junto a la escalera. Mi apariencia cadavérica se reflejó sobre la superficie empolvada y me brindó la más aproximada de las sentencias... ¿Acaso era yo la que estaba allí, reflejándose?

Me quedé petrificada por algunos instantes. Me costó trabajo reconocerme. El líquido rojo se había secado sobre mi piel. Era una marca que había bajado desde mi cabellera negra, luego se había mezclado entre las cejas. Se había extendido sobre las mejillas. Después, se había desvanecido con las lágrimas que habían rodado de mis ojos no hacía mucho tiempo. Marcó mis facciones sucias y tiñó mis labios de escarlata... Me provocó una sed insaciable.

Mis ojos brillaban con esa intensidad que ya había visto tantas veces. Pero ahora parecían tan llenos de luz como la misma luna. Pupilas dilatadas, deprimidas, exhaustas y exigentes... Sedientas. Dentro de mí la ira avanzaba demencial. Me arrebataba cada pista que me pudiera llevar a mi verdadera identidad. Caí presa de la desesperación, y en mí ya no hubo raciocinio. Me volví monstruosa. La locura me hizo arrancar el espejo de aquella pared. Usé casi toda la fuerza de la que era dueña en ese momento. El objeto se elevó por el aire. Zumbó como una lanza para luego caer estrepitosamente contra los escalones. Rebotó. Se despedazó al impactar de lleno en las losas del vestíbulo. Los cristales brincaron en una fina lluvia tintineante. El insignificante marco del espejo fue a caer en un rincón polvoriento.

Dejé marcada una débil huella de sangre sobre la baranda. No vacilé un solo momento. Subí las escaleras con pasos concisos, guiada por el instinto asesino. De una ventana se filtraba el rayo perpendicular que difuminaba las penumbras del pasillo hacia la bóveda. Me quité el abrigo y lo dejé caer al suelo, de donde numerosas partículas se levantaron. Allí quedó la masa de tela fina, con sus pliegues sucios de sangre y tierra. Mi traje aún estaba húmedo y sentí la brisa de aire que entraba por la ventana rota: una corriente fría y amenazante. Con cada paso aquella puerta abovedada se hacía real; lejana a cualquier delirio posible. Entonces, el olor de la vida llegó a mí... *Era exquisito.* Mi cuerpo tembló, ansioso.

La puerta de madera oscura se abrió lentamente al empujarla. La luz lunar proyectó mi sombra en el interior de penumbras. Por la ventana, hilillos de plata traspasaban las rendijas. Pude ver las columnas y el techo de crucería con sus telarañas. Al centro, sobre una plataforma elegante, reposaba el viejo ataúd.

Supe de inmediato lo que estaba haciendo allí, pero no retrocedí. Zgar estaba en peligro, pero no tenía voluntad para salvarlo de mis propias garras. Mi voluntad estaba cegada por las ansias de sangre... *Su sangre.* Y cuando menos lo pensé, ya estaba delante de aquella caja. La abrí de tajo y permití que mis ojos se deleitaran con lo que veían.

El aroma brotó del interior con la pureza de la piel fresca y me incitó a tomarlo. Todo él era majestuoso. Abrió sus ojos, asustado por la intromisión. Su rostro se crispó al verme, sorprendido, como si hubiera visto un muerto levantado de su tumba. Tenía los músculos de la cara tensos y los colmillos sobresalían de sus labios oscuros. No me importó su terror, ni su expresión consternada, ni sus labios dispuestos a gritar en pánico. Estaba segura de que él no comprendía nada... Y yo tampoco.

Él estaba allí, como un ángel que acaba de despertar, con sus ojos hinchados de tanto dormir, verdes y luminosos, propios de un bellísimo vampiro. Su rostro níveo y perfecto. Unas facciones finas, pero varoniles... Me miró intrigado. Exigía alguna explicación que yo, en aquel momento, no podía darle. Me sentí como una bestia demoníaca al profanar una tumba santa. Merecía algo peor que el infierno, pero no podía retroceder. Él era un manjar, y yo estaba invitada a la cena de esa noche.

Llevó su mano hasta el borde del ataúd. Entonces, se irguió y quedó tan solo unos centímetros por debajo de mi mentón. Contemplé la blancura de sus caninos. Sobresalían de aquellos labios entreabiertos y sensuales que me sugerían un beso mortal. Me di cuenta de lo vivas que lucían en su piel esas mejillas sonrosadas, coloreadas por la sangre que había bebido no hacía mucho tiempo y que le proporcionaba el rubor propio de un niño pequeño.

Lo miré largo tiempo, obsesionada con su belleza. Él se quedó paralizado y no hizo nada. Yo tampoco. Había un silencio espectral que me sacaba de quicio y me llevaba al extremo de mi soberbia. Hice de aquel momento una eternidad.

Parpadeó lentamente, sin dejar de mirarme. Me observaba con sus encandiladas pupilas. Un pozo de negrura. Elevaba una y otra vez el abanico de pestañas que le adornaba. Era como un modelo perfecto, lejano a la decadencia humana. No, definitivamente no podía ser humano. Sus cabellos, limpios y sedosos, lucían desordenados sobre la coronilla, pero en exquisita apariencia ante mis ojos. Su piel, blanca como la nieve, era tersa, pura, y hermosa. No había alguna marca en él que pudiera estropear su belleza sublime. Definitivamente era la belleza de un vampiro.

Quiso musitar alguna palabra, pero sabía que yo no le respondería ni le entendería. Era obvio que yo estaba en el trance que la sed de sangre provoca. Me incliné sobre él y puse la palma de mi mano sobre su pecho. Lo empujé para que se recostara nuevamente. Él cedió sin protesta alguna. Volvió sumiso al interior del ataúd. Dejó que su cabeza se arrinconara en una esquina mientras abría sus labios y dejaba relucir sus caninos.

Di un paso dentro del ataúd. Mi cuerpo sobre el suyo. Temblaba. Su respiración aumentó, al contrario de la mía, que disminuía en preámbulo del festín. Los corazones de ambos, de un ritmo tan diferente, se acompañaban con parsimonia. Un instinto de defensa lo hizo querer apartarse, pero era demasiado tarde.

Sentí su respiración cerca de mí. Inhalaba y exhalaba con la frescura que solo un ser como nosotros posee. Su pecho se hinchaba y deshinchaba y yo me sumía en ansiedad y deseo. Era sublime y espantoso a la vez, pero no había nadie que me pudiera detener. Éramos solo nosotros dos.

Parecía realmente un ángel. No sé cómo me atreví a hacerlo. Tenía tantas ansias de él... y no se defendió. En realidad él lo deseaba más que yo. El amor puede ser una condena peligrosa, letal. Solo sé que un instante él estaba allí, tan vivo, frágil y hermoso; y al otro instante, él había desaparecido de mi mente.

Lo único que deseaba era sangre; infinita sangre. Lo hice caer víctima de la expectación. Mis colmillos se cerraron desquiciados sobre la gran vena y la sangre brotó. Salpicó mis mejillas y su misma piel; alcanzó sus propios labios.

Él se contagió de aquella sed al instante. Sintió el aroma y la esencia, pues ahora tenía el sabor en su boca, y, después de lamber el borde de sus labios con la punta de la lengua, cerró sus ojos, enviciándose de pasión. Entonces, él me abrazó con fuerza, como si quisiera fundirme contra su pecho.

Fui consciente del sabor de su sangre fresca en mis labios. Se derramó por mi mentón, sobre su pecho. Se deslizó sobre la tela de su traje negro para finalmente alcanzar la superficie de la antiquísima madera oscura que componía aquella caja mortuoria.

Mis labios se movieron convulsos sobre su cuello. Le desgarré la piel una y otra vez sin piedad alguna. Escuché cómo su garganta se ensanchaba en un grito ahogado cada vez que yo succionaba de él y trataba de agrandar la herida hasta sentirme capaz de verter toda su sangre en mis labios.

Tan pronto como su sangre se volvía mía, mi cuerpo se llenaba de una nueva fuerza que crecía y se esparcía sobre las heridas hasta cegar los cortes sobre piel y tejido. Se regeneraban lenta pero significativamente.

Por un instante, sus manos lucharon en mi contra para después volverse hacia la madera y golpear la superficie lustrosa. Su intención nunca fue apartarme. Su boca estaba abierta, y pude ver por el rabillo del ojo sus colmillos brillando a un lado de mi frente. Sus labios, tensos y temblorosos, estaban ansiosos por gritarme injurias, pero era yo quien poseía su corazón. Hubiese deseado detenerme, pero su devoción lo volvía sumiso.

Poco a poco, su respiración agitada se fue tranquilizando y yo comencé a sentirme satisfecha. Pronto, él quedó quieto, exánime. Sus labios yacían entreabiertos cuando yo abandoné su cuello y levanté mi rostro por encima de él; sus ojos se ocultaban tras el velo de unos párpados amoratados.

Me percaté de que mis uñas filosas se habían clavado dentro de su carne a gran profundidad. Aterrorizada, lo solté de inmediato. Mi cabeza se despejaba poco a poco, y pasaba del estado eufórico a la realidad. Sin embargo, no estaba lista para enfrentar lo que podía haber hecho. Las consecuencias de mis actos podían ser atroces. Quise retroceder el tiempo, pero era imposible.

Sentí pánico al verlo tan calmado. Afortunadamente seguía escuchando su corazón latir dentro de su pecho, acompañando el ritmo del mío. Al parecer no había tomado demasiada sangre, aunque la forma tan despiadada en que lo hice, ahora que yo ya estaba más consciente, me pareció brutal.

Abrió los ojos lentamente. Se enfrentó con escasas fuerzas a las pupilas de mar que veía frente a él. Me miró con detenimiento. Me traspasó el alma con sus pálidos ojos verdosos. Respiró hondo y yo me alegré al verle vivo y despierto. Pasó su brazo alrededor de mi espalda; un abrazo frío que delató nuestra tristeza. Luego, me obligó a sumir nuevamente mi rostro en su cuello ensangrentado; quería que bebiera un poco más.

No dijo palabra alguna, pero intuía que estaba desangrada y necesitaba recuperarme. Acepté sin más detenimiento y empecé a beber al tiempo que mis ojos se colmaban de lágrimas cristalinas.

Sangre y agua salada se mezclaron en su cuello. Intenté levantarme, pero al sentir que yo caía presa de la angustia, me abrazó más fuerte. Me arrulló con palabras aterciopeladas, y me perdonó mucho antes de que yo pudiera pedírselo. Él me amaba realmente y yo le correspondía.

Recosté mi cabeza en su fornido pecho y él me apretó con sus brazos de acero. Soportó largo rato mis sollozos y dejó que mi aliento le escupiera la frialdad y el hedor de su propia sangre sobre pecho y cuello.

¡Era tan perfecto! Rígido y fuerte como una fría estatua de mármol, pero cálido y tierno como un ángel. Él me demostró que su paciencia era apta para soportarme. Por un momento olvidé a Patricius, al sacerdote, a Kov... todo mi pasado. Estábamos él y yo, solos, como un par de rosas marchitas en el matorral de espinas; heridos y despedazados por el frío invernal.

Mis lágrimas habían mojado su traje y la madera del ataúd. Yo misma me hubiera quitado la vida antes de hacerle daño, pero ya era tarde... Me tranquilizó y adormeció escuchar su respiración tan calmada y sobria, como si nada hubiese pasado, como si ambos hubiéramos dormido todo el día y ahora despertáramos de un sueño reparador. En aquel instante no había pasado ni futuro: solo un presente perfecto e idílico. No necesitábamos nada más que a nosotros mismos. Nos teníamos el uno al otro, *para siempre.*

De pronto, el lentísimo y lejano chirrido de los goznes de la puerta del cerco llegó hasta mis oídos. Me advirtió que nuestra soledad había sido quebrantada por alguien más. Me puse tensa y él se dio cuenta, pero no puso atención a lo que mis oídos identificaban como una clara sentencia de muerte.

Evidentemente culpaba al viento, que en ocasiones era violento y agitaba la cerca. También provocaba que, a veces, puertas y ventanas se balancearan pesadamente en sus bisagras antiquísimas. Pero yo sabía que no era así; *no en esa ocasión.*

El agudo chirrido se desvaneció con lentitud, como un eco fantasmal. Se me erizaron los cabellos. Mis músculos se quedaron tiesos. En mi mente se volvían a repetir los recuerdos más terribles. Separé mi cabeza de su pecho y me levanté con calma. Tuve la sensación de que mi mentón temblaba sin control y que mis ojos se movían por toda la habitación, como si en cualquier momento esperara encontrar al mismísimo Ángel de la Muerte.

Zgar me miró curioso, incauto, inocente. Quise musitar a su oído alguna palabra que le advirtiera sobre lo que él también debía temer, pero estaba muda de terror.

TERROR

Solo hubo silencio y nada más.

Zgar me miraba intensamente. Trataba de descifrar lo que alcanzaba a ver de mi rostro convulso atento a la puerta de la bóveda. Comenzó a sospechar algo. Quizá lo relacionó con ese abrupto ataque tras el que yo le había arrebatado su sangre.

Puso su mano sobre mi brazo y me incitó a que por favor le dijera algo, pero ni siquiera intenté moverme. Él no habló. Guardó silencio y aceptó el terror que había en mis ojos de una forma natural y analítica.

Mi respiración era enfermiza. No puedo siquiera recordar si mi corazón se detuvo, o si lo podría haber escuchado latir imperioso debajo de mi carne, como un tambor de guerra. Tendría que recordarlo, pero no fue así, pues había más detalles que robaban toda mi atención.

Mi mente colapsaba. Enloquecí interiormente y caí en las sombras de lo infame. Me condené a mis temores, pero esta vez supe que debía afrontarlos, sin miramientos. Me erguí con movimientos felinos por encima del ataúd y contemplé el rostro de Zgar, siempre cuidadosa de no hacer el mínimo ruido.

No intentó decir nada. Me soltó y dejó que yo me apartara de su lado, así, ensangrentada y sucia, como había llegado. Me di la vuelta. Mis pasos sobre las losas sonaron ásperos, pero discretos, casi inaudibles. Volteé hacia él y lo vi tendido, ajeno a la tempestad que estaba a punto de azotarnos. Me miró y me suplicó que volviera con él, que me tranquilizara.

No me dieron lástima sus ojos verdosos al implorarme, sino más bien me dolió el saber que lo había puesto en peligro. Rodeé el ataúd y tomé el borde de la tapa en un intento por cerrarlo herméticamente. Sorprendido, antepuso sus manos y rompió el silencio. Me reprendió:

—¿Qué diablos haces, Yelena?

Vi la desesperación en sus ojos desorbitados.

—Cállate y escucha, pero no salgas —le ordené antes de colocar la tapa.

Su rostro se sumió en las sombras del interior. Permaneció quieto, obediente a mi sentencia. Me alejé y no volteé de nuevo hacia la caja. Estaba segura de que algo sucedería, aunque no sabía qué. Intentar ocultarlo del peligro inminente era una prioridad.

Mis venas se habían revitalizado con la poca o mucha sangre que había tomado de Zgar. Sangre de vampiro; mucho más poderosa que la de diez humanos juntos. Tendría suficiente energía en mi cuerpo para hacer de aquel encuentro una disputa digna. Quería que aquel vampiro asesino apareciera y me destruyera en ese mismo momento, como debió hacerlo la noche anterior. Pero no debía descubrir a Zgar, y estaba dispuesta a sacrificarme mil veces si era necesario.

Mis pasos, apenas audibles, me llevaron hasta la puerta abovedada. El terror viajaba ponzoñoso por mis venas, drogándome. Los latidos de mi corazón eran intensos, pero firmes. Observé, sigilosa, las escalinatas en penumbras. La luz lunar pegaba en el borde grisáceo de los escalones.

Todo estaba quieto como siempre. Nada había cambiado. Era como ver un cementerio: quieto, pero hostil. Allí solo había cosas abandonadas, devoradas por el paso del tiempo. Quietud. Respiré hondo y escudriñé lo que ante mis ojos se presentaba como una minuciosa mezcla de luz y sombra.

Pero en esa calma inaudita que precede a la tormenta, sentí *su* olor; un aroma tan delicado y particular que solo yo, que lo conocía, podía distinguir. Era como el perfume de una piel deliciosamente marcada con la muerte. Un olor sobrio y poco casual. No lo dudé: él estaba allí.

Terror. Un profundo terror que jamás podré olvidar. Me quedé quieta, muy quieta, y pegué la espalda a la pared, que crecía cóncava hacia el techo y propagaba la forma abovedada de la puerta. Con mis manos frías palpé la superficie rocosa e intenté asirme con fervor, como si aquella fuera un bote de salvación, aunque, en efecto, estaba muy lejos de salvaguardarme.

Dirigí de nuevo una mirada hacia donde estaba el ataúd, quieto y silencioso, tal y como deseaba que siguiera. Me sentí mejor al saber que al menos Zgar estaba bien por ahora. *Sí, por ahora.* Mientras tanto, Patricius ya sabía que yo estaba aquí, y yo sabía que él estaba allí...

No había mucho por hacer que no fuera más complicado que la misma geometría del techo de crucería que se alzaba sobre el salón principal. ¡Cómo hubiese deseado despertar ilesa de aquel mal sueño! Pero todo aquello era demasiado real; peligrosamente real.

Un viento ligero se filtró por uno de los ventanales rotos. Me acarició los cabellos y mi piel se cimbró con un escalofrío. La puerta de entrada se cerró con una lentitud inaudita. Se deslizó sobre sus goznes. Crujió discretamente. Un movimiento perfecto; de alguien que no desea delatar su presencia por completo.

Alcancé a ver por el resquicio de las escaleras la débil luminiscencia que entraba por la puerta. Era apenas una línea tibia. Un rayón de luz que se interrumpía sin forma para dar paso a algo... *o a alguien.*

Escupí mi aliento frío a través de mis labios entreabiertos. Una exhalación violenta que intentó aliviar la angustia dentro de mi pecho. Creí escuchar con detalle cómo daba el primer paso dentro del vestíbulo. El polvo crujió bajo unas suelas húmedas del sereno del exterior. Avanzó lento, muy lento. Caminó soberbio y elegante. Se desplazó como si reclamara aquel territorio para sí.

Estuve cerca de gritar cuando lo escuché pisar uno de los cristales del espejo roto. Se hizo añicos bajo su suela. Astillas trituradas, como diamantes minúsculos y relucientes bajo el reflejo lunar.

Me forcé a permanecer con toda la atención puesta hacia el enemigo antes de que no hubiera nada más qué hacer. Quise analizar el sonido de cada uno de sus movimientos y anticiparme a sus acciones. No obstante, decidí avanzar al poco tiempo. Allí, junto a la puerta abovedada, sumida en la oscuridad e invisible a ojos incautos, yacía mi espada con su funda negra y lustrosa.

Apenas me moví para tomarla. Desenvainarla fue difícil, pues requería de mucha precisión para evitar que el roce de la funda con la hoja produjera algún sonido. Fueron instantes eternos; segundos que me parecieron horas. Y yo no disponía de tiempo.

Maldije en mi interior no tener un mejor plan. Mi destreza con la espada era magnífica. Sin embargo, para ser honesta, no era suficiente para enfrentarme con un vampiro milenario. Pero confiaba en que al menos le daría la diversión que había venido a buscar, y, asegurar así, por mi cuenta, que Zgar sobreviviera.

Salí de las sombras hacia el pasillo, pero no sin antes cerrar lentamente la puerta para dejar en el olvido aquel ataúd en medio de la bóveda. Los goznes de aquella puerta cedieron calmados y poco obstinados. Fue como columpiarlos por encima de la seda. No hubo problema, y apostaría a que él no lo escuchó.

Me oculté detrás de una columna y me salvaguardé del haz de luz que entraba por el ventanal, y que ahora caía en cascada por la escalinata. Expuse la punta de la espada hacia el frente, como si retara a un rival invisible. La plata reflejó, por fragmentos de segundos, la esfera lunar a través del ventanal.

Silencio.

Todo era calma absoluta, y allí, en el vestíbulo, me pareció que todo estaba muy quieto. Esperé y esperé, pero no ocurrió nada. La hoja de mi espada empezó a temblar debido a mi nerviosismo. Miré a mi alrededor. El pasillo, las escaleras... «Quizá se ha adelantado», pensé. Pero en el suelo empolvado no había huellas recientes que no fueran las mías. No había cosa que no fuera por mi presencia o la de Zgar. Si él no había sido un juego de mi mente, debía estar en la planta baja, y yo debía enfrentarlo.

Avancé hacia la escalera. Me asomé y aceché como un felino detrás de la magnífica baranda. La luz lunar me pegaba a un costado y tuve la sensación de que mi blanca piel reflejaba más de lo que era prudente. Es verdad, realmente no importaba mucho, siendo que él sabía que yo estaba allí, débil y asustada.

Contemplé el vacío. El corazón me latía en la garganta y me ensordecía. Seguí observando. Esperaba verlo surgir como una sombra espectral. Un viento suave traspasó uno de los ventanales rotos y recorrió el lugar. De pronto, la puerta de entrada se cerró y rebotó en el marco de madera. Mi cuerpo se sacudió con el estruendo.

Miré perpleja. Intentaba descifrar algo en los densos rincones de oscuridad. Deseé escuchar algo más que lo delatara y me pusiera un paso adelante, pero no hubo nada. Ningún sonido. Ningún movimiento. Entonces bajé el primer escalón. En mi mano derecha llevaba la espada. Me sentí reconfortada por la fría superficie de la plata, pues contaba con poder usarla a mi favor.

Realmente creí que no llegaría viva hasta el último escalón, pero así fue. Descendí con lentitud. Mantuve atención absoluta a todo cuanto me rodeaba. Vigilé las sombras, sospechando de cada rincón, creyendo que cada partícula de polvo se volvería en mi contra. Descendí con paciencia, con mis ojos brincando de un lugar a otro, esperando a que el enemigo brotara de la nada. Columnas, paredes; todo estaba tranquilo, imperturbable.

Al llegar al vestíbulo, el aire volvió a filtrarse por el ventanal, pero más suave. Sentí que se agitaba mi traje por la espalda. Me di la vuelta presurosa. Esperaba ver a alguien detrás de mí, pero, en cambio, me encontré con el resplandor del exterior.

Me llegó a los oídos el rumor de la hoja de plata temblando en mis manos. Volví mi vista hacia la puerta. De hecho, no estaba cerrada herméticamente... Sí, justo como lo había imaginado: había quedado apenas adherida a la madera del marco, lista para ser azotada por una corriente de aire que tuviera la fuerza suficiente y la dirección correcta para moverla.

Me acerqué. Esperaba que se volviera a abrir y me presentara al enemigo en una entrada triunfal y grotesca. Lo imaginé en el exterior, como un actor ensayando unos minutos antes de entrar a escena.

Mi ritmo cardiaco se aceleró. Mi aliento brotaba de entre mis labios en un soplido continuo. Sujeté bien la espada e hice frente a alguien invisible mientras espiaba por el resquicio vacío de la puerta. Tenía el grosor de una hoja de papel, pero debido a la luminiscencia, se podía adivinar una porción significativa del exterior. En aquel instante, una ráfaga de aire hizo temblar la puerta e incluso la movió unos milímetros; lo suficiente para poder ver parte del camino, y, a lo lejos, algunas de las altas cruces del cementerio.

El resquicio de la puerta se cerró lentamente, como atraída por una mano gigantesca. De hecho, los goznes crujieron un poco con ese movimiento. El aire silbó funesto y se filtró por los orificios. Mis cabellos ondearon ligeramente, y tuve la sensación de que todo aquello era obra del viento travieso que se manifestaba esa noche con especial regocijo. Pero una parte de mí estaba segura de haber sentido su presencia. No podía haber sido obra de mi imaginación enfermiza... ¿o sí?

Fruncí el ceño y bajé la guardia. De pronto, algo cruzó veloz a unos centímetros de la puerta e interrumpió la luz a través de la rendija. Me paralicé, como alcanzada por una flecha. Me quedé helada, con los músculos tensos y mi mano aferrada a la empuñadura de la espada. Levanté cuidadosamente mi mano izquierda hacia la cerradura, así la puerta y la jalé. Entonces descubrí el mundo luminoso que se hallaba en el exterior, que, como una bocanada de aire fresco, entró al vestíbulo e invadió los rincones. Los goznes de la puerta chirriaron por milésimas de segundo. El sonido se mezcló con el graznido de un pajarraco que, asustado, levantó en vuelo de la rama de un árbol que yacía junto a la fachada. Vi las alas agitándose, elevándose en el cielo opaco, para luego desaparecer en las alturas.

—Condenados cuervos... —exclamé con el alma hecha pedazos.

Contemplé el paisaje: el cementerio solemne y solitario, el sendero desierto, los árboles que se mecían con suavidad bajo la brisa nocturna... Retrocedí y bajé la espada. Me sentí un poco más ligera al contemplar la quietud del lugar. En ese instante, una ráfaga de aire me arrebató la puerta y la azotó sobre su marco en un magnífico estruendo que hizo vibrar toda la mansión. El sonido reverberó en el vestíbulo por mucho tiempo antes de que yo pudiera retroceder por completo. Era el viento el único intruso y fuente de mi terror. *¡Vaya jugarreta la de esa noche!*

Me incliné ligeramente hacia la cerradura para asegurarla y terminar con aquella sinfonía fantasmagórica. El sonido áspero recorrió toda la casa como si se tratara de una campanada en lo alto de la torre eclesiástica. Habría reído de no ser porque aún no se me pasaba el susto.

Y sentí que algo extraño sobrevenía. Mis cabellos se agitaron. Una brisa gélida, como un aliento frío en el cuello, y luego esa sensación de no estar del todo sola. Movimientos veloces que se fueron a colocar detrás de mí sin que mi agilidad de vampira pudieran advertirlos.

Mis ojos brillaban con toda su fuerza. Incluso pude sentir cómo mis pupilas se dilataban en un esfuerzo por absorber la mayor cantidad de luz disponible. Entonces, algo me impactó con una fuerza sublime y me proyectó de frente contra la madera negra de la puerta. Me golpeé la nariz y la boca contra la superficie y lancé un grito de dolor que sucumbió en un agudo gemido.

La sangre manaba copiosa del interior de mis fosas nasales y descendía hasta el borde de mis labios. Contra mí, aplastándome, aprisionándome a la puerta, había un peso enorme: un brazo de hierro cuyo propósito podría haber sido hacerme atravesar la madera.

Sujeté la espada con fuerza e intenté enterrar la hoja en alguna de las extremidades del agresor, pero me esquivó sin miramientos. Lucía sus reflejos sobrehumanos con especial regocijo. Casi inmediatamente me tomó del traje para luego arrojarme contra los muros. Reboté como una muñeca de trapo sin voluntad alguna.

La espada cayó en alguna parte del vestíbulo. Escuché el sonido metálico del rebote, que reverberó hasta fundirse con el silbido del viento. Antes de que mi cuerpo cayera sobre las losas, su mano me detuvo en el aire solo para volver a aplastarme y arrastrarme contra la superficie porosa y áspera. Mi piel se rasgó, pero sanó rápidamente cuando él se detuvo. Quise gritar, pero mis labios estaban contra la roca. Sentí el dolor de su peso de hierro contra mis huesos.

De pronto, dejó de hacer fuerza y me dejó caer. Mis manos se anticiparon a mi caída, pero no pude evitar que mi cabeza rebotara en el acto como una manzana que cae del árbol que la rechaza. Alcé la vista con rapidez, pues intentaba prever su próximo movimiento. Mis cabellos me caían sobre el rostro y miré a través de ellos sin lograr encontrarlo. La desesperación de no verlo me hizo enloquecer de forma espantosa. Mis ojos iban de un lugar a otro, pero no había nada, fuera al lugar que fuera.

Hubo un paciente resoplido, como de quien espera un veredicto que ya conoce.

—Yelena... Yelena... Hermosa Yelena... —tarareó con voz seductora, aterciopelada.

Su canto me atrajo. Despertó sensaciones que no pude advertir al principio. Me sentí embriagada por su tono de voz, claro y musical. Hizo que se fuera todo el odio hacia él y viniera toda mi fascinación; una atracción que tuve hacia él desde un principio, pero que me negaba a admitir.

Hasta ahora no podía identificar en dónde estaba, pero, sin duda, aguardaba pacientemente a que lo descubriera. Esta vez no había necesidad de presentaciones. Yo ya sabía quién era él, y él quién era yo... Jamás podría olvidar su voz ni lo que me había hecho.

—Eres fuerte... y hermosa. Una vampira magnífica —susurró con una ternura casi falsa—. Mereces mi amor —me confesó esta vez al tiempo que arrojaba algo hacia a mí que delató de dónde provenía su deliciosa voz.

Entonces pude verlo, o, al menos, su silueta. Las sombras me permitieron contemplar parte de su blanco perfil y la luz perpetua de sus ojos grises, pero nada más. Allí estaba, a mitad de las escaleras, con una mano en el mentón y otra sobre la baranda, como si modelara para algún pintor de la época.

No entendí cómo había llegado hasta allí. Ni siquiera escuché sus pasos al subir. ¡No podía creer lo rápido y fuerte que era! Podía manejar su naturaleza a conveniencia. Podía ser pesado, como cuando me aprisionó contra la pared, o, podía adoptar la inmaterialidad de un fantasma, ligero y silencioso, como ahora.

—¿No la aceptarás? La he traído para ti. No quisiera que me desprecies. No es tan hermosa como tú... pero sabrás comprender que no hay nada similar a ti. Es lo más aproximado que encontré —se interrumpió a sí mismo una y otra vez, como queriendo decir muchas cosas al mismo tiempo; derrapando en una idea y otra sin orden alguno—. Me parece que el rojo nos va bien, Yelena... Pero el rojo de tus labios no describe ni el más bello de sus pétalos. ¡Mi hermosa, Yelena! Me podría llenar de tus labios con tan solo besarlos... una vez más —afirmó mientras señalaba con un ademán elegante aquello que había lanzado a mis pies y que yo ni siquiera había intentado mirar. Aquellas palabras me hicieron sentir sucia. A pesar de que besar a un ser tan bello no debía tratarse de una experiencia desagradable, sino, por el contrario, bastante excitante, él era el cruel enemigo y fuente de mi sufrimiento. Además, Zgar, sin duda, no se merecía algo así. Él era el único que podía disponer de mis besos, y el imaginar la posibilidad aumentó mi odio.

Mi cuerpo se sacudió. En ese momento recordé aquel infortunado beso. ¡Realmente había sucedido! Me avergoncé conmigo misma. Patricius no era más que un infame vampiro egocéntrico que abusaba de la fuerza que el tiempo le había obsequiado. La fascinación que había tenido por él se convirtió en un odio intenso. Lo notó, y, aun así, las facciones de su rostro no cambiaron. Su mirada era una mezcla de excitación y tristeza.

A partir de ahora, cualquier cosa que dijera, yo no quería escucharla. Quería matarlo, masacrarlo... Pero mi coraje desapareció sutilmente conforme observaba esos hermosos ojos grises. Algo tenía él que me hacía rendirme demasiado pronto.

—¿No te ha gustado? ¿No dirás nada? —pareció burlarse. Hizo ademanes carnavalescos, pero elegantes—. Espero no haberte decepcionado. Mereces algo mejor, pero no sé nada sobre estas cosas...

Estaba allí sentado, y yo parecía complacer sus sentidos, pues de no haber sido así, ya hubiera ingeniado alguna forma más severa para divertirse. No supe qué responder. No comprendía el porqué de su actitud. ¿Por qué lastimarme si venía a darme un presente? ¿Acaso era un truco o un juego antesala de alguna tortura macabra?

—¡¡Mírala y dime si te gusta!! —me gritó de forma tiránica esta vez. Su voz me pareció del tono con que el músico interpreta el clavicordio, y aun así no desapareció la extraña paz que sentía con su presencia; que a menudo era así hasta que decidía desangrarme hasta la última gota.

Se inclinó desde el escalón hacia mí, como si quisiera ver mi expresión más a detalle. Las venas en su rostro se aseveraron y perdió la compostura. La furia hacía hervir su sangre a una velocidad inaudita, muy propia de su temperamento. Parecía como si él fuera el público del coliseo, y yo, algún gladiador improvisado a punto de combatir contra el león que el emperador ha mandado a traer para la función. Me sentí peor de lo que ya me sentía. Era tan solo un bufón para la diversión de un vampiro aburrido de su propia existencia.

Algo debió ser divertido, porque comenzó a reír. Al principio muy suave y, luego, casi a carcajadas. Risas convulsas, pero dotadas de la más profunda melancolía. Algo muy complicado de entender, y, aún más, de explicar. Era como si él fuera producto de dos mezclas completamente contrarias. Como la lava cuando entra en el mar; como el hielo que se derrite a una velocidad impresionante en el centro de una hoguera. Emociones encontradas.

—¿Te gusta? —insistió, pero con una voz desesperantemente dulce, como si la impostara a propósito al dirigirse a una niña pequeña.

No pude negarme por más tiempo, y, aturdida por la intensidad con la que el vampiro me gritó, miré hacia el suelo. Ante mi vista estaba aquella rosa que parecía del rojo puro de la sangre. Él tenía razón en haber insistido en que la mirara; era realmente bella. Admiré aquella flor en cuanto la vi.

En verdad no recordaba haber visto una rosa tan sublime. Los pliegues de los pétalos se arremolinaban hacia un centro retorcido que se teñía en diferentes tonalidades, desde el rojo más intenso hasta el negro más oscuro, según la escasa luz de luna los iluminara. En el tallo, el verde era fuerte, y sus largas y puntiagudas espinas, rojizas. Las hojas, con sus profusas venillas, intactas y lisas.

Aquel presente tenía más significado de lo que me pareció en un principio. Entonces, volví la mirada hacia él y le reclamé, de cierta manera, el tono que había usado. Él no pareció captarlo con aprecio y se irguió, con soberbia. Enderezó la columna. Su mirada se volvió despectiva.

SENTENCIA

¿Qué lleva a un vampiro despiadado como Patricius a obsequiar una flor?

—¿Por qué me has traído una rosa? —pregunté en voz baja, como si quisiera cuestionarme más a mí que a él.

La luz lunar le pegaba en la mejilla izquierda y revelaba parte de sus voluptuosos labios. Estos se abrieron lentamente y una delgada arruga apareció en las comisuras. Sus colmillos brotaron como agujas de marfil. *Una sonrisa siniestra.* Cruzó los brazos frente al pecho, como si aguardara algo más. Quizá, en su retorcida fantasía, esperaba que yo corriera hacia él y lo abrazara, encantada por el magnífico detalle.

La sonrisa en su rostro desapareció y sus ojos brillaron con una intensidad más apropiada a su siniestra naturaleza. No quería ser yo quien rompiera el silencio, pero de cierta manera estaba condenada a hacerlo. Erguí mi espalda y me puse de pie con lentitud. Me recogí los cabellos detrás de la oreja y me puse de espalda a la pared, como si esperara que esta fuera mi fortaleza.

—¿Por qué? —pregunté con exigencia, con ganas de que no me respondiera, pero con la esperanza de que existiera una respuesta que no me afectase.

Él dio un paso. Descendió un escalón y yo temblé ante su movimiento, pues temí que arremetiera de nuevo contra mí a una velocidad que no me permitiera anticiparle. Contempló mi nerviosismo y se rio deliberadamente, con una risa musical, sensual y masculina.

—¿De qué te ríes? ¿Acaso...? —empecé a preguntar, pero él me interrumpió. Puso un dedo sobre sus labios e hizo que yo guardara silencio al instante.

—Yelena... Yelena... —volvió a canturrear, pero esta vez de forma encantadora, quizá, amigable—. Te hice sufrir mucho.

Aquello, más que una confesión, denotaba orgullo propio.

—Sobreviviste —se limitó a decir al tiempo que acariciaba sus dientes con la punta de la lengua, incitando a una pasión lasciva que me hizo desear matarlo. Yo estaba hecha una furia. Quería irme en contra de él, pero sabía las consecuencias si lo hacía.

—Me desangraste, maldito —le dije, apenas audible, pero con el más infame de los tonos.

Él sonrió al escuchar mis palabras y avanzó otro escalón. Esta vez, se anticipó con regocijo a cualquier movimiento que yo hiciera para retroceder. Pero no me moví. Lo contemplé mientras descendía uno y otro escalón, con el cambiante juego de luz y sombras que alteraba su rostro y ropas conforme se movía.

Durante su vida como mortal debió haber sido un hombre muy apuesto. Ahora, como cualquier vampiro, sus dotes se habían magnificado. Era un ser tan bello que podía haber representado al modelo perfecto de la creación humana. Sus mejillas estaban sonrosadas; nutridas por la última sangre que había bebido. El cuello estaba cuidadosamente revestido por la tela negra de su traje mientras el abrigo corría por el talle y terminaba cortante unos milímetros antes de tocar el piso. Todo lo que llevaba puesto era negro, lo cual le hacía resaltar aún más su piel de nácar.

Lo contemplé atenta, sin poder dejar de admirarlo, y él parecía complacido con esto último, así que no perdía ocasión para lucirse ante mí. De pronto, se detuvo y sonrió con delicadeza. Su recta nariz olfateó con discreción en el aire; como los pincelazos del artista al teñir un lienzo fino.

—No vives sola. Hay alguien más —pronunció algo desanimado—. Tranquila. No te preguntaré sobre ello ahora. Ya habrá tiempo —admitió esta vez con demasiada calma. Mi corazón dio un vuelco. Zgar estaba en peligro inminente. Patricius sabía que él estaba allí. Y, había algo más... «Ya habrá tiempo»; ¿a qué se refería con eso?

—No, no tengo nada que decir —espeté, pero mis palabras venían marcadas por el miedo a través de mi aliento tembloroso. Él me miró cautivado por esa respuesta infantil y dejó de avanzar. Se quedó a un paso de tocar las losas del vestíbulo—. Quiero que te vayas... O que me mates, pero sea lo que sea que decidas hacer, hazlo ahora. No me tortures más.

—¿Que te mate? —se preguntó algo sorprendido por mi súplica. Giró los ojos, como si mis palabras arruinaran sus planes—. No, no he venido a eso... Aunque sí me gustaría, obviamente. Y me es bastante difícil rechazar una invitación semejante —terminó hablando rápido y con la mirada nublada por la fantasía del posible asesinato.

—¿Entonces, a qué has venido? —inquirí desesperada.

Dio un paso magistral sobre las losas. Sus suelas retumbaron como si él mismo estuviese hecho de hierro, aunque unos minutos atrás no había sido capaz de hacer el menor ruido.

—¡Vaya!, esa es una buena pregunta —musitó.

Me clavó su mirada de cristal y comenzó a ensayar su diálogo en la mente. Movió de vez en cuando sus labios mudos, como si se tratara de algo que memorizó para la ocasión.

—Tus preguntas no importan ahora. De hecho, quiero contarte otras cosas más... relevantes. —Hizo una larga pausa y continuó—. Si te respondiera esa pregunta, tu curiosidad sería saciada momentáneamente y no tendrías el ímpetu de buscar la respuesta, y, por ende, de resolverla. Siempre hay algo más importante que pregunta y respuesta, Yelena.

»Ahora, si no te molesta, me gustaría que me escucharas. La verdad es que no tienes otra opción. —Rio burlándose—. Sí, a menudo en la vida no tenemos opciones para elegir. No podemos detener un rayo que cae y destroza un cerezo y nos priva de sus frutos, pero, en cambio, podemos usar la leña para avivar el fuego en la chimenea. —Me miró con los ojos llenos de un fulgor, mezcla de maldad, ingenio y sabiduría—. Tenemos el poder para afrontar los acontecimientos de la mejor manera y sacar un provecho de ellos, ¿no lo crees? —Hizo una nueva pausa para luego continuar con los ojos crispados de emoción—. Tengo una pequeña historia para ti.

Lo miré intrigada. Sospeché de algún truco barato. Sin embargo, sus palabras me parecieron honestas. En aquel momento se movió hacia uno de los rincones del vestíbulo y luego a otro. Iba de aquí para allá, como quien camina maquinando una estrategia determinante. Su sombra alargada se proyectaba sobre las losas como una capa negra que le seguía por donde fuera.

—Siéntate —pronunció mientras detenía sus pasos—. Bueno, como quieras —reaccionó al ver que yo no cambiaba de posición.

Respiró hondo y rio, como si se burlara de sus siniestros propósitos y reviviera la maldad con regocijo. Mi mirada era severa. La clavé sobre él, incrédula, en espera de cualquier cambio, por mínimo que fuera.

—Mi nombre es Patricius, pero eso ya lo sabes. No siempre me llamé así. Soy antiguo y conozco demasiado... Te has de preguntar qué hago aquí y el por qué. Pero es más complicado de lo que te imaginas. —Meditó unos instantes, para luego tomar el hilo de una historia que yo no tenía ganas de escuchar—. Alguna vez fui un templario.

»No es como lo han contado en los libros. Éramos héroes, pero también unos héroes muy odiados. Maté a muchos —y dijo esto último con una sonrisa encantadora—. Tenía facilidad para eso... Para mí la guerra era un festín. Era una celebración en la que yo era el anfitrión. Allí, y solo allí, podía ser quien era, sin necesidad de justificaciones ni de hipocresías. Y partí a batalla una y otra vez... ¡y todos eran felices al verme blandir la espada! Bueno, no todos, evidentemente. —Dio un resoplido mientras sus pasos se volvían lentos y certeros—. Me justificaban y decían que yo entraría al cielo directamente por encarar la batalla de Dios en la tierra, y por morir bajo la espada del malvado enemigo... Pero se equivocaron. No había cielo cuando morí. Solo el frío de mi sepulcro. Pero no... ¡Por Dios! ¿Cómo iba a ir al cielo si no había muerto en la guerra del Señor?

Sus palabras sonaron grotescas y su actitud lo fue aún más. De pronto, se dobló y apretó el abdomen para contener la risa convulsa que le abordaba al tiempo que me incitaba a unirme a su humorístico relato. Yo solo aguardé, ansiosa por escuchar el desenlace de la historia y descubrir las razones que tenía para compartirla conmigo. Él se mostró cada vez más demente, siempre consciente de que eso podría horrorizar aún más a cualquiera.

—Sí... había cosas que yo no conocía. —La sonrisa desapareció de su rostro como por arte de magia, y, en cambio, unas marcas aparecieron en su frente antes lisa, como si estuviera a punto de llorar—. Partíamos de Tierra Santa y llevábamos algunas cosas de valor. La ciudad había sido saqueada permanentemente, y, esta vez, el botín no era mucho, pero de igual manera sería apreciado.

»Yo era el líder, y presentía que sería una de nuestras últimas misiones; una de nuestras últimas matanzas. Me lucí y bebimos esa noche en el desierto. Festejábamos la gloria que pronto llegaría a su fin. —Suspiró, consternado por los recuerdos—. Teníamos que llegar a Francia y entregar todo al rey, pero nos esperaba una emboscada... y un mensajero bastante peculiar nos alcanzó para advertirnos que usáramos otra ruta para regresar y encubrirnos.

»Me llamaron la atención sus características físicas. Alto y delgado, pero macizo. A pesar del tono aceitunado de su piel, esta me parecía de una palidez exquisita. Y en sus ojos llevaba kohl, o eso me pareció, pues estaban ensombrecidos ligeramente... El cabello era negro azabache; varios mechones quedaban a la vista bajo el turbante. Hablaba perfecto francés, aunque se notaba el acento árabe. Era común que usáramos nativos para guiarnos en tierra extranjera. Algunos harían lo que fuera a cambio de tierras y oro. —Hizo una larga pausa—. Yo acordé. Agradecí su propuesta, no sin antes cerciorarme de que no fuera del bando enemigo.

»Tenía documentos sellados por el Rey y unos escudos. No había duda de que era uno de los nuestros... Y en cuanto a la ruta descabellada recién propuesta, no parecía haber una solución alterna. Era arriesgado, pero inteligente. El enemigo sabía que no nos adentraríamos en su territorio con facilidad, y en aquellos momentos ponía más atención en nuestra ruta a Francia, pues imaginaba que nosotros no sabíamos nada de la emboscada...

»Además, la noticia del mensajero venía acompañada por supuestos rumores de una conspiración dentro del mismo reino. Esto me pareció cautivante por otros motivos: la promesa de una guerra más fértil. —Sonrió ampliamente—. Una guerra que emergía desde el interior del reino me hizo fantasear con lo que podría llegar a lograr; satisfacción y diversión propia, así como un ascenso en mi rango, ya de por sí demasiado alto... Títulos, dinero; todo lo que deseaba en este mundo terrenal... O, al menos, todo lo humanamente posible para hacer feliz a un mortal. Noticias como esas no pasaban desapercibidas en mi condición.

Se recargó en la pared y se llevó la mano al mentón mientras respiraba hondo. Recordaba el pasado como si hubiese sido ayer... Un pasado tormentoso, tan solo por las consecuencias eternas que había provocado en él.

—En nuestra nueva ruta —continuó—, que se adentraba bastante en el territorio enemigo, pronto descubrimos que aquella no era más que una trampa: una emboscada sangrienta en la que quedamos menos de una docena de hombres malheridos. Entre ellos, yo.

Se quedó pensativo y bajó la mirada. Me ignoró por primera vez desde que estábamos allí.

—Jamás me había enfrentado a algo así. Toda mi vida había luchado contra humanos. Aquello me pareció muy cercano a lo que la gente narraba sobre las actuaciones del Diablo y creí que el fin estaba cerca. Era justo. Dios nos hacía pagar por invadir una tierra que no nos correspondía. Nos reclamaba la sangre derramada. —Sus ojos se llenaron de un cólera que amenazaba con arremeter contra lo que se presentara delante de él—. Y sobrevivimos; los que resistimos a las heridas y sus infecciones. Solo unos tres, al final. Pero, cuando llegamos a territorio francés, los guardias del Rey ya nos esperaban.

»Nos juzgaron por traición. Nos torturaron y sentenciaron a muerte. —Giró los ojos, restándole importancia—. Recuerdo que yo estaba incontenible. La furia desbordaba por mis poros... ¿Por qué me condenaban si yo había luchado por Dios, llevado en lo alto Su nombre y derramado la sangre por Su voluntad? Pero esa era una buena pregunta... ¿Su voluntad o la de los hombres?

»Siempre creí que había sido la de Dios, pero solamente era una puerta falsa que me era fácil de cruzar tan solo porque mi deseo asesino era mi máxima pasión... Lo disfrutaba y estaba dispuesto a llevar esa pesada carga. Entonces, me sentí insultado cuando me negaron y me condenaron... *¡Qué fácil es deshacerse de lo que uno ya no necesita!*

Respiró hondo, se separó de la pared y volvió a caminar en círculos por todo el vestíbulo, pero con pasos muy lentos, casi imperceptibles.

—Pero esa noche, cuando estaba adormecido por el cansancio en mi nauseabunda celda, víctima de una fiebre latente que mis heridas poco conservadas me producían, él llegó... Era un vampiro. Era el mismo que me había despistado del camino. Pensé que deliraba.

Lo vi aparecer, ataviado con las vestimentas típicas de un caballero francés, pero con las facciones de un auténtico árabe.

»Quise matarlo, pero no tenía armas en esa vil celda y los barrotes nos separaban en favor suyo... Él se quedó allí, esperando, igual que lo hago yo ahora. —Se interrumpió a sí mismo para reafirmar con una breve mirada que aquellas palabras las dirigía hacia mí con una certera intención—. Dijo que mis habilidades eran extraordinarias; yo era un buen guerrero y merecía otra oportunidad, y otro destino. Me opuse y lo repudié, pero él se burló al tiempo que agitaba entre sus dedos las llaves de la celda.

»No obstante, sus intenciones nunca fueron liberarme... No al menos de la forma que yo creía. Cuando abrió la puerta, yo estaba listo para embestirle a golpes, pero me esquivó magistralmente. Sí, lo demás le fue bastante fácil. Me atacó y bebió mi sangre hasta dejarme moribundo. Después vertió en mis labios un poco de la sangre de una herida que se abrió en la muñeca...

»Una sensación indescriptible, como solo nosotros lo sabemos, ¿cierto, Yelena? —Me dirigió una mirada que me heló el alma—. A decir verdad, tuve suerte. Mientras los demás caballeros eran dirigidos a la hoguera, una muerte atroz como ninguna, a mí el destino me tenía preparada otra muerte un tanto menos... dramática.

Levantó el rostro y me miró de una forma sugestiva, como si esperara que yo lo hubiese comprendido todo a la perfección. Yo estaba impactada y lo miraba con temor, atenta a cualquier reacción amenazante.

—Pero no me quedé muerto. Regresé, y no de muy buen humor, para ser honesto. Él fue mi primera víctima: mi creador.

Un silencio sepulcral dominó el lugar por largos segundos.

—Entonces resucitaste y aquí estás —asumí, con cierta incredulidad.

Desconfié de sus palabras al recordar que su fuerza era vasta, y que unos cuantos siglos no lo potencializarían ni a la mitad de lo que manifestaba. Pero por alguna razón decidí creerle. Entrecerré los ojos y lamenté intensamente lo que había pasado hace unos cuantos siglos y cuyo resultado era ese infame vampiro que tenía enfrente.

Siguió con la mirada clavada en mí, recriminándome algo que yo no podía entender. ¿Qué papel tenía yo en todo esto? ¿Había venido solo para darme una rosa y contarme un relato ya sin relevancia? Entonces me pareció que sus ojos se iluminaban severamente a razón de una inminente furia. Cuando ladeó el rostro, la luz de luna le acarició los cabellos y se reflejó en las hebras sedosas.

Hubo un sonido seco y estremecedor. De pronto, mi cuerpo estaba atrapado nuevamente entre el suyo y la roca áspera del muro. Una vez más, no pude siquiera advertirlo. Era demasiado rápido y me costaba creer que un vampiro de mediana edad pudiera ser capaz de tanta destreza.

Tenía sus labios muy cerca de los míos; su gélido aliento contra mi piel. Nuestras miradas, frente a frente. Y yo no titubeé un solo segundo. Sus pupilas radiantes, de una luz grisácea-azulosa, demostraban una complicada emoción. Anticipé que deseaba mi sangre, aun cuando en él yo no notaba sed alguna.

Seguí temiéndole, pero parte del encanto se había deshecho esa noche al descubrir que él había sido mortal como todos nosotros; un aspecto obvio, pero que a veces es mejor no confirmar. Sí, lo despreciaba y a la vez me conquistaba su esencia, su olor, su cuerpo, su personalidad... Tan imponente y letal; quizá, la verdadera naturaleza de un vampiro. Alguien que no se ha negado a los dones que le han sido obsequiados.

—Sí, eso fue todo. Morí y resucité —me susurró al oído. Luego desvió sus labios hacia mi cabello, acarició mi oreja y se precipitó sobre mi mejilla—. Morir... Sí, qué delicia debe ser la muerte.

Y, dicho eso, bajó rápidamente hasta mi cuello y hundió sus colmillos. Me produjo un dolor agudo que no pude reclamar en voz alta, pues su dedo me aprisionó la garganta y evitó que emitiera sonido alguno.

Su cuerpo contra el mío. Sus brazos me atenazaron como tentáculos; una estatua de hierro que me aprisionaba sin compasión. Intenté liberarme, pero mis esfuerzos fueron inútiles. Me tenía asida por las manos y su fuerza era sublime. Yo era simplemente una muñeca desvalida ante su voluntad. Y conforme el líquido vital fluía de mis venas a las suyas, mi debilidad aumentó.

Cuando se percató de que yo ya no era una amenaza que pudiera escapar fácilmente, me apartó de la pared y me recostó en sus brazos mientras se arrodillaba. Sus manos ya no aprisionaban las mías, sino que me abrazaban y acariciaban, como si fuese un devoto amante. Sus labios se movían con pasión sobre mi piel, y me pareció que lo disfrutaba más de lo que debía. Era como si hubiera contado toda esa historia tan solo para conquistar mi atención; para tocar una veta muy humana que yo aún parecía conservar.

Su mano resbaló desde lo alto de mi hombro y recorrió mi brazo para constatar que yo ya había dejado de luchar. Contemplé el techo, con sus magníficos adornos en claroscuro. Daba vueltas mientras yo me sumía en la oscuridad. Finalmente, mi vista se nubló al anticipar la muerte inminente...

Mi respiración se había vuelto casi imperceptible. Los latidos de mi corazón eran lentos y perezosos; perdía ritmo con facilidad, incapaz de bombear líquido suficiente. De mi cuello resbalaba la sangre que sus labios desperdiciaban. Se derramaba en el suelo y se mezclaba con el polvo cenizo.

Se detuvo al sentir que la sangre ya no fluía abundante. Entonces, alzó la vista solo para contemplar mis ojos entreabiertos y exánimes. Mis párpados me eran pesadísimos, pero a través de estos pude contemplarlo vagamente, con la luz de la luna que entraba a lo lejos, por los ventanales, y formaba un halo de luz que difuminaba su silueta.

Llevó los dedos de su mano hacia mi mejilla y me acarició. Siguió el contorno de mi rostro.

—No puedes entender lo especial que eres... Pero pronto lo harás. Eres mi única esperanza —susurró con gran devoción—. Tengo fe en ti.

Sumió su rostro en mi cuello una vez más. Hice una mueca de dolor al sentir que hacía una nueva herida y desgarraba la vena con fervor. Aquello fue suficiente para nublar mi juicio. No obstante, con el rabillo del ojo alcancé a ver algo en la lejanía...

Al final de la escalera, con la luna a sus espaldas, apareció una silueta negra, y a pesar de que mi campo visual era muy limitado, pude reconocerlo. Patricius, tan ensimismado en la sangre que manaba de mi garganta, ni siquiera lo escuchó venir. Siguió con los labios pegados a mi cuello, concentrado en lo que tanto ansiaba, sin poner atención a su alrededor; siempre creyendo ser amo y señor de todo.

Detrás de él se acercaba Zgar. Apareció como un fantasma. Su sombra se proyectó sobre los pisos sin que el enemigo pudiera advertirle. Yo necesitaba darle una ventaja, y, con las últimas fuerzas que me quedaban, moví los brazos y rodeé la cabeza de Patricius simulando luchar para liberarme. Él me detuvo y no hubo más que hacer, excepto intentar patearle. Yo no tenía la fuerza necesaria para ayudar con su castigo, pero era claro que al menos era capaz de distraerle.

Sería una sorpresa para Patricius; una sorpresa que podía ser determinante. De pronto, hubo un cambio de actitud en él, como si presintiera algo. Respiró hondo e inhaló el aire que venía con el aroma de alguien más. Traté de moverme para que volviera a poner su atención en mí, pero fue inútil.

Se irguió lentamente mientras yo lo miraba con los ojos muy abiertos. Olí el hedor de mi propia sangre, y la vista se me nubló aún más. Sin embargo, nunca perdí de vista sus pupilas luminosas...

Y entonces lo supo. Intentó voltear y apartarme para afrontar el combate, pero era demasiado tarde. Sus ojos nunca llegaron a abandonarme. Escuché el impacto metálico que le destrozó el cráneo y provocó una lluvia de sangre sobre mí y sobre el piso.

Los huesos crujieron como si fueran el frágil cascarón de un huevo. Vi sus ojos desorbitados. El grueso filo de metal le atravesó desde la coronilla hasta el entrecejo. Su cuerpo se cimbró. Sus brazos se abrieron y me liberaron. Caí al suelo, sin voluntad. El filo metálico se abrió paso fuera de la carne, y el cuerpo quedó erguido, con sus ojos fijos en mí. Pude ver que seguía vivo, pues no cayó al suelo inmediatamente.

Y el hacha zumbó en el aire de nuevo. Así, volvió a enterrarse en la masa de cabellos negros sanguinolentos. Trituraba todo lo que tocaba. El cráneo se despedazó en fragmentos minúsculos. Pedazos de carne deforme cayeron sobre el piso y contra la pared.

Una y otra vez, el hacha volvió a enterrarse, con el movimiento mecánico de una catapulta. El color rojo brillaba por todas partes. Chorreaba y se vaciaba de ese hermoso cuerpo del que pronto solo quedarían despojos. Los ojos resplandecientes se apagaron con lentitud, mortales al fin.

Cuando el cuerpo inerte cayó al suelo, a mi lado, pude ver la silueta de Zgar, que todo este tiempo había estado detrás de Patricius como un verdugo fiel. Su rostro y traje estaban salpicados con la sangre fresca. Sus ojos, desorbitados, brillaban como una esmeralda bajo la luz de la luna y poseían la más absoluta cólera que jamás había contemplado en él.

Yo permanecí inmóvil, consciente de que la vida me abandonaba; como si por fin mi alma fuera absorbida del interior de la prisión que era mi cuerpo. La silueta de Zgar se desvaneció en la negrura. Mis párpados cayeron sobre mis ojos como un velo y todo se dispersó en mi mente. Entonces me perdí en las tinieblas, no sin antes advertir una nueva y oscura realidad.

ZGAR

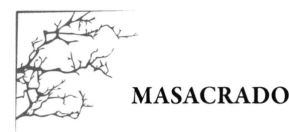

MASACRADO

El hacha yacía en uno de los olvidados rincones del pasillo. Mis dedos se cerraron alrededor del mango de maciza madera cilíndrica. La alcé, estirando los hilos de araña que finalmente se reventaron y la liberaron. Brillaba con la luz de luna que se filtraba de un ventanal. Era vieja, pesada y tosca. Su hoja de metal habría cortado la leña más gruesa. Dudé que ahora estuviera suficientemente filosa, aunque, con esas características, aquella era la menor de mis preocupaciones.

Bajé las escaleras, consciente del poder del anonimato que me obsequiaba la oscuridad. Allí estaba él. Lo observé fijamente, casi sin parpadear. Parecía una mancha oscura, una esfinge retorcida. Aprisionaba algo entre sus brazos; algo de lo que él se reconfortaba demasiado. Los brazos de Yelena trataron de alejarlo, pero él no se movió.

Avancé. Saboreé la venganza, atento a que la luz de luna no delatara mi sombra al enemigo. No hice movimientos bruscos. Mi respiración pasó inadvertida. Busqué permanecer limpio; inmaterial, como un fantasma. Y a su debido tiempo, cuando por fin lo tuve de frente, alcé el hacha por encima de su cabeza de negra cabellera.

Entonces él percibió mi movimiento, y, aunque intentó retirar a Yelena de sus brazos, no pudo saber ni hacer nada para defenderse. Era demasiado tarde. Solo pudo sentir el golpe que le destrozó el cráneo. El filo entró y rebanó todo a su paso. El hueso se resquebrajó mientras la carne cedía y se hundía en una perforación que hizo brotar la sangre por doquier; su sangre, la sangre de Yelena, y, por ende, también la mía.

Me sentí embriagado por el poder de un arma monumental. Olvidaba lo magnífico que era matar a sangre fría; la satisfacción que producía el uso de la violencia. Era demasiada la rabia que sentía por él y fue un verdadero placer hundir el hacha en su cabeza. Todo ocurrió a una velocidad inquietante. No tuve mucho tiempo de pensar en algo más. Y no fue necesario. Un rápido movimiento y luego otro más, y otro... y otro y otro y otro, hasta que se convirtió en el ritmo de una orquesta cuya melodía era el resultado del sonido del metal al desbaratar carne y hueso.

La sangre salpicó mi rostro como la lluvia a media noche, fresca y brillante. Y todo a mi alrededor quedó reluciente de rojo; incluso la indefensa Yelena, que yacía en el suelo, libre de las tenazas del enemigo. Y ya había un gran charco sobre las losas mucho antes de que el cuerpo destrozado del vampiro cayera inerte; catapultado al suelo por la fuerza de mi último hachazo.

Mi cólera disminuyó al verlo derrotado, quieto, con la cabeza vuelta una masa de carne sanguinolenta. Lo admiré con orgullo; como si aquella fuera mi obra maestra. En aquel momento ya no sentía pánico ni emoción. Estaba sedado y satisfecho. Había descargado mi energía en algo, y lo único que quedaba era ese sopor que sobreviene después de un gran esfuerzo.

Dejé caer el hacha en medio del charco carmesí y me quedé allí parado, contemplando con extrañeza lo que acababa de hacer. Lentamente volvía a ser yo. Me volví estable. Entonces, percibí los latidos de mi corazón y el ritmo de mi respiración. Me sentía bien y a la vez mal, pero no tenía culpa.

La vi a ella detenidamente, acostada en el lago de sangre. Junto a ella había caído un pedazo de cráneo ensangrentado y me incliné hacia ella para apartarla. Tenía sus ojos cerrados y, en su piel, su sangre y la de él se habían combinado sin que yo pudiera diferenciarlas. El hedor de ambos se fundía; se mezclaba.

Estaba sediento, y, sin embargo, no me tentó a beber. Trastornado, solo podía desear que abriese los ojos para mí. ¿Qué pensaría ella al verme en una escena tan despreciable? La alcé en mis brazos y la separé del piso. Cuidé de no lastimar su cuello desgarrado. Me pareció muy liviana: un vampiro vacío de sangre.

Temí haber llegado tarde.

Me encaminé hacia las escaleras y subí de prisa. Traté de vencer la batalla contra el tiempo, ansioso de no perder segundos de vital importancia. La puerta abovedada estaba abierta. Entré y la llevé hasta mi ataúd, donde la deposité con extremo cuidado, como si se tratara de una princesa dormida: mi bella durmiente.

Su hermosura y su olor empezó a enloquecerme a los pocos instantes, pero ahora más que nunca debía controlar mi sed de sangre, así que me apresuré a apartarme por propia iniciativa. Apenas toqué sus cabellos con una caricia que deslicé hasta su mejilla; su piel, fría como el cristal. Sus labios me pedían un beso, pero yo no debía permitirlo. Ella había bebido de mi sangre y era normal que ahora yo quisiera reclamarla.

Me llevé la muñeca a los labios. Mis colmillos agujerearon la piel, que de inmediato cedió con un reguero de sangre. Mi boca se llenó del abundante líquido rojo mientras con la otra mano colocaba entre sus labios la fuente de vida. La herida no tardó mucho en cerrarse a pesar de mis intentos por derramar la mayor cantidad.

Por ahora eso era suficiente para que aguantara a mi regreso. Yo todavía tenía muchas cosas por hacer y retrocedí impaciente. Dejé que mi espalda chocara contra la pared en mi obsesión por alejarme y negar la tentación, pues ella yacía más bella de lo que al principio acepté soportar. Cerré los ojos y me encaminé hacia la salida, seguro de que ella se recuperaría un poco para cuando volviera.

Descendí los escalones con más celeridad que al principio. Di un salto para evitar el charco de sangre y de una patada aparté el hacha para que no estorbara. Quizá debía beber algo de lo que había quedado en aquellas venas rígidas... Avancé hacia él y me hinqué; tomé su muñeca y descubrí su piel, tan blanca como la nieve, pero me pareció despreciable. Aquel ser había tomado la sangre de Yelena y también la mía.

Hice un intento por acercar mi boca, pero algo me detuvo, y me sentí aliviado por eso; porque en realidad no quería hacerlo. Alcé la vista. En una ventana, en lo alto, distinguí la pequeña sombra de algún animal. Rascaba con sus uñas curvas el cristal empolvado, como si quisiera entrar. No podía ver más que su silueta amorfa, que me pareció la de un ave. De pronto, alzó el vuelo y se perdió en la noche.

Dejé caer el brazo inerte y me puse de pie. No necesitaba de la sangre de un cadáver despreciable, intenté convencerme. Pronto se espesaría dentro de las venas y sería detestable. La sangre debe beberse fresca, preferentemente.

Rodeé el cuerpo y lo sujeté de uno de los brazos. Lo jalé hacia mí. Le di la espalda para posteriormente dirigirme hacia la puerta. No hubo sensación de reproche por arrastrar un cadáver. No, para nada. El cuerpo estaba flácido, inmóvil, con la cabeza destrozada, sin vida... Chorreaba abundantemente y yo escuchaba las gotas rebozar de las heridas. Borboteaban sobre el suelo mientras lo arrastraba. Tras de nosotros, una marca sanguinolenta aparecía y delataba nuestra trayectoria.

Abrí la puerta de entrada, y entonces la luz de la luna me deslumbró con una fuerza sobrenatural que me pareció extraordinaria. Me di la vuelta y contemplé por un segundo la majestuosidad con la que la luz pegaba sobre aquella cabeza ensangrentada. Jalé de él con mayor fuerza. Lo atraje hacia mí para que se deslizara sobre el piso exterior. Algunos pedazos de carne se desprendieron y quedaron en el camino. Pero lo que me importaba ahora era deshacerme de la mayoría del cuerpo, pues el hedor de la sangre ya me había hecho perder la paciencia y luchaba por no voltear y ser conquistado por ese rojo sublime que iba chorreando, desperdiciándose sin control.

En mi mente las ideas iban y venían, pero seguían ajenas a cualquier sentimiento. Me volvía calculador y certero. Era como si aquel agravio en lo que yo creía era de mi propiedad, hubiera desatado la bestia que había dentro de mí.

Como el suelo del exterior no era de la misma calidad que la superficie lisa del interior de la mansión, las ropas comenzaron a rasgarse. Al desplazarnos hacia el área verde, sonaron acartonadas al pasar sobre hierbajos y rocas. Se atoró aquí y allá mientras le arrastraba lejos. Solo regresé un momento para cerrar la puerta de entrada. Tuve la sensación de que cuando volviera la vista, él ya no estaría. Pero con el cráneo destrozado, no había manera de que un ser, incluso inmortal, pudiera sobrevivir.

De pronto, escuché un movimiento furtivo. Me volví hacia el cadáver, pero aquel estaba como lo había dejado. Allí no había más movimiento que el mío. Miré a un lado y a otro solo para asegurarme de que allí únicamente estábamos el cadáver y yo.

Mi sombra se proyectó larga sobre la hierba crecida mientras se escuchaba a lo lejos el lúgubre cántico de algún lobo perdido. ¡Vaya atmósfera dramática mientras me disponía a deshacerme del cadáver! Y, para esto último, me era de mucha ayuda encontrar el instrumento apropiado.

Rodeé la mansión. Allá, en la parte trasera, oculta tras una pila de vigas abandonadas, había una puerta de tablones de madera. Una puerta llena de rendijas carcomidas por la intemperie. Intenté abrirla, pero estaba cerrada con llave y tuve que arrancarla. Lo hice sin dificultad alguna, pues las bisagras estaban oxidadas y el menor empujón hubiese bastado para deshacerlas.

Ingresé en una especie de cámara que se mantenía en penumbras apenas rasgadas por los agujeros de un techo derruido. La humedad había dejado marcas negras en las paredes y todo estaba cubierto de herrumbre, polvo y telarañas. El lugar estaba casi vacío, salvo por algunas herramientas de trabajo, tablones y pedazos de leña.

A varios metros de mí encontré lo que buscaba: era una vieja pala rota, en cuya punta había rastros de una gran grieta todavía sucia de tierra. La tomé sin pensarlo y me apresuré a salir. La llevé sujeta a mi mano izquierda, arrastrando la punta de la pala sobre el suelo. Volví sobre mis pasos hacia el frente de la mansión. Allí me encontré con el cadáver tal y como lo había dejado: desfigurado y sangrante... Sí, perdía la sangre hurtada, la desperdiciaba. Me provocó nauseas debido a mi egoísmo; a la indignación de que alguien bebiera de mi amada.

Con la pala en una mano y con el brazo del vampiro muerto sujeto en la otra, atravesé la pequeña avenida que nos separaba del cementerio. *¡Qué cómodo es tener todo cerca!*

El arrastrar de la pesada pala y de aquel cuerpo acartonado producía un sonido funesto y detestable. Rebotaban, ambos, sobre piedras filosas y bordes de tumbas; se deslizaban sobre la hierba. Su ropaje se atoró con una y otra rama baja, y en algún momento me pareció que un pie se atascó en una de las cruces caídas que no intenté evadir. Sin embargo, jamás hubo queja alguna. Él estaba bien muerto; eso lo podría jurar.

El rastro de sangre fresca quedó por todo el camino y su hedor se mezcló con el aroma a muerte, que es muy particular de los cementerios antiguos. Me detuve al llegar al final, donde las tumbas escaseaban. Allí había una alta lápida ataviada con unas grandes enredaderas cuyas raicillas yacían incrustadas en las hendiduras de la losa marmórea. Solté el brazo muerto y la pala, y ambos cayeron al unísono sobre la hierba húmeda.

Me fui a sentar, como por instinto, sobre el borde de la lápida. Me quedé muy quieto y respiré lentamente, cansado y pesimista sobre aquellos acontecimientos y sus inherentes consecuencias. El silencio del cementerio me ayudó a contemplar todo con más frialdad. Creo que me obsesioné con la idea de aceptación, más que pensar en una solución. Y ya estaba solucionado, solo que un poco de meditación hubiera ayudado.

Presa de una sensación de terrible soledad, me encontré contemplando embelesado el rojo de la sangre con que se habían manchado las piedras y la tierra serenada. La luz lunar revelaba todo a mi alrededor con precisión insultante: las altas lápidas y las cruces envejecidas con sus sombras alargadas sobre el camino, semejantes a fantasmas llorones y agonizantes.

Y en cada oleada de aire gélido había una nota de lamentos que recordaba a todos aquellos que habían venido en otros tiempos a honrar a sus muertos. Sí, todos los cementerios absorben en sus tierras las lágrimas de quienes pierden a sus seres queridos. Un territorio plagado de sufrimiento; de dolor en su infinita atemporalidad. Pero, ¿cómo había sido aquel cementerio en su mejor época? Quizá las flores adornaban las tumbas, las personas paseaban aquí y allá, los pájaros trinaban alegres durante la primavera...

Pero en esos momentos yo no estaba atento a súplicas del pasado; a memorias distantes. Los muertos habían callado de pronto, o yo ya no los escuchaba. Una calma indescriptible, melancólica. Los querubines que custodiaban los monumentos funerarios estaban cabizbajos. Reconocían mis pecados; estaban tristes por mi destino. No debí detenerme a contemplar el lugar. Era bellísimo, pero sugestivo. Las rocas al lado del sendero mostraban su áspera superficie aguerrida al suelo, como islas, y la tierra las inundaba. Las lápidas, blancas, con sus numerosas inscripciones. Las letras de la mayoría eran solo minúsculas hendiduras erosionadas e ilegibles. Las estatuas de los ángeles arriba del mausoleo, con sus alas erguidas por detrás de sus espaldas ligeramente encorvadas, y sus manos en forma de oración. Miraban con esos ojos redondos a un punto perdido detrás de las demás tumbas, como si vigilaran algo más. Presa de un cansancio hipnótico, tuve la sensación de que el viento que llegaba era su aliento.

La esfera en el cielo seguía brillando y sus rayos llegaban hasta mí como un halo celestial; me iluminaba con todo su poder mientras me abrazaba con cariño al regazo de algún ángel pétreo. Inesperadamente, una lágrima brotó de mis ojos. Enseguida sentí la frescura en mi mejilla. Se deslizó hasta llegar al borde superior de mis labios, donde se quedó estática, casi congelada. Después se descompuso y chorreó sin orden por mi mentón hasta perderse en mi cuello, y, más tarde, en mis ropas.

En la lejanía, contemplé la mansión. Tan majestuosa como siempre, con sus altos muros como murallas. Sus ventanales, con sus vidrieras rotas y polvorientas, ahora azuladas bajo el efecto de la luz nocturna. La posición en la que me encontraba hacía que pareciera que la construcción brotaba en medio del camposanto, siendo aquel paraje uno solo, en vez de dos distintos territorios olvidados de la mano del hombre.

No había luz artificial cerca. Apenas podían verse algunos puntos luminosos, a manera de cristalinas luces ámbar que yacían estáticas en la lejanía. En noches de oscuridad total, con la luna nueva, o cuando el cielo estaba completamente encapotado, se podría distinguir con mayor facilidad lo definida que estaba la ciudad de sus alrededores.

Eran dos mundos distintos. Ellos, allí envueltos en una vida complicada llena de exigencias; nosotros, aquí, donde no había más sonido que el de la naturaleza, sin nada ni nadie que nos molestara.

El cuerpo ya había dejado un charco de sangre a su alrededor. Súbitamente, algo se movió entre los arbustos. «Sería algo pequeño y rastrero», pensé. No le di mayor importancia. Rodeados de bosque, no faltaban las alimañas y los roedores. De pronto, las hojas se movieron como traspasadas por una lanza y un enorme pájaro negro, con plumas como de brea, brotó a grandes aletazos. Se fue a posar sobre una lápida y me observó desde allí con ojos inquisidores.

Graznó dos o tres veces. Era un cuervo magnífico. Me llamó la atención que rondara durante la noche.

Había sido atraído por el hedor a sangre y carne fresca, sin duda alguna. Estuve tentado de dejarle aquel festín a ese pajarraco, pero siendo carne de vampiro, no me parecía la mejor idea si pretendía conservar algo de su respeto. Si le gustaba el sabor, quizá vendría a atacarnos cuando ya no hubiera más, y no quería más inconvenientes. Tomé la pala y clavé la punta metálica en la tierra. Empecé a cavar de prisa. La tierra estaba compactada y era difícil de remover, pero no imposible. Al cabo de un tiempo, que había pasado tan rápido como la vida misma, conseguí un espacio amorfo en el que cupiera el cadáver.

Lo pateé para acercarlo. El cuerpo absorbió el impacto de mi bota y solo se cimbró. Entonces, lo tomé de los brazos y lo arrastré hacia el interior del hueco. Este se deslizó y cayó desequilibrado hasta el fondo no muy profundo. El aroma de sangre y tierra me pareció nauseabundo.

Volví a clavar la pala, esta vez en el montículo de tierra que había a un lado de la fosa. Y, mientras hacía esto, el único pensamiento cuerdo en mi cabeza era Yelena. Todo lo demás eran irrealidades que no me traían sentimiento alguno.

La pala se elevó una y otra vez por encima de mi cintura para finalmente arrojar la tierra sobre cuerpo, cabeza y miembros. Lentamente, el cadáver desapareció, como tragado por la tierra al reclamar su presencia en el inframundo.

Logré formar un abultado montículo de tierra negra por encima de la fosa. Era una pequeña montaña que delataba el entierro, y sobre la cual hice caer la punta agrietada de la pala. Luego me sostuve contra ella para descansar.

En un principio, mi respiración era imperceptible, pero cuando acabé, casi jadeaba. Tenía las manos sucias, así que cuando me toqué el mentón, sangre y tierra me mancharon. Debía volver a la mansión para asearme y cambiarme, pero no me importó mucho mi apariencia en ese momento, a decir verdad. Era como un trofeo que podía presumir a todo el mundo —teoréticamente— y que no todos comprenderían de la misma manera. Creo que enloquecí, de cierto modo.

Siempre me había sentido como un vampiro que era víctima de su excesiva fuerza, y hasta me recriminaba por hacer padecer a los humanos; pero ahora me sentía tan digno de haberle dado muerte a una criatura como aquella que yacía bajo tierra. Me encontraba embriagado por algo que era más sobrenatural que mi existencia misma. Había disfrutado mucho al asesinarlo. Sonreí al recordar cada hachazo contra su cráneo.

Desenterré la pala y la recargué encima de mi hombro, como si yo fuera un hombre de trabajo; alguien ordinario que se dirige a casa después de una larga jornada. La portaba con excesivo orgullo mientras caminaba de regreso, siguiendo los rastros de sangre.

Escuché el graznido del cuervo varias veces y su constante aleteo al brincar de tumba en tumba. Volteé y lo vi posado sobre el montículo de tierra, como una estatua a manera de un negro y pequeño querubín. Pasé a lado de un pedazo de carne que se había desprendido al arrastrarle. ¡Con razón el cuervo estaba tan eufórico, con carne y sangre dispuesta aquí y allá! Lo pisé con mis suelas, sin que me importara. En ese instante pensé en lo insignificante que era el enemigo.

Mi sombra se proyectó, alargada y grotesca, sobre el camino, y entonces me di cuenta de la apariencia tan desinhibida que podía tener. Avancé a lo largo del paseo de tumbas y atravesé la calle, hacia la mansión. Fui a dejar la pala al mismo lugar. Recorrí el camino hacia la entrada con más lentitud, sin dejar de pensar en que todo había sido un rotundo éxito.

Me detuve frente al umbral y contemplé las marcas rojas en el suelo. Me quedé pasmado ante la idea tan horrenda de terminar de matar a Yelena en ese mismo instante. ¿Acaso podría pasar a su lado sin ser tentado a beber de ella? Estaba seguro de que no, y tenía una excelente idea.

Me di la vuelta y me quedé viendo hacia el cielo. Contemplé la luna que marcaba el paso del tiempo sobre el mundo; que iba más allá de lo que las campanas de la iglesia pudieran anunciar o no. Sabía calcular la hora con gran precisión; había aprendido demasiado sobre el paso del tiempo. No; no era demasiado tarde ni demasiado temprano. Tendría tiempo para lo que necesitara. Podía ir con paciencia o con velocidad, y aun así, volver a tiempo. Quise subir a la bóveda y decirle que esa noche volvería tarde, pero que lo haría por ella...

Entonces sentí como si hubiera muerto, porque en realidad así lo había temido al verla tendida en las losas del vestíbulo. Quería abrazarla y llorar con ella, pero ella no me consentiría esa noche. Había sufrido, y yo, tal vez, más que ella al verla en ese estado.

¿Quién era ese maldito vampiro, y cómo se había atrevido a tocarla? No lo sabía, pero había cosas qué arreglar antes si no quería terminar con Yelena yo mismo. Así que avancé de nuevo hacia el sendero.

Estaba cansado y excitado por mis acciones, así que iba a resultar más difícil controlarme. Y no sé exactamente por qué fui precisamente a ese lugar y con esa persona, pero no recuerdo habérmelo preguntado en ese momento como ahora lo hago. Fue como un instinto. Ya había bebido su sangre anteriormente y me había parecido sublime...

SIANIA

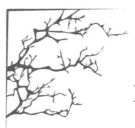

PESADILLA

La luz del sol desaparecía bajo unos nubarrones rojizos en el horizonte y había un viento gélido que silbaba a menudo, como un ave de mal agüero. Leopold no había venido a verme. Tal vez quería darme una lección o algo semejante. Y yo estaba consciente de que debía echarlo de menos, pero no era así.

Estaba triste, pero no por algo que pudiera explicar, sino por algo más complicado. Por primera vez en todo ese tiempo —una vida corta e insípida— había germinado en mi mente la idea de que no tenía por qué estar allí.

Veía a mi alrededor y todo era perfecto. Allí estaba la servidumbre, también mi madre y, de vez en cuando, mi prometido; pero nadie era mío, y el que se suponía que debía ser mío, no estaba; y lo peor de todo es que, como ya dije, no lo echaba de menos. Me encontraba en una especie de desánimo espiritual sin explicación.

Algo había sucedido aquella noche en la iglesia, porque por algún motivo ahora me acordaba más de aquellos cuyos rostros no podía borrar de mi mente, que de mi existencia misma. Y no era que yo quisiera acordarme, sino que venían a mi mente sin pedirme nada a cambio, y eso era lo que más me atraía.

Estaban allí, en las penumbras. Me contemplaban mientras esperaban pacientemente a que diera el primer paso. Ambas figuras siniestras me parecían dos bellas flores estandarizando a las demás flores del mundo; como si ellas fueran un grado más allá de lo que nosotros considerábamos como natural.

¡Por Dios, qué locura! Yo no estaba tan cuerda como para explicar todas esas ideas que flotaban en mi mente lacerada por una siniestra enfermedad. Y mis conjeturas podían resumirse rápidamente sin éxito alguno. Yo estaba triste y parecía que iba para largo. No tenía ganas de nada ni me gustaba nada. Me había enamorado de la nada. Y la nada es algo complejo cuando no se sabe diferenciar del todo.

Aquella tarde en la que la debilidad de mi cuerpo apenas había sido expulsada y me sumía en la profundidad de mi nueva ideología, tuve la sensación de que estaba en el mundo sin ningún propósito, y me pregunté si realmente necesitaba uno, y de ser así, cuál sería este. Quizá necesitaba desesperadamente una razón que me confirmara que algo bueno o malo vendría, tan solo para sacarme de ese aburrimiento mortal y decadente.

A través de la ventana contemplé cómo el cielo se volvía más y más oscuro y la habitación quedaba sumida en la tenue luz de la chimenea que la servidumbre había encendido para mí. La ventana, esta vez, estaba bien cerrada, así que no me resfriaría.

¡Vaya que sería una larga noche! Ya podía esperarlo. No estaba cansada ni somnolienta, así que creí que tardaría mucho en alcanzar el verdadero sueño. Mientras tanto, tenía muchas cosas en las cuales pensar.

La puerta de la habitación se abrió por lo menos dos veces en las primeras horas de la noche para que las criadas se aseguraran de que yo estaba perfectamente bien. Mi normalidad había vuelto y yo parecía más sobria de lo que estaba en realidad. Creo que era pasada la media noche cuando por fin logré que mis ojos comenzaran a nublarse de sueño. Pero no fue un sueño gradual, sino algo muy inducido. Me consumía lentamente en un fino sopor que me cautivaba cada vez más; como si lo conociera de toda la vida. Y mi mente era como un torbellino; como un libro abierto que yo podía controlar y cerrar si quería.

Todo transcurría lento y muy suave. Era como una melodía rítmica que me sumía en los latidos de un corazón que no me pertenecía. Creí que descansaría, pero no fue así. Tuve pesadillas durante toda la noche. Estas eran muy reales. Incluso sentí peso sobre mí; como si algo o alguien me hundiera en las profundidades de un mar frío. Y hubo un denso olor a tierra fresca durante gran parte del sueño.

Soñé con ellos, con sus rostros. Protagonizaron unas escenas fuera de la realidad, difusas y claras a la vez. Veía a la chica de ojos azules en la iglesia. Estaba lejos, justo frente al sagrario. Sus ojos titilaban bajo el juego de luz y sombra de los cirios encendidos. Llevaba el cabello recogido; parecía ataviada para una ceremonia —un funeral, quizá—, y en su mano tenía la rosa borgoña. Luego estaba aquel hombre, con su pálido rostro y su traje elegante. Se acercó y, a pesar de pasar junto a los cirios, las sombras lo cubrían casi por completo. Solo fui capaz de distinguirle por el perfil y aquellos ojos verdes y brillantes que permanecían fijos en mí.

Me tomó entre sus brazos y yo me sentí satisfecha, pues era lo que más ansiaba en este mundo. Pero aquella satisfacción no duró mucho. A pesar de su cercanía, no fui capaz de distinguirlo en la oscuridad. Me rodeó por la cintura y dejé que mi cabeza se ladeara para que él besara mi cuello... Solo fue un sueño, pero cuando sentí sus labios sobre mi piel, hubo dolor físico; una punzada aguda, tan real como su aliento gélido.

¡Vaya pesadilla! En el momento me pareció indudablemente real; el tacto de su piel increíblemente fría, incluso la fortaleza de sus músculos... Hasta creo haber sentido sus cabellos sedosos rozarme las mejillas mientras todo se ennegrecía a mi alrededor y, por fin, la mujer en el sagrario, tras ocultar sus bellos ojos azules bajo sus párpados, se desvaneció en las sombras.

Me pareció que permanecí en la oscuridad mucho tiempo. Después todo fue aclarándose; solo lo suficiente para que pudiera darme cuenta de dónde estaba. Con trabajo descubrí que era la misma iglesia, con sus hileras de bancas, y con el viejo confesionario en la parte lateral.

Los cirios solo estaban encendidos en el sagrario. Todo lo demás, incluso donde yo estaba, yacía en penumbras. Sin embargo, podía ver la silueta de los objetos gracias a la luz de la luna que se filtraba a través de los vitrales rotos, despedazados, y cuyos escombros reposaban a mi alrededor. Algo los había impactado.

Estupefacta, noté algunas piezas cristalinas entre mis cabellos. Luego, mi sorpresa aumentó al ver los fragmentos dentelleantes en el pelo del joven. Deduje, él había sido el destructor. Posiblemente, había saltado desde el exterior y atravesado el vitral. Casi me desmayo debido al descubrimiento; aunque en el reino de los sueños uno ya está inconsciente de por sí.

Y eso había sido todo. Desperté jadeando en la mañana. Moví la cabeza para un lado y otro, entre las almohadas. Busqué desesperadamente aire fresco que entrara a mis pulmones. Aún atemorizada, me concentré en lo que había a mi alrededor, como si quisiera olvidar la pesadilla y suplantarla con la seguridad de la realidad, aunque esta no fuera más acogedora.

Había mucho frío en la habitación. Me percaté de que el fuego en la chimenea estaba totalmente apagado. El miedo volvió a alojarse dentro de mi pecho mientras las imágenes que había visto en el sueño regresaban sin sentido a mi mente. Habían sido demasiado reales.

La ventana, que había permanecido cerrada durante la noche, ahora estaba abierta de par en par, y las cortinas se alzaban una que otra vez para formar un remolino, como un par de fantasmas errantes. Por algún motivo, volví a recordar el olor a tierra. Miré hacia un lado, y sobre la almohada había huellas negras, como de tizne. Eran muy pequeñas, así que admití que podrían ser de las criadas al venir a revisarme durante la noche después de haber manejado la leña de la chimenea. Tal vez ellas habían dejado la puerta abierta al verme con fiebre... No era muy factible, pero era una excelente justificación en esos momentos.

De pronto, una corriente helada recorrió la habitación y agitó la cobija que me cubría. Un escalofrío lento y agudo me recorrió el cuerpo. Aquello reafirmó la sensación de ojos secos. Parpadear demandaba un esfuerzo extraordinario. Intenté arrastrar la cobija por el borde para cubrirme hasta el mentón, pero no pude ni mover los dedos. Temblaba, y las articulaciones me dolían. Sentí que mi cuerpo estaba congelado, aunque sabía que no era así.

Todo esto solo podía ser síntoma de una enfermedad bastante seria, a mi parecer. No dejaba de preguntarme en silencio cuál sería la causa de esa rara debilidad. Esta vez ni siquiera tuve la fuerza para llamar a la servidumbre con la campanilla, como lo había hecho anteriormente. Creí que moriría.

Permanecí inmóvil. Resistí con la esperanza de que pronto pasaría, pero no fue así, y cuando la puerta se abrió ya estaba muy entrada la mañana. Una de las criadas se asomó, como pretendiendo no despertarme, pero al sentir el frío de la habitación su rostro se descompuso en un profundo disgusto.

Entró corriendo. Cruzó los brazos sobre su pecho y encogió los hombros, pues el frío le calaba los huesos. Se estiró para apartar los cortinajes que se revolvían y enredaban en la ventana, y entonces la cerró. De súbito, una calma inaudita invadió la habitación.

De nuevo corrió, pero esta vez hacia mí. Me puso la mano en la frente y su mirada se volvió gravísima.

—Señorita Siania... —susurró preocupada. Retrocedió al advertir que apenas podía abrir los ojos.

Salió corriendo, y, al cabo de unos momentos, estuvo de vuelta con otras dos criadas que rodearon mi cama. Todas me contemplaron absortas en su temor. No pude más, y cerré los ojos, exhausta.

Para mí todo se había vuelto borroso, así que no me importaba mucho saber si ellas seguían allí o no. Traté de conciliar el sueño, sin conseguirlo realmente, pues la debilidad era demasiada y ni siquiera me dejaba dormir. Aunque de haber dormido, sabía que muy probablemente no despertaría.

Así estuve hasta el atardecer, *muriendo lentamente*. Comí muy poco; solo aquellas veces que lograba abrir la boca para recibir una cucharada de alguna desabrida sopa que me ofrecían. Y vaya que me había ayudado a recobrar fuerzas, aunque estas volvieron ya que el día terminaba.

Todos estaban muy preocupados por mí. Incluso el médico había venido dos veces, me atrevo a suponer, pues escuché su voz durante el mediodía y luego otra vez hacia la tarde. Lo escuché cuando llegó, así que no me sorprendió sentir que me auscultaran con cuidados un poco más torpes que el de las criadas.

—No es normal —exclamó el médico con cierta rigidez. Por su tono de voz apesadumbrado noté que tampoco tenía mucha paciencia—. La señorita muestra una desnutrición extrema. De no ser porque conozco los hábitos de la familia creería que es a causa de una mala dieta... Sin duda hay algo más que está ocasionando esto, y a una velocidad alarmante. —Tragó saliva, como si se avergonzara de quedar en ridículo por lo que decía—. Lo primero en lo que pensaría como médico, sería en que casi no tiene sangre. Sin embargo, al no haber causa de una pérdida clara de esta, pues una cantidad tan grande dejaría una huella, debo antes descartar orígenes de alguna otra índole.

Hubo murmullos de preocupación.

El hombre recogió su maletín y se preparó para abandonar la habitación. No obstante, se detuvo, meditabundo. Esta vez habló más bajo, a fin de que yo no lograra escucharlo. Evidentemente, no tuvo éxito.

—Estoy seguro de que se trata de un padecimiento ajeno a todo lo que haya visto. Pero no deben alarmarse. Consultaré con algunos colegas a fin de recabar información basándome en los síntomas. De cualquier manera, debemos esperar... Mientras tanto, asegúrense de que no salga y de que no reciba visitas. Debemos ser cautelosos en caso de que exista la posibilidad de contagio.

Hubo un silencio sepulcral. Ninguna de las criadas se atrevió a decir algo. Sabían que aquel veredicto no era el definitivo, aunque bien podría serlo de no encontrarse una causa lógica. Escuché los pasos del médico mientras se alejaba.

Pero, ¿en realidad estaba enferma? No lo sabía. Solo sentía una extrema debilidad que no me era normal. Y el pánico crecía dentro de mí ante una muerte inminente. No quería morir tan joven, y tan solo el hecho de que fuera una posibilidad, me estremeció. En verdad, no podía hacer nada por evitarlo. Estaba sumida en esa cama, que quizá sería mi lecho de muerte.

Mi mente no estaba lo suficientemente clara como para indagar en cada instante pasado de mi existencia, pero no recordaba haber comido algo en mal estado, ni que hubiese ocurrido algún incidente determinante. No había explicación. Mi mente me destacó que tal vez en un mes o dos ya nadie se acordaría de que yo estuve enferma y que morí un día, sin más explicación. Así era la vida y la muerte. ¿Acaso algo más simple que eso?

Existía, sin embargo, la posibilidad de ser la primera víctima de alguna rara enfermedad, y entonces ser recordada como tal. *¡Qué triste!* En ese caso era preferible perderme en el anonimato. Recordé teorías filosóficas. ¿Qué sería de mí al dejar este mundo? ¿Iría al cielo o al infierno? ¿Me reuniría con mi padre? ¿Conocería a la familia que había partido antes de que yo naciera? ¿O... sería cierta la transmigración de almas? Faltaría poco para conocer la respuesta.

Me embargaron ansias de recuperarme y remediar los pocos errores que había cometido. Quería decir tantas cosas, y sentí que el tiempo se me iba de manera descontrolada. Entonces, pensé en lo efímera que resulta la vida.

Estando al borde de la muerte, joven y con un futuro prometedor, pensé en que realmente no había disfrutado la vida. Había transcurrido mi niñez y mi juventud dentro de esa casa. Había salido de vez en cuando y visitado lugares, cosas y gente que no me inspiraban nada especial. Había sido como mirar un lago tranquilo; y ahora descubría que quizá existía un magnífico río que lo alimentaba y que me invitaba a recorrerlo en una aventura extraordinaria.

¡Si tan solo lo hubiese sabido antes!

Mis ojos somnolientos se abrieron y recorrieron la habitación al tiempo que me reacomodaba torpemente en la cama. Una de las mujeres que me cuidaba se había quedado dormida en el sillón. La habitación ahora estaba caldeada. En la chimenea el fuego se alzaba una y otra vez en vivas lenguas que abrasaban los leños ya casi deshechos. Pronto debían ser repuestos, y las cenizas, removidas. Para esa hora mis fuerzas ya se habían recuperado un poco. Tal vez debido a la última sopa que me habían llevado, y la cual yo disfruté muy poco al principio, pero que después conquistó mi paladar.

Aparté un poco la cobija para dejar que mi cuerpo se desentumeciera un poco, y, al momento, la criada se reacomodó sobre su sillón. Pasó la mano por encima de su cabeza, como si buscara una almohada. Creo que escuchó mis movimientos, pero no se dio cuenta de que no eran parte de sus sueños. Su respiración era tranquila y, aunque parecía un ángel dormido, me dio la sensación de que solo era público para una ceremonia fúnebre en la que yo era la protagonista: el cadáver.

La leña tronó discretamente mientras la lumbre consumía el corazón de la madera. Las llamas carraspearon como si se tratara de criaturas vivas, y eso me hizo sentir bien, como si conociera de lo que se trataba.

El sol estaba muy bajo, y, en el exterior, el ruido de los ejes de un coche en particular me llamó la atención. Ladeé la cabeza y me reincorporé en el lecho. Miré hacia la luz mortecina que pegaba en la ventana, como si en mi imaginación pudiese verle aproximarse. Leopold había venido a verme, finalmente.

Pronto escuché las voces en el vestíbulo. Él y mi madre entablaron una conversación agitada que exponía los motivos de ambas partes. Creí que él subiría, pero cuando escuché que la puerta se cerraba y luego el sonido del coche que arrancaba de nuevo, la tristeza volvió a reconciliarse con mi debilidad.

«Seguramente fue la orden del médico la que obstaculizó que me visitara», me dije. Decepcionada, me acurruqué de nuevo en mi cama. Dejé que las cobijas me volvieran a cubrir mientras la bóveda celeste del exterior se volvía más negra ante la muerte del sol que anticipaba mi tragedia; una muy similar a la narrada por los antiguos al explicar el ciclo del día y la noche.

Estuve muy inquieta en el ocaso. En las últimas horas la debilidad había desaparecido, aunque más lento que el primer día. La verdad es que en aquella ocasión el veredicto de muerte era bastante claro.

La ventana estaba cerrada, así que no me preocupaba que fuera a haber otro ventarrón que me ocasionara malestar. Sin embargo, quería abrir los ojos y ver las cortinas descorridas, danzando en un aire violento, agitándose una y otra vez. Eso me hubiese entretenido un poco más que la inmutable apariencia de la habitación.

Sumida en aquellos pensamientos, un rechinido reclamó mi atención. Cuando giré mi vista hacia la puerta, me encontré sorpresivamente con una figura delgada y de vestido pomposo, con un rostro que me era demasiado conocido. Los rizos le caían aquí y allá. Delineaban el contorno del rostro redondo y níveo. Me quedé pasmada. Aunque era lo normal, últimamente había habido mucha distancia entre ambas. ¡Quizá la última vez que ella había entrado por esa puerta mi padre aún vivía!

Me sonrió y no supe cómo responder. Me alegraba tanto de verla, aunque posiblemente su presencia solo denotaba la gravedad de mi situación. Me dio la espalda por un segundo mientras se detenía a cerrar la puerta, no sin antes dirigir una leve mirada a la criada que dormía.

—Mamá —musité con voz dulce mientras la contemplaba desplazarse por la habitación.

Sus pasos eran finos, como los de una bailarina, y sus movimientos, contundentes y enérgicos, propios de una joven. Siempre envidié su energía y temperamento.

—¿Te cuidan bien? —preguntó. Aludía a la chica que dormía apaciblemente en el sillón. Aunque, convenientemente, aquello nos proporcionaba algo de intimidad.

Sonreí, conmovida por la pregunta. Era típico de mi madre ese tipo de comentarios. Asentí y le aseguré que ellas hacían un buen trabajo. Cuando llegó hasta mi cama su rostro se iluminó con el candor del fuego. Pude contemplar sus rasgos un tanto sombríos.

Aunque ya era una mujer mayor, las arrugas no habían aparecido en su piel igual que en las demás personas. Solo eran unas finas marcas sobre la piel lisa que se flexionaban y aparecían sutilmente cuando hacía algún gesto. El cabello ya tenía algunas canas, pero eran casi invisibles entre la melena de ondulados cabellos rubios. Indudablemente yo no había heredado sus atributos. Era como si ella me hubiera adoptado. Era una excelente teoría, pero esta se venía abajo cuando alguien contemplaba nuestros ojos, que eran exactamente los mismos.

Me reí ante la idea de que no fuera mi madre. Ella no tenía la culpa de que yo hubiese heredado casi todo de mi padre. A veces tenía la sensación de que yo le recordaba demasiado a él; siendo esta la causa de su distanciamiento.

Y allí estaba ella, cabizbaja, observándome preocupada; apoyándome con su amor en cada caricia. Me tocó la mejilla y luego deslizó su mano hacia mi cabello. Hundió sus dedos en los mechones de pelo oscuro.

—¿Qué dijo el médico? —pregunté solamente para romper el silencio, aunque después me di cuenta de que no era la mejor pregunta para aliviar su preocupación.

Sus ojos se empañaron ligeramente y estuvo a punto de perder la compostura. Bajó la mirada y meditó aquella pregunta.

—Tranquila. Te recuperarás —musitó sin creérselo ella misma. Me dio la impresión de que fingía más fortaleza de la que tenía—. Dijo que no había pistas de ser una de esas enfermedades con las que se contagia todo el mundo y poblados enteros desaparecen...

Todo el tiempo admiré su sentido del humor; algunas veces un tanto lúgubre.

—¡Entonces moriré sola! —exclamé, arrebatando así una sonrisa de sus labios rosa.

—No digas eso, Siania. —Su mirada se volvió triste nuevamente. Parpadeó rápido e intentó cambiar su estado frágil y reponer la vitalidad—. Hoy vino Leopold... Pero tuve que hacer que se fuera. No debe verte en este estado.

Yo asentí con la mirada. Ella tenía razón, y aunque habría deseado verlo, ahora comprendía que no era correcto dejarlo pasar. En aquel momento vino a mi mente el deseo imperioso de que se me recordara de una buena forma cuando yo partiera de este mundo. Porque la hora parecía estar cada vez más próxima.

Siempre había sido muy saludable, y, ahora, de pronto, me consumía en una enfermedad sin antecedentes. Ni el doctor sabía lo que sucedía. ¿Y cómo esperar que me curara si cada día estaba más débil?

Hubo un momento en el que, mientras ella me miraba, sus ojos vidriaron y su rostro liso se descompuso en una mueca de sufrimiento. Me percaté de que en las comisuras de los labios se veían las marcas de expresión que hasta ese momento no había notado con tanto detalle, y que, de hecho, eran bastante profundas. Era una mujer que a pesar de su temple de acero había sufrido mucho en la vida, y esta le había dejado una huella visible solo para aquellos que lo sabíamos.

Me puso inmensamente triste el verla así, consciente de que esta vez yo era la causa de su sufrimiento. Sentí temor por ella y la tomé de la mano. Apreté sus dedos entre los míos lo mejor que pude. En mi corazón pronto hubo un sentimiento mucho más ecuánime; no como el que tuve al principio, de temor ante la muerte y decadencia, sino algo más profundo, incluso alegre. Dios me había premiado en mi agonía con una madre tan buena.

No sabía qué era lo que me deparaba el destino, pero estaba segura de que no sería nada malo, aunque se tratara de la misma muerte. Mi vida no había sido de santidad encomendada a Dios, pero tampoco había hecho algo grave que me obstaculizara el camino al cielo. Y creo que aquellos pensamientos eran propios de los moribundos, cuando en sus últimas horas de vida se muestran más alegres y satisfechos que en toda su existencia.

Nacieron en mí las ansias de que el sacerdote viniera a darme la unción de los enfermos. Quería pedirle a mi madre el favor de que lo mandara a llamar, pero eso solo la alarmaría, así que me propuse esperar hasta que la hora de mi deceso fuera inminente. Confiaba en saber identificar el momento indicado, así como hallarme con suficiente fuerza para hacer la petición.

Mientras tanto, me reconforté con las caricias de mi madre y me dejé caer en un sueño reparador. Creo que ella no se fue pronto, porque recuerdo haber abierto mis ojos varias veces durante la noche y sentir el calor de su cuerpo aún sentado junto al mío.

También pude escuchar cuando ella se puso de pie y le dijo a la criada que debían dejarme descansar. Salieron sin hacer ruido. Se fueron, pero no sin antes asegurar la ventana y alimentar el fuego con más leños, por si acaso. Escuché sus pasos al bajar las escaleras, abandonándome mientras yo me sumía en un nuevo sueño desproporcionado y cada vez más terrible...

Don't miss out!

Visit the website below and you can sign up to receive emails whenever Liz Bourgogne publishes a new book. There's no charge and no obligation.

https://books2read.com/r/B-A-XSABB-EJOQC

BOOKS 2 READ

Connecting independent readers to independent writers.

About the Author

Susanna Elizabeth Hadžera Bourgogne es licenciada en Fotografía de Cine por la Universidad Nacional de Arte Teatral y Cinematografía I. L. Caragiale de Bucarest, Rumania. Ha trabajado como redactora, fotógrafa, diseñadora gráfica y editora de video. Habla inglés, rumano y alemán.

Milton Keynes UK
Ingram Content Group UK Ltd.
UKHW040710201123
432908UK00001B/256

9 798223 560418